莫言

mo yan

美女倒立

◉莫言小說精短系列

4

麥田文學191

美女・倒立

作者：莫言
責任編輯：林秀梅
特約編輯：趙曼如
發行人：涂玉雲

出版：麥田出版
城邦文化事業股份有限公司
100台北市中正區信義路二段213號11樓
電話：886-2-2356-0933　傳眞：886-2-2351-6320, 2351-9179

發行：英屬蓋曼群島商家庭傳媒股份有限公司城邦分公司
104台北市中山區民生東路二段141號2樓
網址：www.cite.com.tw
客服服務專線：886-2-2500-7718, 2500-7719
24小時傳眞專線：886-2-2500-1990, 2500-1991
服務時間：週一至週五上午09:00-12:00；下午13:00-17:00
劃撥帳號：19863813　戶名：書虫股份有限公司
讀者服務電子信箱：service@readingclub.com.tw

香港發行所：城邦（香港）出版集團有限公司
香港灣仔軒尼詩道235號3樓
電話：852-2508-6231或2508-6217　傳眞：852-2578-9337

馬新發行所：城邦（馬新）出版集團有限公司
Cite(M) Sdn. Bhd.(458372U) 11, Jalan 30D/146, Desa Tasik,
Sungai Besi, 57000 Kuala Lumpur, Malaysia.
電話：603-9056-3833　傳眞：603-9056-2833
電子信箱：citekl@cite.com.tw

印刷：中原造像股份有限公司
初版一刷：2006年2月1日
售價：320元
ISBN：986-173-040-0

【序】

恐懼與希望

在我的童年生活中，給我留下深刻印象的，除了饑餓和孤獨外，那就是恐懼了。

我出生在一個閉塞落後的鄉村，在那裏一直長到二十一歲才離開。那個地方直到上個世紀八十年代才有了電，在沒有電之前，只能用油燈和蠟燭照明。蠟燭是奢侈品，只有在春節這樣的重大節日才點燃，平常的日子裏，只能用油燈照明。在很長一段時間裏，煤油要憑票供應，而且價格昂貴，因此油燈也不是隨便可以點燃的。我曾經在吃晚飯時要求點燈，但我的祖母生氣地說：「不點燈，難道你能把飯吃到鼻子裏去嗎？」是的，即便不點燈，我們依然把飯準確地塞進嘴巴，而不是塞進鼻孔。

在那些歲月裏，每到夜晚，村子裏便一片漆黑，黑得伸手不見五指。為了度過漫漫長夜，老人們便給孩子們講述妖精和鬼怪的故事。在這些故事中，似乎所有的植物和動物，都有變化成人或者具有控制人的意志的能力。老人們說得煞有介事，我們也就信以為真。這些故事既讓我們感到恐懼，又讓我們感到興奮。越聽越怕，越怕越想聽。許多作家，都從祖父祖母的故事中得到過文學靈感，我自然也不例外。現在回憶起來，那些聽老人講述鬼怪故事的黑暗夜晚，正是我最初的文學課堂。我想，丹麥之所以能產生安徒生那樣偉大的童話作家，就在於那個時代沒有電，而丹麥又是一個夜晚格外漫長的國家。燈火通明的房間裏既不產生美好的童話也不產生令人恐懼的鬼怪故事。最近我曾經回到過故鄉，看到那裏的孩子們和城裏的孩子一樣，也是在燈火通明的房間裏面對著電視機度過他們的夜晚，我知道，鬼怪故事和童話的夜晚結束了，我小時候體驗過的那種恐懼，現在的孩子再也體驗不到了。他們心中也許同樣會有恐懼，但他們的恐懼與我們的恐懼，肯定是大不一樣的。

在我祖父母講述的故事裏，狐狸經常變成美女與窮漢結婚，大樹可以變成老人在街上漫步，河中的老鱉可以變成壯漢到集市上喝酒吃肉，公雞可以變成英俊的青年與主人家的女兒戀愛。這個公雞變成青年的故事，是我祖母講述的故事中最美麗也最恐懼的故事。我祖母說一戶人家有一個獨生女兒，生得非常美麗，到了婚嫁的年齡，父母托人為她找婆家，不管是多麼有錢的人家，也不管是多麼優秀的青年，她一概拒絕。母親心中疑惑，暗暗留心。果然，夜深人靜時，聽到從女兒的房間裏傳出男女歡愛的聲音。母親拷問女兒，女兒無奈招供。女兒說每天夜晚，萬籟俱寂之後，就有一個英俊青年來與她幽會。女兒說那青年身穿一件極不尋常的衣服，閃爍著華麗的光彩，比絲綢還要光滑。母親密授女兒計策。等那英俊男子夜裏再來時，女兒就將他那件衣服藏在櫃子裏。天將黎明時，男子起身要走，尋衣不見，苦苦哀求，女兒不予。男子無奈，悵恨而去。是夜大雪飄飄，北風呼嘯。淩晨，打開雞舍，一隻赤裸裸的公雞跳了出來。母親讓女兒打開衣箱，看到滿箱都是雞毛。——現在想起來，這故事其實很是美好，完全可以改編成一部青年男女爭取婚姻自由的戲劇，但小時候，聽完這個故事，卻對雞窩裏的公雞產生恐懼。在大街上碰到英俊青年，也總是懷疑他是公雞變的。我的祖母還說，有一種能摹仿人說話的小動物，模樣很像黃鼠狼，經常在月光皎潔之夜，身穿著小紅襖，在牆頭上一邊奔跑一邊歌唱。這就使我在月夜裏從來不敢抬頭往牆頭上觀看。我祖父說在我們村後小石橋上，有一個「嘿嘿」鬼，你如果夜晚一人過橋，會感到有人在背後拍你的肩膀，並發出「嘿嘿」的冷笑聲。你急忙轉身回頭，他又在你的背後拍你的肩膀並發出「嘿嘿」的冷笑聲。這個鬼的具體形狀誰也沒有見過，卻是讓我感到最為可怕的一個鬼。上個世紀七十年代，我在一家棉花加工廠裏做工，下了夜班回家，必須要從這座小石橋上通過。如果有月亮還好，如果是沒有月亮的夜晚，我每次都是在接近橋頭時就放聲歌唱，然後飛奔過橋。回到家後總是氣喘吁吁，冷汗浸透衣服。那小石橋距離我家有二里多路。我母親說你還沒進村我就聽到你的聲音了。那時候我正處在變聲期，嗓音又啞又破，我的歌唱，跟鬼哭狼嗥沒有什麼區別。我母親說，你深更半夜回家，為什麼要嗥叫呢？我說我怕。母親問我怕什麼，我說怕那個「嘿嘿」。母親說：「世界上，最可怕的是人。」儘管我承認母親講得有道理，但每次路過那小石橋，還是不由自主地要奔跑，要吼叫。

我如此地怕鬼，怕怪，但從來沒遇到過鬼怪，也沒有任何鬼怪對我造成過傷害。青少年時期對鬼怪的恐懼裏，其實還暗含著幾分期待。譬如我曾經不止一次地希望能遇到一個狐狸變成的美女，也希望能在月夜的牆頭上看到幾隻會唱歌的小動物。幾十年來，真正對我造成過傷害的還是人，真正讓我感到恐懼的也是人。上個世紀八十年代之前，中國是一個充滿了「階級鬥爭」的國家，無論是在城市還是在鄉村，總是有一部分人，因為各種荒唐的原因，受到另一部分人的壓迫和管制。有一部分孩子，因為祖先曾經過過比較富裕的日子，而被剝奪了受教育的權力，當然更沒有進入城市去過一種相對舒適的生活的權力。而另一部分孩子，卻因為祖先是窮人，而擁有了這些權力。如果僅僅如此，那也造不成恐懼，造成恐懼的是這些掌了權的窮人和他們的孩子們，對那些被他們打倒的富人和他們的孩子們的監視和欺壓。我的祖先曾經富裕過（而這富裕，也不過是曾經有過十幾畝土地，有過一頭耕牛。），所以我只讀到小學五年級就被趕出了學校。在漫長的歲月裏，我一直小心翼翼，謹慎言行，生怕一語不慎，給父母帶來災難。當我許多次聽到從村子的辦公室裏傳出村子裏的幹部和他們的打手拷打那些所謂的壞人發出的淒慘聲音時，都感到極大的恐懼。這恐懼比所有的鬼怪造成的恐懼都要嚴重許多。這時，我才理解我母親的話的真正含義。我原來以為我母親是說世界上的野獸和鬼怪都怕人，現在我才明白，世界上，所有的猛獸，或者鬼怪，都不如那些喪失了理智和良知的人可怕。世界上確實有被虎狼傷害的人，也確實有關於鬼怪傷人的傳說，但造成成千上萬人死於非命的是人，使成千上萬人受到虐待的也是人。而讓這些殘酷行為合法化的是黑暗的政治，而對這些殘酷行為給予褒獎的是病態的社會。

雖然像「文化大革命」這樣黑暗的時代已經結束二十多年，所謂的「階級鬥爭」也被廢止，但像我這種從那個時代過來的人，還是心有餘悸。我每次回到家鄉，見到當年那些橫行霸道過的人，儘管他們對我已經是滿臉諂笑，但我還是不由自主地低頭彎腰，心中充滿恐懼。當我路過當年那幾間曾經拷打過人的房屋時，儘管那房屋已經破敗不堪，即將倒塌，但我還是感到不寒而慄，就像我明知小石橋上根本沒有什麼鬼，但還是要奔跑要吼叫一樣。

回顧往昔，我確實是一個在饑餓、孤獨和恐懼中長大的孩子，我經歷和忍受了許多苦難，但最終我沒有瘋狂也沒有墮落，而且還成為一個作家，到底是什麼支撐著我度過了那麼漫長的黑暗歲月？那就是希望。

在吃不飽穿不暖的日子裏，我希望能得到食物和衣服。在「紅色恐怖」的年代裏，我希望能得到人們的友誼和關愛。恐懼使我歌唱著奔跑，恐懼使我產生了千方百計地逃離封建落後的鄉村的力量。我們希望人類永遠地擺脫恐懼，但恐懼總是難以擺脫。在恐懼中，希望就像黑暗中的火光，照耀著我們前進的道路，並使我們產生戰勝恐懼的勇氣。我希望在未來的時代裏，由惡人造成的恐懼越來越少，但由鬼怪故事和童話造成的恐懼不要根絕，因為，鬼怪故事和童話，飽含著人對未知世界的敬畏和對美好生活的嚮往，也包含著文學和藝術的種子。

目次

美女・倒立

普通話

一

在我們柿子溝，普通話，也叫官話。講官話的人，受到尊重，因為那些人都是外地來的幹部。他們，或者她們，衣衫整齊，面皮清淨，牙齒潔白，身上散發著肥皂的清香。這樣的人，一開口，官話響亮而標準，顯示著身份和地位，向我們這個閉塞的山村，傳達著來自山外邊廣大世界的精采和繁華，聽他們或者是她們說話，對我們來說，是一種享受。在我們的記憶裏，第一次在我們村子講官話的人，是「四清」工作組的組員。他們當中，有兩個年輕的，是地區師範學校的學生。其中那個男的，名叫傅春花。一個男人，竟然叫傅春花，真是哈哈哈。村子裏的人，都叫他小傅。小傅個頭矮小，兩扇大耳朵，往兩邊張開，頭上的髮，亂糟糟地支棱著，像一把用舊了的豬鬃刷子。儘管小傅其貌不揚，但只要他站在人前一開口，無論是講話，還是宣讀文件，都會讓我們馬上忘記他的面貌。他嗓門宏亮，官話標準，抑揚頓挫，眉飛色舞，很有感染力。在我們的感覺裏，講著官話的他，身體漸漸升高，眉目慢慢端正，一個外表上不那麼莊重的人，變得讓我們肅然起敬。那個女的，名叫王奇志，一個女人，竟然叫王奇志，也比較哈哈哈。村子裏的人，都叫她小王。小王剪著短髮，戴著眼鏡，文質彬彬，看上去很洋氣，但她嗓音尖細，官話不標準，使她的容貌，在講話的過程中，漸變漸土，土得跟村子裏那些在大庭廣眾面前就掀開衣襟給孩子餵奶的大嫂們沒有太大的區別。那個時候，我們和解小扁一樣，都是村子裏小學的學生。我們忘不了聽傅春花講話或是念文件時，解小扁仰起的臉上洋溢著的心醉神迷的表情。

村子裏的人，對外邊來的講官話人滿懷敬意，但對於自己村子裏那些學著說官話的人，卻極端鄙視。有一個笑話，我們很小的時候就聽說過：一個人，闖外，幾年後，回家探親。走到村頭，看到本家一個大伯在蕎麥地裏鋤草，便上前問訊，裝模作樣，撇腔拿調。他的大伯，心中厭惡，但畢竟只是個遠房的侄子，不好說難聽的話。那小子，不知好歹，竟然拔出一棵蕎麥，撇著腔問：大伯哇，這紅梗綠葉開白花結黑果的是什麼植物啊？他大伯怒火中燒，忍無可忍，不管三七二十一，上前去，將那人按在地上，手攥鞋底，對準屁股，一頓猛抽，打得那人，大聲喊叫：救命啊，救命啊，蕎麥地裏打死人啦！

有很多類似的故事，在村子裏流傳，表明著村子裏的人，對那些出去一年半載就改變了鄉音的人的鄙視和反感。官話是好，但那是你說的嗎？你才喝了幾天自來水，就忘記了家鄉話。真的忘記了嗎？如果是少小離家，幾十年未歸，剛回來，一時順不過嘴來，帶出幾句官話，那還可以原諒。可你才出去幾天，就回來撇，這不明擺著是在賣弄嗎？好像不這樣說話，別人就不知道你在外邊混事似的。其實也沒混上什麼好事嘛，不過是在煤礦挖煤，早上下了礦，晚上還不一定能囫圇著爬上來，臭擺什麼？其實也沒混上什麼好事嘛，如果你當上了縣長、省長，回來撇，那也是應該，但你不過是個在肉聯廠殺豬的工人，兩手豬血，一身豬屎，撇什麼？難道城裏的豬也說官話？那城裏的豬，不也是鄉下人飼養的嗎？其實，真正在外邊闖好了闖大了的人，反倒不顯山不露水，不會像他那樣，一身骨頭，比雞毛還輕，一臉傲相，連親爹都快不認識了。你看看他那小樣，留著大背頭，抹了足有二兩頭油，明光光的亮，賊溜溜的滑，蒼蠅落上去都站不住腳，臭蟲爬上去要摔跟斗，撲鼻子的味兒，連拉磨的毛驢，都被他燻得打噴嚏。看看他說起話來那副尊容，兩片嘴唇，一抻一咧，一歪一擰，仿佛不是他的嘴上原來就有的，而是後來縫上的兩塊膠皮，呸！你當官了，多大的官？不就是水嘴子公社的一個民政助理嗎？不就是沙口子供銷社的一個門市部主任嗎？你的官難道比毛澤東和周恩來還大？人家毛澤東和周恩來都是滿嘴的家鄉話，一句官話都不說，你他娘的說什麼官話？啊——呸！

二

上個世紀七十年代，有一個短暫的時期，大學和中專招生，恢復了考試制度。解小扁複習了三個月，竟然考上了地區師範學校。我們這個偏僻的小山村，考出去一個中專生，如同雞窩裏飛出了鳳凰，當時就轟動了。

「知道嗎？解小扁考上中專了！」

「說夢話吧？」

「真的，通知書下來了，大紅封皮，蓋著鋼印！」

雞被驚嚇，咯咯叫喚著飛到籬笆牆上。

「解老扁的老閨女考上中專了！」

「騙誰啊？」

「真的，騙你幹什麼？許多人都去賀喜了，老扁買了一條大前門香煙、兩斤水果糖。」

「走啊，去抽煙吃糖啦！」

狗被衝撞，狂叫不止。

春天裏，小扁複習功課準備參加考試時，村子裏的民辦教師高大有輕蔑地說：

「就她？她如果能考上中專，陳國忠也能到省裏去參加長跑比賽。」

小扁考中後，高大有改了口：

「小扁是我教出來的學生，腦瓜子聰明，再加上勤奮，哪有考不中的？」

村子裏有一個初級小學，從一年級到三年級。教室只有一間，教師只有高大有一個。上完三年級，如果想繼續上，那就要跑十五里山路，到公社駐地新民屯，那裏有一所完全小學，還有一所農業中學。我們讀完了小學就回家種地，只有小扁和村支部書記的兒子寶田，讀完了農業中學。寶田在村子裏當了會計，天天蹲在辦公室裏，風吹不著雨淋不著。小扁呢，跟我們一樣，天天下地。曾經有人捎話給小扁的爹，說書記看中了小扁，只要小扁願意給寶田做媳婦，就安排她去縣衛生學校學習，學成後回來當赤腳醫生，也是風吹不著雨打不著，每月還有三元錢的補助。聽說小扁的爹娘都動了心，但小扁不樂意。我們都覺得小扁有志氣，心中敬佩，但同時又感到她一個中學生天天跟泥巴牛糞打交道很可惜。現在好了，小扁考中了，戶口也要遷走，成了國家人，吃上國庫糧，一步登天，寶田顯然是配不上小扁了。小扁未來的丈夫，肯定也是個吃國庫糧的，他們的孩子生出來就是吃國庫糧的。村裏許多人，感歎不已：

「這個小扁，年紀不大，心中真是有主見，要是當初答應了寶田，這輩子也就難走出這個窮山溝了。」

三

小扁去上學那天，村子裏許多人到河邊送行。河裏原本有座小木橋，因為連續幾天暴雨，山洪暴發，衝垮了。小扁的爹招呼了幾個人，用四根木頭綁了一個框子，框子中間，安上一個大笸籮，笸籮裏蒙上了兩層塑膠布。四根木頭上，拴上了八個大葫蘆。我們自告奮勇，要下水護送小扁。小扁的爹，知道我們都是好水性，就答應了。

小扁在一群人的簇擁下來到河邊。寶田替她揹著行李，緊跟在她的身後。她自己手裏提著一個網兜。網兜裏裝著一個搪瓷臉盆、一雙布鞋，還有牙缸牙刷什麼的。那天她穿著一件洗得發了白的藍咔嘰布褂子，花襯衫的領子翻出來。她紮著兩根短辮子，頭髮茂盛，很粗，像馬鬃一樣。褲子的布料跟褂子一樣，膝蓋上補上了兩個對稱的大補丁，用縫紉機補的，紮著一圈圈的絎線。她的臉是那種山裏姑娘的健康顏色，黑油油的紅。牙很白。我們都知道她刷牙。每天早晨，我們到河邊去挑水，就看到她蹲在河邊的踏石上刷牙。她家住在河邊高崖上，三間石牆瓦屋，房前房後有十幾棵柿子樹，還有一蓬蓬的野酸棗。有時候我們能聽到她娘喊叫：「小扁，來家吃飯了。」她是老閨女，很嬌慣的，儘管在外邊幹活很潑，但家裏的活兒從來不幹。她家煙囪裏冒著白色的炊煙，喜鵲在她家柿子樹上喳喳叫，懂風水的人說她家風水很好。從她嘴角上滴瀝下來的牙膏沫子隨著湍急而清澈的河水流淌到很遠的地方，還散發著濃濃的水果香氣。我們知道她使用的牙膏牌子是「萬里香」，水果香型。

小扁站在河邊，與眾人告別。高大有從口袋裏摸出一支鋼筆，說：

「小扁，這是我使用了十幾年的鋼筆，金星牌的，筆尖是鉢金的，送給你，做個紀念吧。」

「謝謝高老師。」小扁說。

寶田從懷裏摸出一個紅塑膠皮的筆記本，遞給小扁，紅著臉說：

「小扁，祝你學習進步。」

「你自己留著用吧……」小扁說。

「噢，小扁不好意思了！」有人起哄。

「那就謝謝了。」小扁說，「祝你明年考上大學。」

「我不行，」寶田說，「學校裏學那點知識，早就忘光了。」

「複習一下嘛，」小扁說，「我讓我娘把我用過的複習資料送給你。」

「謝謝，但我真的不行，一看書，腦子裏就嗡嗡地響。」寶田說。

這時，有人騎著一匹騾子從山路上跑過來。騾背上的人，身體聳動著，大聲喊叫：

「小扁呢？過河了嗎？」

「是我爹。」寶田悄聲對小扁說，「他說不來了，怎麼又來了。」

眾人看清了，騎騾的人是書記，村子裏最大的官，唧唧喳喳的說話聲頓時止住。到了人群前面，書記從騾子上跳下來，目光掃了一圈，最後定在小扁臉上，說：

「小扁，本來不打算送你了，一想，你是咱們柿子溝第一個考上中專的，得送。了不起，全公社就考中兩個，你是其中一個。我在公社開會，連郭書記都向我賀喜呢。」

「書記，您大忙忙的，還專門趕回來，真讓俺家感動。」解老扁說。

「我高興啊，」書記說，「我可不像外村的幹部那樣，千方百計地卡著村子裏的年輕人，不讓他們出去闖世界。我巴望著年輕人都出去，去上大學，上中專，去當兵，去當工人，去當官，柿子溝要能出一個省長，我們不都跟著沾光嗎？」書記瞪了我們一眼，說，「齜什麼牙？你們要向小扁學呢，閑著沒事的時候，動動腦子。」

「我們也想動腦子，但我們的腦子生了鏽，轉不動了。」

「看你們嬉皮笑臉的樣子，一點正經沒有，改天我得給你們上一堂政治課。」書記不理我們了，轉過頭，說，「老扁，我趕王屋集給村裏買了一頭騾子，托小扁的福氣，真是順利，」書記說，「老扁，你是行家，上前看看，這頭騾子怎麼樣？」

眾人的目光齊刷刷地落在騾子身上。可真是一匹好騾子，嚴肅，莊重，桃木紅色，額頭上綴著一簇紅纓，兩隻大眼，長睫毛忽閃忽閃的，仿佛一個大姑娘初見生人，有點羞怯。

老扁圍著騾子轉了一圈，從書記手中接過韁繩，把騾子頭顱往上提起，扒開嘴巴看看牙口。

「齊口。」書記說。

「很嫩的齊口，」老扁拉著騾子走了幾步，彎腰看看蹄腿，說，「好牲口，起碼還能使喚十五年。」

「你猜猜什麼價？」書記問。

老扁將手伸向書記的袖筒，書記甩手道：「不用這老一套，你就說吧。」

「最低也得這個數，」老扁伸出一根指頭，「一千塊，破不開的。」

「你再猜，往下猜。」

「九百八，不能再低了。」

「再往下猜！」

「九百？」

「八百！」書記哈哈大笑著。

「怎麼會這麼便宜？」

「要不我說是小扁帶來的好運氣呢？」書記得意地說，「是山那邊解放軍農場的牲口，人家換成拖拉機了，便宜處理。幸虧我去得早，晚一步，就被山口村老巴那個狗日的牽走了。」

鄉民們臉上都出現了喜色，圍攏上來，看這匹軍騾。

「看，烙著印記呢。貨真價實的軍騾。毛主席說，全國人民要向解放軍學習，全國的騾子，要向解放軍的騾子學習。」書記哈哈大笑，眾人也跟著笑。

書記摸著騾子臀部的烙印，說：

「老扁，咱們村，風水動彈了！考出去一個洋學生，買回來一匹大牲口，這就叫雙喜臨門！你從前給地主當長工時侍弄過騾馬，這活兒，就得你幹了。」

大家都用羨慕的眼光看著老扁。老扁滿臉紅光，嘴唇光哆嗦，但說不出話來。

書記將騾子交給老扁，自己走到小扁面前，目光上下，從頭到腳，把她看了幾遍，點點頭，說：

「小扁，到了外邊，你只管一門心思學習，家裏的事，根本不用操心。我早就看出來了，你是有心勁的，會有大出息。好了，時候不早了，過河吧。」

「謝謝書記，我會努力的。」小扁說。

「你們這幾個討債鬼，有把握嗎？」書記看看我們四個，問。

我們激昂地回答：

「書記放心，我們用手也能把小扁抬舉過去。何況還有這綁了八個大葫蘆的筏子。」

書記走到河邊，彎下腰，仔細地檢查了我們的筏子，說：

「行啊，那就開始吧。」

我們脫去衣裳鞋子，每人身上，只餘一條大褲衩子。畢竟到了秋天，陽光儘管很亮堂，但河中泛起來的水氣，涼颼颼的。我們試試探探地下到水裏，不由自主地哆嗦起來。

「你們先上來，」書記招呼了我們，然後回頭吩咐兒子，「寶田，回家拿瓶燒酒來。」

「書記，哪還好意思讓您家破費？」老扁慌忙說，「我家裏有酒，她娘，快回去拿燒酒。」

「你糊塗了嗎？家裏哪有燒酒？」小扁的娘為難地說。

老扁瞪了老婆一眼，說：

「死性，你不會去代銷店買？」

老扁的老婆還想說什麼，書記說：

「算了，老嫂子，一瓶酒，算什麼？寶田，快點跑，年輕輕的，腿肚子怎麼像灌了鉛似的？沉得拖不動。」

「書記，您說我嗎？」陳國忠從河灘上的楊樹林子裏，搖搖擺擺地走過來，身後，跟著一條大黃狗，威武兇猛，有獅子相。

「我哪裏敢說你？」書記笑著說，「您現在可是不得了，既是護林員，管著全村的樹，又是管理學校的專職代表，管著全體學生和老師。我可不敢得罪你。」

「我這些職務，還不都是書記您從口袋裏摸出來的？」陳國忠說，「不過，我可是盡職盡責，白天管理學校，夜晚在樹林子裏巡邏，」他指指那些樹林，「您看看這些樹，被我護的，都像大閨女一樣滋潤。」說著，到了河邊，先看看小扁，眼睛像錐子，高聲說，「行，有志氣，有出息！解老扁能養出你這樣一個閨女，真是個奇蹟！」然後又看著老扁，說，「老扁，聽說光大前門煙就散了兩條？就沒想著給咱留兩根？你可別拿著豆包不當乾糧，連書記都敬我三分呢！」

「哪裏止三分？」書記笑著說，「敬你十分呢。」

老扁嘿嘿地笑著，慌忙從口袋裏摸出一盒皺皺巴巴的煙，剛想往外抽，陳國忠一把奪過去，大咧咧地說：

「這麼小氣幹啥？閨女都考上中專了，過兩年，大把的工資，給你往回掙，你就等著吃香的喝辣的吧。」

陳國忠得過小兒麻痺症，走路搖搖擺擺，腳尖在地上劃道道。村裏小孩調皮，跟在背後學他走路的樣子。那條跟他形影不離名叫小花的大黃狗一旦發現這種情況，就箭一般撲上去，在那些倉皇逃竄的孩子屁股上或是腿肚子上咬一口，然後回來，對著主人搖尾巴。被咬了的孩子，回家也不敢說。家長知道了，也不敢去找他。他是殘疾人，光棍一條，怕誰？他家成分好，上溯三代，都是赤貧，怕誰？他原來是專職護林員，興起來貧下中農管理學校後，上邊要村裏派一個貧農代表脫產駐校，村裏捨不得拿出一個勞力來，就讓他兼任駐校代表。管理學校，總得找點事做。他從高大有床頭上，把那個馬蹄錶拿來，掛在自己腰帶上。他說，我是貧農，腰帶上掛著錶，這就叫貧農帶（代）表。掌握時間，負責敲鐘。上課鐘：「噹噹噹噹噹……」，下課鐘：

「噹噹——噹噹——噹噹——」他敲鐘，學生們都愛聽。高大有很反感他，但也沒有辦法。貧農帶（代）表，最高領導，毛主席給他的權威，何況，把鐘敲得這樣好。

寶田提著酒跑來，書記接過酒瓶子，搖搖，舉到高處，對著太陽看。瓶子裏泛起無數的小泡泡，浮浮悠悠。「這可是正兒八經的高粱燒。」書記說著，歪嘴，咬開瓶蓋，仰起脖子，喝了一口，「味道真是不錯！」笑著對陳國忠說，「陳大代表，這瓶酒本來是給你留的，但今天，就先給這些小伙子喝了吧，他們要下水，冰了腿，落下殘疾，村子裏兩個好差事，都被你佔了，無法安排對不對？」

「知道您繞著圈子罵我呢，」陳國忠說，「反正大傢伙都聽著了，你親口說的，欠著我一瓶酒。」

「來吧，年輕人，每人喝幾口，再用酒搓搓肚臍。」書記說。

我們接過酒瓶，輪流著，喝了一圈，又喝了一圈，然後又是一圈。真是好酒，喝到肚裏，渾身發熱。三圈輪過，下去了大半瓶。書記搶回酒瓶，說：

「你們八輩子沒撈到酒喝了吧？酒鬼。」

書記讓我們把雙手張開，往我們手裏各倒了一些酒，命令我們往肚臍上搓。書記說：

「人受寒，涼氣都是從肚臍裏進去的，只要用酒搓了肚臍，在冰水裏泡一上午也不會有事的，這個，我有經驗，當年，給解放軍運送軍糧，冰天雪地——算了，不說了，你們下河吧。」

寶田扶持著小扁坐進笸籮。為了保險，她把鋪蓋捲兒，放在懷裏抱著。我們兩個在前，兩個在後，前面的拉，後邊的推，將筏子弄進河水。水流湍急，筏子飛快地往下游漂去。我們手扶著葫蘆，順著勁兒，將筏子往河道中央送。「回去吧！」小扁對著河邊的人招著手，喊叫。許多人，沿著河邊，踩著碎石和淤泥，往前跑動。小扁的娘，在最後邊，吃力地挪動著小腳，搖搖擺擺地跑，一邊跑，一邊舉起衣袖擦眼睛。

筏子進了中流，許多從上游沖下來的莊稼秸稈，有玉米，有棉花，還有一些糾纏成團的紅薯蔓兒，從我們身邊漂過去。我們格外小心，生怕河水濺入笸籮。小扁一手攬著鋪蓋，一手緊緊地抓著笸籮的邊緣，看樣子有些緊張。我們說：「小扁，別怕。」小扁說：「有你們，我怕什麼？」就這樣渡過了中流。就這樣到了對岸。我們把筏子拖到河灘上，兩個人先把她的行李拿上來，兩個人扶持著她下筏子。小扁感動地說：

「老同學們，辛苦了。」

「應該的，應該的。」

我們抬著筏子，往上游走。走到了與小扁家的房子遙遙相對的地方，看到對岸許多人往這邊招手。有人大聲喊叫：

「小扁——小扁——」

似乎是寶田的聲音。

「回去吧——回去吧——」小扁招著手喊叫。

我們停下腳步，說：

「小扁，再見。」

小扁背著行李上了路，說：

「也許，我畢了業，就回村來教書呢。」

「你可千萬不要回來。」我們說。

四

小扁臨近畢業時，興起了「社來社去」，說是新生事物，和「資產階級法權」徹底決裂。有一些大學和中專生，畢業後主動放棄吃商品糧的機會，回原籍當農民，掙工分吃飯。覺悟不高的，還是等著國家分配，拿工資，吃商品糧。小扁覺悟高，選擇了回鄉。我們聽到這個消息，連連頓牙，替她惋惜，如果是自己的妹妹，就抽她兩個大耳刮子，可她不是我們的妹妹，抽不得。這個小扁，是不是腦子出了毛病？許多人，包括我們，做夢都想著逃出這山溝旮旯，可她好不容易逃出去，竟然又自願回來了。光榮是光榮，報紙上宣傳過，大喇叭裏吆喝過，回來的時候，公社的吉普車送到橋頭。公社教育組長，將一朵紙紮的大紅花，戴在她的胸前。我們村書記，帶著一個吹嗩吶的、一個吹笙的、一個敲鑼的，列隊在橋頭上迎接。吹奏著當時最流行的抒情歌曲，《見到你們總覺得格外親》，懷念親人解放軍的。我們村對解放軍感情深，解放軍賣給我們那匹退役騾子，又溫順又能幹，大人小孩都喜歡。即便是這樣的好曲子，被嗩吶一吹，嗚嗚咽咽的，走了調，再加上那破鑼聲聲，不是喜慶味兒，倒像是我們想像中的，古代處斬犯人時的伴奏。

安排小扁到村子裏初級小學教書。學校基本上還是老樣子，一間教室，二十多個學生，分三個班級。老師還是高大有一人，小扁來了，變成了兩個。陳國忠還在履行著貧下中農管理學校的職責，貧農帶（代）表，負責打鐘，帶著他的狗。狗有點老了，喜歡趴在學校窗前睡覺。

小扁走馬上任第一課，是件大事。教室爆滿，連那些平日裏三天打漁兩天曬網的搗蛋鬼也來了。書記來了。寶田來了。寶田新近納了新，當著會計，還兼任著團支部書記，人稱「小書記」。學生家長也來了。小扁的爹娘也來了。教室裏根本盛不下，就擠在門口。我們趴在窗外，從窗戶欞子空隙往裏張望。陳國忠滿臉紅光，嘴巴裏散著酒氣，搖搖晃晃，在教室前面的空場上轉圈子，兩條腿，左撇右拖，腳尖劃地，留下了數不清的道道。大黃狗跟在他身後，低垂著頭，看上去是在勉力支撐。他轉悠著，不時地把掛在腰帶上的馬蹄錶拿起來觀看。有人說：「陳瘸子，敲鐘吧！」「呸！」陳國忠對著那人啐了一口唾沫，狗也有氣無力地叫了三聲，說，「還差三分鐘！汪，汪，汪。」

陳國忠站在鐘下，背靠著吊鐘的松木杆子，穩定住身體，左手托著馬蹄錶，右手扯著鐘繩，眼睛死盯著錶盤，秒針的跑動聲，似乎用大剪刀鉸紙殼子，咔嚓咯嚓響。突然，錶聲聽不見了，小河流水的嘩嘩聲和黃鸝鳥披肝瀝膽般的啼叫聲從學校後邊湧過來，像浪潮似的。黃鸝在果實累累的柿子樹上鳴叫，像一塊黃玉，鑲嵌在層層疊疊的墨綠中。從教室旁邊那兩間新蓋起來的小屋裏，高大有在前，解小扁在後，相跟著走出來，相跟著走過來。高大有，頭髮花白，臉盤很大，但沒有肉，高聳的顴骨和巨大的下顎骨，構成一個野蠻的方形。我們對他不感興趣，我們感興趣的是解小扁。解小扁，瓜子臉，杏子眼，糯米牙，菱角嘴，長睫毛，黑眉毛，馬鬃髮，變了髮型，過去是兩條短辮子，現在是一個偏分頭，像個俊俏的小伙子。碎花紅襯衣的下襬紮在黑裙子的腰裏。腳上是白襪子、白色塑膠涼鞋。她雖然和我們一樣掙工分吃飯，但她已經不是和我們一樣的人了。她跟著高大有往教室裏走，神色很嚴肅。就在她的身體即將踏進教室門檻那一剎那，陳國忠拉動鐘繩：

「噹噹噹噹噹噹……」

鐘聲讓我們聯想到：太上老君急急如敕令。

高大有站在講臺正中，開始講話。小扁站在一邊，側耳恭聽。我們原以為高大有講那麼三句五句的就該退到一邊，讓在山外受過高級教育、見過大世面的小扁開講。誰知道，這老雜毛，滔滔不絕，從他二十年前教掃盲班開始，一樁樁，一件件，陳茄子，爛芝麻，沒完沒了，老母豬忘不了萬年的糠，為自己擺功勞，說村子裏的人，凡是認字的，都是他的學生，書記是他的學生，會計是他的學生，保管員也是他的學生，記工員也是他的學生。還說如果沒有他，這個村子，就是一個文盲村。接著說他怎樣艱苦，夜裏借著月光批改作業。又說他待遇怎麼低，掙得工分還不如陳國忠多。陳國忠在窗外低聲罵：

「孫子，跟我攀比？我家三代赤貧，你家是老中農，解放前家裏養著一頭大黑牛，農忙時還雇過短工，土改時沒把你家劃成富農，已經便宜了你，如果把你家劃成富農，孫子，你還教書，教個大雞巴去吧！」

高大有聽不到陳國忠的話，只管隨著自己的意願講，仿佛要借著這個機會，把積攢了二十年的苦水，一咕腦兒的，全部倒出來。大家都厭煩了，孩子們抓耳撓腮，大人們，有的咳嗽，有的打哈欠。我們是來聽小扁講第一課的，誰願意聽你囉嗦？但高大有繼續講，兩個嘴角上，各有一朵白沫。講話時嘴角上帶著白沫的人，都是廢話簍子。高大有就是天下第一的廢話簍子。當年我們跟著他學字時，煩他囉嗦，偷偷地給他起過一個外號，叫做「高大角豬」。官話裏的「公豬」或是「種豬」，在我們的土話裏，就是「角豬」，為什麼把高大有叫做叫高大角豬呢？難道他給母豬配種嗎？難道有許多小豬是他的孩子嗎？不，他不跟母豬交配，也沒有小豬是他的孩子，我們只是看到，村子裏那頭角豬在交配時，嘴角上冒著白沫。高大有知道我們給他起了這樣一個外號，氣得蹦高，擰我們的耳朵，揪我們的鼻子，扯我們的嘴巴，掐我們的脖子，撕我們的頭髮，那些日子裏，我們受的，不是人罪。聽聽，他還在那裏囉嗦，眾人都歪過頭去看書記。書記笑瞇瞇的，不動聲色。書記真是有包涵，要不也當不了書記。「小書記」耐不住了，手指著高大有，喊：「哎哎哎！」高大有這才說：「同學們，從今天起，我們來了一個新老師，解小扁，解老師，八年前，她也是我的學生。儘管她師範畢業，但跟我一樣，也是掙工分的，現在，請她給大家講課。」

高大有很不情願地退到一側，小扁站在講臺正中，用字正腔圓、非常標準的官話說：

「同學們，從今天起，我用普通話講課，你們也要用普通話回答我的問題……」

小扁的話剛剛開頭，陳國忠在我們身後，把鐵鐘敲響：「噹噹——噹噹——噹噹——」他一臉無奈，彷彿告訴我們，時間到了，該下課了，貧農帶（代）表，鐵面無私。

五

小扁推廣普通話，搞得轟轟烈烈。村子裏幾乎每個角落，都能聽到孩子們用幼稚的嗓子，喊叫普通話。孩子們都喜歡小扁，並不僅僅是因為小扁漂亮。有一個女人問自己的兒子：「俺問你紅衛，你們那個解老師教得好不好？」紅衛把流出來的鼻涕猛地吸進去，大聲說：「不是『橫』衛，是『紅』衛，不是解老『斯』，是解老『師』！」那女人說：「啊呀，嗵鼻涕的孩子，也撇起來了！解老師教得好嗎？」「好！」「是高老師好，還是解老師好？」「解老師好。」「解老師哪裏好？」「解老師會講普通話。」「還有呢？」「解老師身上有股好味。」「什麼味兒？」「反正是好味兒。」「你們解老師撇腔拿調，聽著讓人牙磣呢。」「是『人』不是『銀』，是『磣』不是『涔』！」紅衛怒衝衝地糾正著母親的錯誤。「哎喲，『蕎麥地裏打死人啦』！」女人大聲說。「是『麥』不是『妹』！」紅衛說。

小扁對我們說：「其實，我們柿子溝的口音，與普通話很接近。我們把r混到了y裏，我們把sh，混到了s裏，我們把zh混到了z裏，我們把ong混到了eng和ing裏，只要把這些音糾正過來，再把調值讀準，我們的話，就基本上是普通話了。」

小扁對我們說這些，無疑是對牛彈琴。我們哪裏還顧得上這個，再說，老大不小的了，再撇腔拿調，怎麼好意思開口？最主要的是，說一口標準的普通話，又有什麼用處？但我們也承認，小扁說普通話時，的確是神采飛揚，格外美麗。小扁曾經想讓我們跟著她學說普通話，我們都笑。我們說，小扁，不是我們不想學，主要是我們上了年紀，舌頭硬了，學不會了，再說，生產隊裏的牛和毛驢，聽不懂普通話，如果我們學會了普通話，就無法使喚牠們了。小扁也笑了，說，自然是用無可挑剔的普通話：

「各位老同學，我跟你們不隔心。我知道『蕎麥地裏打死人』的故事，知道我推廣普通話會讓人嘲笑，阻力很大。但這是我的志願。我之所以決定『社來社去』，就是想回來推廣普通話，讓我們村的人，將來走出山溝時，不再被人笑話。我剛到學校，一句普通話也不會，一開口，那些城裏來的同學就捂著嘴笑，紛紛地學我說話的腔調，背地裏說我，一開口就是一股山藥蛋子味兒。我立志要學會普通話，買了一個半導體收音機，跟著中央廣播電臺的播音員，偷偷地學。半年後，學校裏舉辦文藝活動，我上去朗誦詩歌，普通話非常標準。從此，同學們都對我格外尊重。我體會到，普通話，不僅僅是說話的腔調，還是人的身份、尊嚴！我要用普通話，改造我們的村子！」

聽了小扁的話，我們不敢笑了。我們感到這的確是一件很嚴肅的事情。我們接著一起回憶了當年聽四清工作組的那個傅春花用普通話演講、宣讀文件時帶給我們的神聖感受，知道小扁正在幹著的，也許是一件對於我們的村子具有重大意義的事情。

小扁推廣普通話，高大有最反對，在街上，見了人，說不上兩句話，就把話頭引到這件事上：

「瞧她那個浪狂勁兒，出去喝了兩天自來水，忘了自己姓什麼了。她那叫普通話？那叫溲臭蒜！真是禍害人，我每天都要跑到河裏去，洗兩次耳朵……」

我們知道，高大有反對小扁，是嫉妒心理作怪。學生們都喜歡小扁。小扁上課，教室裏一片歡聲笑語。輪到他上課，學生們不是打盹就是搗亂。還有，小扁的工分，比他高。他找到書記，質問：「小扁才教了幾天書？我教了二十多年，憑什麼她的工分比我高？」書記不冷不熱地說：「小扁的工分，村裏說了不算，是公社裏定的，你不服，就到公社去反映。」他到公社教育組去反映，教育組的人說：「人家是中專學歷，文件規定，拿最高勞力工分。」教育組的人還說：「老高，解小扁是公社裏樹立的典型，她用普通話教學的事蹟，已經報到縣裏，縣裏很重視，很可能要向全縣學校推廣，你跟她攀比，不是自找霉氣嗎？」氣得他，跑到供銷社飯店裏，喝了半斤白酒，醉了，一路叫罵，見了雞罵雞，見了狗罵狗。認識他的人都說：高大有瘋了。我們也認為高大有瘋了。他去找書記，明擺著是「扒著眼照鏡子——自找難看」，他也不想想，書記的兒子寶田，剛納了新的黨員，會計兼著團支部書記，高頭大馬，儀表堂堂，對小扁早就有意，雖然前些年小扁拒絕過他，但這幾年，來往不斷，小扁如果不還鄉掙工分，這事兒自然也就黃了，但如今小扁回了鄉，這事兒，如果不成，就是奇了怪。

深秋時節，小扁推廣普通話的運動，掀起了高潮。村子裏的牆上，寫滿了拼音字母和字，旁邊還畫著圖畫。到了晚上，一群孩子，在她的帶領下，拿著白鐵皮捲成的喇叭筒子。走街串巷，大聲喊叫：

「是『人』不是『銀』，是『肉』不是『右』。
是『師』不是『斯』，是『割』不是『嘎』。
是『豬』不是『駒』，是『牛』不是『遊』。
是『龍』不是『靈』，是『熊』不是『行』。
是『日』不是『義』，是『國』不是『鬼』。
是『燈』不是『冬』，是『軟』不是『遠』。
是『耕』不是『京』，是『藥』不是『月』。
是『然』不是『嚴』，是『榮』不是『贏』。
……」

六

村裏有五百多棵集體所有的柿子樹，採摘下來的柿子，集中到場院裏，像一座小山。那時候我們柿子溝交通不便，柿子運不出去，不值錢，分配給社員，十斤柿子，抵一斤口糧。大多數柿子，曬了柿餅，少數的，塞進麥穰垛裏烘著，去了澀味兒，寒冬臘月裏，摸出一個來，放在井水裏拔拔，嘬一口，透心兒涼。社員們拿著簍子、麻袋，排著隊，等候分配。保管員司磅，寶田看賬。

分柿子那天，正是個星期日。刮著秋風，天色鮮藍。抬頭往山溝裏看，樹樹紅葉，連成一片，溝裏彷彿著了火。高大有站在社員隊伍裏，冰著方框臉，不理人。他穿著那件五冬六夏都不換的藍制服褂子，磨破的袖子上，沾著粉筆末子和墨水。他的衣領上別著四個直別針，衣兜裏插著一支鋼筆、一支圓珠筆。我們聽說他把當年在河邊上贈送給小扁的那支金星牌鋼筆要了回來。這人，狗一樣，吱出來的，再吃下去，哪裏還算個男人！聽說寶田贈送了一支英雄牌金筆給小扁。寶田翻著賬簿，高聲喊叫：

「高貴香家，一千六百八十二斤——」

我們將裝滿柿子的大筐抬到磅盤上。保管員撥弄著磅上的刻度遊標，報數：

「第一筐，二百六十五斤——」

我們把柿子筐抬到一邊，倒在地上，柿子滿地滾。高貴香的女兒小青用腳往裏踢著柿子，對著匆匆走來的高貴香，哭咧咧地說：

「娘，你怎麼才來呢？分這麼多柿子，怎麼辦呢？」

「傻孩子，東西還怕多嗎？有柿餅吃著，就餓不死人。」

「娘，是『人』不是『銀』！」小青說。

「你要再敢撇腔拿調我就撕爛你的嘴！」高貴香用食指戳著小青的額頭，凶巴巴地說，「什麼是『人』不是『銀』，說了半輩子話，突然就不會說了？」

「是『然』不是『嚴』……」小青膽怯地囁嚅著。

高貴香在小青後腦勺子上搧了一巴掌。小青趴在了柿子堆上，嗚嗚地哭起來。我們把第二筐柿子二百七十斤，倒在高貴香身後。金黃色的柿子，撲撲嚕嚕湧出來，把這個兇女人的兩條腿埋住了。我們反感她，並不僅僅因為她是高大有的妹妹。倒完柿子後，我們使了一個眼色，用抬筐的邊緣，故意地撞了一下她的腚，使她一下子趴在了柿子堆上。臭嘴娘們，啃兩口澀柿子吧，讓澀柿子麻了你的舌頭，省了你罵人。「是澀不是篩」，我們想起了小扁和她的學生用喇叭筒子吆喝過的話。「你們瞎了眼了？」高貴香大罵，「你們這些壞了良心的奸蹦子，壞種！」我們笑著，把第三筐分給她家的二百八十斤柿子抬過來，傾倒在她的眼前，讓那些調皮的柿子，埋沒了她的大腿。

高大有上前來，一手扠腰，一手指著我們，惱怒地說：

「有你們這麼欺負人的嗎？你們這些幫虎吃食的雜種，狼狽為奸的畜生，拍馬屁溜溝子的小人！解小扁給了你們什麼好處？你們是嗅過她的騷呢，還是舔過她的腚？我看你們是白忙活，解小扁的尿，輪不到你們喝，解小扁的腚，也輪不到你們舔……」

「舅舅，您別罵了……」小青哭著喊著，抓起一個柿子，扔到很遠的地方。

寶田把算盤往桌子上一拍，站起來，說：

「高大有，你猖狂了！」

「老子就猖狂了，怎麼的？」

「你那個民辦教師，不是鐵桿莊稼！」

「老子教書時，你還在你爹腿肚子裏轉筋呢，你說不讓我教，我就不教了？你們爺倆兒，在柿子溝一手遮天，但你們能把全中國的天都遮住嗎？」高大有揮舞著手臂，說，「真是他媽的不要臉了，爺兒倆個，圍著一個娘們的腚溝轉，寶田，你是個傻種，解小扁那個窟窿，你爹鑽夠了才輪到你呢！」

寶田抓起算盤，對著高大有投過來。高大有一閃，躲過去，繼續說：「說到痛處了吧？這就叫氣急敗壞，哈哈，你們以為大傢伙眼睛瞎了？告訴你吧，群眾的眼睛是雪亮的！」

寶田提起凳子，欲往高大有身邊衝，被保管員死死抱住。保管員勸他：

「寶田，寶田，不要跟這個瘋子一般見識。」

「我是瘋子？我是他媽的瘋了，我是被你們和解小扁聯手氣瘋了。你們是一群蒼蠅，圍著解小扁那塊臭肉轉圈飛……」

「高老師，是『肉』不是『右』。」小扁走到高大有面前，平靜地說。

她是什麼時候來的？高大有那些髒話，難道她都聽到了嗎？

「老子就說『右』，你能怎麼的？」

「高老師，是『說』不是『靴』。」小扁笑眯眯地說。

「甭你娘的在我面前賣片兒湯，你認識那幾個字，不還是老子教你的嗎？」

「高老師，是『認』不是『印』，是『識』不是『希』。」小扁耐心地說。
「你……你這個……」
「高老師，是『這』不是『則』。」小扁說。
「我……氣殺我也……」
「高老師，是『殺『』不是『撒』。」
「我就『撒』了，你能怎麼著？『撒撒撒撒……』」高大有將兩條胳膊揮舞起來，仿佛真的往空中撒著什麼東西，但他的動作，突然緩慢了，先是左邊的胳膊，無力地垂下來，接著右胳膊也耷拉下來。他橫眉豎目的臉，像被水淋濕的紙糊燈籠一樣坍塌了。然後他就歪倒在地上，嘴角上流出涎水，嘴巴裏嗚嗚嚕嚕地，不知道說著什麼。
高貴香大聲哭嚎著、叫罵著，從柿子堆裏掙出來，抓起身邊的柿子，對著我們投擲：
「你們這些土匪，你們這些強盜，你們這些畜生，你們這些破鞋，你們把我哥氣死了啊……」

七

高大有得了腦溢血，送到醫院救治後，活了過來，但留下了後遺症：嘴巴歪了，左腿拖了，左胳膊舉不起來了。他拄著拐棍，在村子裏遊蕩。見了人，就嗚啦，聽不清楚說什麼。在大街上遊蕩夠了，就到學校裏去，用拐棍搗教室的窗戶，或者在教室前那個空場上，用拐棍劃字，罵小扁，罵書記和寶田。陳國忠上前，用不便利的腳，把那些惡毒的話語抹掉。抹著抹著，兩個人就打了起來。那條大黃狗，有氣無力地叫幾聲，便不再理睬他們。打的結局，總是陳國忠將高大有推翻在地，擺一個勝利者的姿態，笑著說：

「高大有，你這孫子，從前笑話我瘸，給我起外號『英文教員』，說我走起路來，腳尖在地上寫英文。笑話人，輪上身。你孫子，怎麼也劃起道道來了？你看看你劃的，像蝌蚪文呢。現在，你孫子還不如我呢，我還有一張嘴，可以唱戲，『手提著紅燈啊俺四下裏看～～～上級派人那個到咱龍潭吶～～～』可是你，嗚嗚啦啦，嘴歪鼻塌，徹底廢物了。書記大仁大義，看在你教了多年書的份上，保留了你的工分，把你住院的費用，用合作醫療經費全部報銷，你還寫字罵他，這叫什麼？這就叫『批林批孔批宋江，喪心病狂』！」陳國忠唇槍舌劍，妙語連珠，罵得高大有老羞成怒，無處發洩，掄起拐棍，想打，但舉起棍子，身體就失去支撐，沒打著陳國忠，自己先倒了。爬起來，在地上轉圈，找不到解恨處，瞄上了那鐵鐘，歪歪斜斜撲上去，身體依靠木頭上，用那隻好手，扯住鐘繩，就想敲鐘。這可了不得，事關大局，貧下中農管理學校，管理的就是這個鐘，哪能讓他亂敲？於是，哇哇叫喚著，胳膊忽搧著，仿佛抓著野兔子艱難起飛的老鷹翅膀，撲了上去，「噹——」鐘響了一聲，兩個殘人糾纏在一起，滾成一團。大黃狗厭煩地叫了一聲，便閉上眼睛。滾夠了，分開。似乎都吃了虧，似乎都佔了便宜，似乎都解了恨，退後幾步，間隔著三五米的距離，陳國忠對著高大有吐唾沫，唾沫裏有血，高大有用拐棍在地上寫了四個歪歪扭扭的大字：小人得志。志字後邊，還畫了一個長長的驚嘆號。

陳國忠跳著腳說：「是『人』不是『銀』！」

八

我們在一起議論：小扁如果不還鄉，寶田和她不般配。小扁回了鄉，和寶田很般配。我們順著蔓兒往下想，小扁如果和寶田成了兩口子，接下來的幸福，就像葡萄，一串串一穗穗，採摘不盡。在我們的心目中，他們倆的事，已經基本上是板上釘釘，不可改變了。但一個半真半假的傳言，讓我們心中感到七上八下。說寶田向小扁求婚，小扁說：

「啥時候你能說一口標準的普通話，再跟我來談這個問題。」

寶田說：「我隨時都可以學會普通話，但是，如果我在村子裏，滿口普通話，不讓人笑話嗎？」

「笑話什麼？」小扁瞪了寶田一眼，說，「到了外邊，不說普通話才讓人笑話呢。」

「到了外邊，我也會說普通話，但在村子裏，還是不說為好。」寶田說。

「隨你便。」小扁說。

「小扁，咱們倆在一起時，我可以跟著你說普通話，但在公眾的場合，你還是讓我說咱自己的話。」寶田說。

「隨你便。」小扁說。

「小扁，咱們倆的事，拖了這麼多年了，是不是舉行個儀式定下來？」寶田說。

「咱們倆有什麼事？」小扁問。

「我知道你跟勘探隊那個小丘來往密切，」寶田帶著情緒說，「但那些人是順水飄流的浮萍，不可靠的。」

「你沒有資格對我說這樣的話。」小扁說。

小扁和寶田的對話，來自陳國忠的轉述，我們半信半疑。對話中提到的那個小丘，是省地質局的一個勘探小隊的隊長。秋收時節，一輛濺滿泥漿的大卡車，開到我們村外，在佈滿卵石的河灘上，豎起一個井架，發動了一台四十八馬力的柴油機，拉著鑽機，開始了神秘的鑽探。問他們鑽什麼？他們笑而不答。鑽井隊裏，共有十四個人，清一色的小伙子，隊長小丘，滿頭鬈毛，唇紅齒白，皮膚黧黑，穿一身帆布工作服，戴著白手套，脖子上圍著一條白毛巾，手腕子上戴著一塊亮晶晶的手錶，講得自然是一口標準的普通話。這樣的人物，過去我們只是在電影上看到過。他們的出現，使我們異常興奮，最興奮的還是孩子。他們忘記了上課，圍在井架旁邊，目不轉睛地觀看。柴油機鏗鏗地吼著，鑽機隆隆地轉著，柴油味溢滿河道，河水中漂浮著油花子。小扁到鑽機旁邊去找她的學生，認識了小丘。在我們村人眼裏，小丘和他的隊員們很有吸引力，但在小丘和他的隊員們眼裏，小扁更有吸引力。我們猜想，小扁吸引他們的不僅僅是容貌，還包括她標準的普通話。

我們農民，只有下大雨、颳狂風、下冰雹，才可以休息，但鑽探隊裏那些人，每隔六天就歇一天。當我們看到，他們在晴空麗日下，穿著乾乾淨淨的衣服，在河邊、在樹林裏、在我們村子裏晃來晃去時，我們深切地體會到了人間的不平。人比人要死，貨比貨要扔，對此，我們沒有一點脾氣。我們只是感到，這樣大好的日子，不颳風不下雨，竟然用來玩耍，真是糟蹋了。村子裏有資格過星期天的人，只有小扁一個。星期天裏，小扁端著臉盆，在河裏洗衣裳。一個精巧的小收音機，放在河邊一塊石頭上。裏邊一會兒唱戲，一會兒說話。裏邊唱戲時小扁就跟著唱戲，裏邊說話時小扁就跟著說話。有時候，小扁也在河裏洗頭。她把衣裳領子窩進去，露出比臉白許多的脖子，浸濕頭髮，抹上香皂，搓出一頭泡沫，然後就把頭放在水中漂洗。

只要小扁出現在河邊，鑽探隊員們都來洗衣服。有的說：「解老師，唱個歌吧。」有的說：「解老師，你應該到廣播電臺去當播音員，在這山溝裏，可惜了。」小扁不搭理他們，只是微笑。鑽探隊員們有的也有口音，小扁就毫不客氣地糾正他們，使他們的臉，臊得通紅。每當此時，隊長小丘就用眼睛瞪他的隊員。過了不久，那些勘探隊員就不再圍著小扁轉悠了，只剩下隊長小丘和小扁在一起。他們倆在河邊走，在樹林子裏走，在山溝裏走，走夠了，就坐在石頭上。小丘從懷裏摸出一個口琴，放在嘴巴裏來回拉動，美妙的聲音就從那些槽槽洞洞裏發出來。許多鳥在他們後邊的樹上鳴叫，有「喳喳」的，有「啾啾」的，啄木鳥啄樹洞，「篤篤篤，篤篤篤」。村子裏的放羊漢李結實，站在山頂那塊黑色的大石頭上，高聲歌唱：「是『人』不是『銀』吶~~，是『肉』不是『右』~~」散在山坡上的羊，「咩咩」叫喚。小扁的學生，有牽著羊的，有揹著草筐的，躲在樹林子裏，聽著，看著，小腦袋裏，想像著什麼，想像著什麼呢？

那個名叫小青的女孩子，雖然是高大有的外甥，但和小扁非常親近。她的娘高貴香經常向她灌輸對小扁的仇恨，但是一點作用也不起，甚至起反作用，孩子的心就是這樣，你教她仇恨，她卻學會了熱愛。

這個小青，竟然喝了農藥死了。死後渾身青紫，嘴巴微張，大睜著眼睛。真是可惜，真是可憐，真是可怕。我們村子，喝農藥死去的女人，十幾年裏，累計有十幾個，但從來沒有孩子自殺過。小青的死，全村震動，外村也知道了。村裏的人差不多都去看過，外村也有來看的。

小扁去看小青，高大有手持拐棍，攔著門不讓進。陪小扁一起去的小丘，把高大有連同他手中的拐棍一起抱起來——他的力氣可真大——像抱一麻袋柿子一樣，抱到很遠的地方，往地上一墩，說：

「您在這裏歇會吧。」

小青被平放在院子裏一棵粗大的柿子樹下，身下墊著一塊塑膠布。半張著的嘴巴裏，散發出刺鼻的農藥味兒。從明顯短了的衣袖裏，抻出那兩雙手指長長的手。手腕上，用藍色的墨水畫著一隻手錶。

小扁先是站著哭，然後是蹲著哭，最後是伏在小青身上哭。

小青的娘高貴香，看到小扁來了，先是滿懷敵意，大眼珠子，直愣愣地，仿佛要往外噴火星子。看到小扁哭得傷疼，她眼裏的火就熄滅了，一腚坐在地上，雙手輪番拍打著地面，哭。小青的爹，蹲在牆角，抱著頭哭，聲音尖細，像個小孩子。這是一個老實人，外號「木頭」，平日裏只知道悶著頭幹活，家裏的事，一切都是老婆做主。

小丘蹲在小青身邊，握著小青那隻畫著手錶的手，眉頭緊蹙，連連歎息。他勸說小扁，但小扁不理他。過了一會兒，他從自己手腕上擼下那隻亮晶晶的全鋼十九鑽上海牌手錶，套在小青手腕上，說：

「小扁，不要哭了，我們滿足她的心願。」

然後，他把小扁拉起來。

戴著手錶的小青靜靜地躺在燦爛的夕陽裏。錶針噠噠地響著，眾人仔細聆聽。天氣很涼，我們一陣陣地發抖。一片片紅色的柿樹葉子，無聲無息地落下來，浮浮游遊地落下來，有的落在小青身上，有的落在小青身旁。

小丘的舉動，引起了軒然大波。我們估計，那個晚上，村子裏的家家戶戶，都在議論這件事。有的人，在誇獎小丘的義氣，一塊那樣的手錶，在那個時代，可不是一件小禮物。價值一百二十五元，一家人拚著命幹一年，也不一定能掙到這麼多錢。問題還不僅僅是錢，那樣的手錶，是緊俏商品，要憑票供應。也有的人，對小丘的舉動，胡亂猜想，說他是做給小扁看的，說他是一時衝動，回去後，肯定要後悔。也有人說，這樣貴重的東西，難道要埋到地下？如果埋到地下，小青的墓，除非日夜有人看守，否則，盜墓賊還不得成群結隊？也有人說，高貴香那個財迷，決不捨得讓小青戴著手錶下葬⋯⋯議論紛紛，人人操心。小丘的舉動，其實也給高貴香家出了一個難題。埋下去吧，小青的屍身難得安息，不埋下去吧，人家小丘的意圖那樣明顯，就是為了滿足孩子那點願望的嘛。

第三天，書記到了高貴香家，坐在院子裏。他的身後，是一具刷成紅色的小棺材。小青躺在棺材裏，臉上蒙著一張白紙，身上蓋著一條紅花布的小被子。書記先讓陳國忠去把小扁叫來，然後又讓民兵連長劉順，去河灘上把小丘叫來。書記陰沉著臉，不說話。小扁來了，問書記，書記不回答。小丘來了，神情冷傲。書記冷冷地看著他。兩個人的目光，似乎是針尖對著麥芒，誰也不讓誰。爭鬥了一會兒，書記的目光先弱下來，側著臉問：

「您就是丘隊長？」

「叫我小丘好了，」小丘冷淡地說，「請問您找我來有什麼事？我正在工作，很忙。」

「也沒有什麼事，」書記用一根柴棍挑著從小青手腕上褪下來的錶，說，「希望您把這個玩藝兒拿走。」

小丘剛想辨白，書記打斷了他的話，說：

「你什麼也不要說，說了我也不聽，小青是我們村的孩子，我是這個村子的書記，你不要來攙和我們的事。」

書記把手錶連同柴棍扔到小丘腳前，說：

「你們要在河灘上鑽探，這是國家的事，我們不敢阻攔，但我們這個村子，閨女媳婦很多，我這個書記，有責任保護他們。希望你們，不要到我們村子裏來胡串串，敗壞了我們的風俗！」

小丘滿臉通紅，很是尷尬，看了小扁一眼，似乎要尋求幫助。小扁低著頭，不說話。小丘彎腰撿起手錶，嘴唇亂哆嗦，似乎要說話，但終究沒說出什麼，然後就走了。

「有幾個臭錢，顯擺什麼？」書記盯著小丘的背影說。

「書記，我可以走了嗎？」小扁問。

「你不可以走，我還有話。」書記說，「解小扁，剛剛接到公社教育組的通知，停止你的工作。」

「為什麼？」小扁問。

「我也不知道。縣教育局和公社教育組的人下午就到，他們來了，你就知道為什麼了。」書記對民兵連長說，「劉順，你安排幾個人，把小扁帶到大隊辦公室去吧，好好照顧著，別出事，出了事我們無法向上邊交待。」

九

消息很快就傳開了。說小青臨死前在作業本上寫了一首詩：

「俺是山裏娃，說啥普通話？滿嘴大白話，皇帝拉下馬。只要思想紅，照樣幹革命。」

正好上邊在批判資產階級教育路線回潮，這個事件，非常典型，於是就引起了縣裏的注意。

小扁被關押在大隊部裏。我們很擔心，便相約著，前去觀看。聽說縣、社聯合調查組的組長就是當年四清工作組裏那個能講一口標準普通話的傅春花，我們想跟他說說，他當年對我們的影響有多大。我們還想告訴他，小扁之所以要在村子裏推廣普通話，也與當年他講普通話給我們留下了那麼難忘的美好印象有關。

我們一到大隊部門口，就被站崗的基幹民兵擋住了。我們村民兵連是公社武裝部授予的先進集體，配備著十支破舊步槍、一百發子彈。雖是破槍，也比棍棒和梭鏢威嚴許多。這些基幹民兵，平日裏是和我們打打鬧鬧的兄弟爺們，但披掛起來之後，他們的面孔，就變得嚴肅而深沉，使我們心生敬畏，不敢親近。小扁的娘和爹也哭哭啼啼地趕來，想往裏衝，持槍的民兵把大槍一端，眼睛一瞪，他們的腿腳，就定住了。

許多人聚集在大門外，書記出來，和顏悅色地說：

「都回去吧，圍在這裏幹什麼？有什麼好看的？」

小扁的爹苦著臉問：

「他大叔，小扁倒底犯了什麼罪？」

書記搖搖頭，很為難地說：

「老扁，怎麼跟你說呢？」

「小青和俺家小扁，好著呢，」小扁娘說，「她們倆在俺家炕頭上，吃著糖塊學官話，糖塊是小扁買的。」小扁娘說。

「老嫂子，回去吧，」書記說，「我會向工作組如實地反映情況。」

這時，一個禿了頭頂、戴著眼鏡的人，從辦公室裏出來，指著我們對書記說：

「把大門關上！怎麼搞得嘛！」

幾個基幹民兵在書記的指揮下，把那兩扇大鐵門喀喇喀喇地關上了。我們感到適才這個人有點面熟，在鐵門關上那一霎，當年那個在我們的記憶中留下許多好印象的傅春花，和他重合在一起。

「他已經當了教育局的副局長了。」陳國忠在我們身後，悄悄地說。

我們猛然地想到，適才，這個傅副局長講的普通話已經很不純正了。

在以後的日子裏，白天不敢去，晚上，我們就悄悄地溜到鐵門外，將耳朵貼在門縫上，聽著裏邊的動靜。頭幾天晚上，我們聽到小扁大聲喊叫，用得依然是標準的普通話。後來的晚上，只能聽到工作組的人在喊叫，卻聽不到小扁一點聲音了。

十天後，聯合調查組撤走了。

大隊部院子裏的大門開了，小扁從裏邊走出來。院子裏靜悄悄的，仿佛一個人也沒有。辦公室裏的電話鈴叮鈴鈴地爆響著，沒有人接聽。

小扁的爹娘迎上去。

我們也跟著迎上去。

「孩子，你沒有事吧？」小扁的娘哭著問。

小扁頭髮很順溜，衣服也還整潔，只是目光有些呆滯。

「小扁，你還好吧？」我們低聲問她。

她抿嘴一笑，我們以為她要說話，但她沒有說。

聯合調查組回去發了一個文件，停止了在全縣中小學推廣普通話教學的運動。當時還有傳言要追認小青為革命烈士，後來沒了下文。

事情過去了許多年，我們至今也弄不明白，小青為什麼要自殺？小青和小扁關係那樣親密，學習普通話的熱情那樣高，為什麼要寫那樣一首詩？是誰發現了那首詩？又是誰把那首詩送到了縣裏？我們懷疑是高大有偽造了那首詩，我們也懷疑是書記或者是寶田把那首詩送到了公社教育組。我們的理由是小扁和高大有有仇，而小扁和小丘的關係，傷害了書記和寶田的感情。但這些懷疑，也經不起推敲。因為高大有生前，曾經許多次地在大街上，在學校的牆上，用拐棍，用粉筆，不斷地寫、劃：「那首詩，不是我寫的，我高大有是個堂堂正正的男人，不幹這種卑鄙小人的事……」高大有臨終前，瞪著眼不肯嚥氣，他的老婆對他說：「他爹，村裏人都知道，那首詩不是你寫的，你閉眼吧。」他這才閉上眼睛嚥了氣。至於寶田，在小扁瘋了之後的表現，讓我們深為感動。他找到小扁的父母，說：「大爺，大娘，小扁生是我的人，死是我的鬼，我要和她結婚。」

後來，寶田真和小扁結了婚。結婚之後，寶田帶著小扁，去地區精神病醫院治了三個月。回來之後，小扁發了胖，兩個腮幫子嘟嚕下來，見了人就笑。問她：「小扁，認識我嗎？」她只是笑，不回答。

村裏人都說書記寬宏大量，寶田是個好樣的，但也有人不這樣看。

陳國忠生前曾經神秘地對我們說：

「那天，我給工作組伙房送菜，看到他們，把一塊豬肉，用柴棒插著，舉到小扁面前，問：『這是什麼？』小扁用普通話說：『豬肉！』一個人撲上去，把那塊豬肉硬塞進小扁嘴裏，說，『讓你豬肉，讓你豬肉！你說「駒右」就饒了你！』小扁真是倔強，把豬肉從嘴巴裏吐出來，說：『你們可以殺了我，但是「豬肉」不是「駒右」！』」

我們問：「你說的『他們』是誰？」

「……這個小扁，真是倔強……真是倔強啊……」陳國忠含糊其詞，「你就說『駒右』，又能怎麼樣呢？」

陳國忠說的話，我們也不能全信。

木匠和狗

鑽圈的爺爺是個木匠，鑽圈的爹也是個木匠。鑽圈在那三間地上鋪滿了鋸末和刨花的廂房裏長大，那是爺爺和爹工作的地方。村子裏有個閑漢管大爺，經常到這裏來站。站在牆旮旯裏，兩條腿羅圈著，形成一個圈。袖著手，胳膊形成一個圈。管大爺看鑽圈爺爺和鑽圈爹忙，眼睛不停地眨著，臉上帶著笑。外邊寒風凜冽，房檐上掛著冰棱。一根冰棱斷裂，落到房檐下的鐵桶裏，發出響亮的聲音。廂房裏彌漫著烘烤木材的香氣。鑽圈爺爺和鑽圈爹出大力，流大汗，只穿著一件單褂子推刨子。欻——欻——欻——，散發著清香的刨花，從鉋子上彎曲著飛出來，落到了地上還在彎曲，變成一個又一個圈。如果碰上了樹疤，鉋子的運動就不會那樣順暢。通常是在樹疤那地方頓一下，刃子發出尖銳的聲響。然後將全身的氣力運到雙臂上，稍退，猛進，欻地過去了，半段刨花和一些堅硬的木屑飛出來。管大爺感歎地說：「果然是『泥瓦匠怕沙，木匠怕樹疤』啊！」

爹抬起頭來瞅他一眼，爺爺連頭都不抬。鑽圈感到爺爺和爹都不歡迎管大爺，但他每天都來，來了就站在牆旮旯裏，站累了，就蹲下，蹲夠了，再站起來。連鑽圈一個小孩子，也能感到爺爺和爹對他的冷淡，但他好像一點也覺察不到似的。他是個饒舌的人，鑽圈曾經猜想這也許就是爺爺和爹不喜歡他的原因，但也未必，因為鑽圈記得，有一段時間，管大爺沒來這裏站班，爺爺和爹臉上那種落寞的表情。後來管大爺又出現在牆旮旯裏，爺爺將一個用麥稈草編成的墩子，踢到他的面前，嘴巴沒有說什麼，鼻子哼了一聲。「來了嗎？」爹問，「您可是好久沒來了。」蹲著的管大爺立即將草墩子拉過去，塞在屁股底下，嘴裏也沒有說什麼，但臉上卻是很感激的表情。好像是為了感激爺爺的恩賜，他對鑽圈說：「賢侄，我給你講個木匠與狗的故事吧。」

在這個故事裏，那個木匠，和他的狗，與兩隻狼進行了殊死的搏鬥，狼死了，狗也死了，木匠沒死，但受了重傷。狼的慘白的牙齒，狼的磷火一樣的眼睛，狗脖子上聳起的長毛，狗喉嚨裏發出的低沉的咆哮，白色的月光，黑黝黝的松樹林子，綠油油的血……諸多的印象留在鑽圈的腦海裏，一輩子沒有消逝。

管大爺身材很高，腰板不太直溜。三角眼，尖下頜，脖子很長，有點鳥的樣子。一個很大的喉結，隨著他說話上下滑動。他頭上戴著一頂「三片瓦」氈帽，樣子很滑稽。提起管大爺，鑽圈總是先想起這頂氈帽子，然後才想起其他。這樣式的氈帽現在見不到了。管大爺做古許多年了。鑽圈爺爺去世許多年了。鑽圈爹已經八十歲了。鑽圈也兩鬢斑白了。爹健在，鑽圈不敢言老，但他感覺到自己已經老了。鑽圈把許多事情都忘記了，但管大爺講過的那些故事和他頭上那頂氈帽卻牢記在心。

管大爺用腳把眼前的鋸末子和刨花往外推推，從腰裏摸出煙包和煙鍋，裝好煙，揀起一個刨花圈兒，抻開，往前探身，從膠鍋子下面引著火，點著煙，吧嗒吧嗒吸幾口，用大拇指將煙鍋裏的煙末往下壓壓，再吸兩口，兩道濃濃的煙霧，從他的鼻孔裏直直地噴出來。他清清嗓子，提高了嗓門，小眼睛直盯著鑽圈，亮晶晶的，很有神采，說：「大侄子，你長大了，一定也是個好木匠。『龍王的兒子會鳧水』嘛！」

鑽圈聽到爺爺咳嗽了一聲。鑽圈知道爺爺對爹的木匠手藝很不滿意，對自己，更不會抱什麼希望。爺爺咳嗽，是表示對管大爺的恭維話的反感。

管大爺說：「五行八作中，最了不起的就是木匠。木匠都是心靈手巧的人，你想想，能把一棵棵的樹，變成桌子、板凳、風箱、門、窗、箱、櫃……還有棺材，這個世界上，誰能不死？死了誰能不用棺材？所以，誰也離不開木匠。」

爺爺冷冷地說：「一大些用草席捲出去的，也有用狗肚子裝了去的。」

「那是，那是，」管大爺忙順著爺爺的話茬兒說，「我是說個大概，大多數人還是需要一口棺材的，當然棺材與棺材大不一樣。有柏木的，有柳木的，有四寸厚的，有半寸厚的。我將來死了，只求二叔和大弟用下腳料給釘個薄木匣子就行了。」

「你這是說得哪裏的話？」爹說，「趕明兒大哥發了財，用五寸厚的柏木板做壽器時，別嫌我們手藝差另請高明就行了。」

「我要是發了財，」管大爺目光炯炯地說，「第一件事就是去關東買兩方紅松板，請大弟和二叔去給我做。我一天三頓飯管著你們。早晨，每人一碗荷包蛋，香油餜子盡著吃。中午和晚上，最次不濟也是四個冷盤八個熱碗，咱沒有駝蹄熊掌，但雞鴨魚肉還是有的；咱沒有玉液瓊漿，但二鍋頭老黃酒還是可以管夠的。二叔您也不用自己下手，找幾個幫手來，讓大弟領著頭幹，您在旁邊給長著點眼色就行了。做成了壽器，我要站在上邊，唱一段大戲：一馬離了西涼界——然後放一掛八百頭的鞭炮，還要大宴賓客，二叔和大弟，自然請坐上席——可是，我這副尖嘴猴腮的模樣，這輩子還能發財嗎？」

「怎麼不能發財？您怎麼可以自己瞧不起自己呢？」爹說，「沒準兒走在街上，就有一塊像磚頭那般大的金子，從天上掉下來，嘭，砸在您的頭上。」

「大弟，你這是咒我死呢！」管大爺道，「寸金寸斤，磚頭大的一塊金子，少說也有一百斤，砸在頭上，還不得腦漿迸裂？即便運氣好活著，也是個廢人。這樣的財我還是不發為好，就讓我這樣窮下去吧。」

「其實您也不窮，」父親說，「人，不到討飯就不要說窮。您瞧您，穿著厚厚的棉襖，戴著八成新的毡帽，我們彎著腰出大力，您抽著煙說閒話，我們都不敢說窮，您怎麼可以說窮？」

爺爺瞪了爹一眼，說：「幹活吧！」

爺爺一開口，爹就閉了嘴。場面有點僵。鑽圈瞅著房檐下那些亮晶晶的冰棱，不由地歎了一口氣。

「小孩歎氣，世道不濟。」管大爺說，「大侄子，你不要歎氣了，我給你再講個木匠和狗的故事吧，聽完了這個故事，你就歡氣了。橋頭村有個木匠，姓李，人稱李大個子——沒準二叔和大弟還認識他，他也算是個有名的細木匠，跟二叔雖然不能比，但除了二叔，也就無人能跟他相比了——我這樣說大弟您可別不高興。」

「我是個劈柴木匠，只能幹點粗拉活兒，」爹笑著說，「你儘管說。」

「李大個子早年死了女人，再也沒有續弦，好多人上門給他提親，都被他一口回絕。大家都猜不透他的心思。他養著一條公狗，黑狗，真黑，仿佛從墨池子裏撈上來的。都說黑狗能辟邪，但這條狗本身就邪性。去年冬天我去趕柏城集，親眼見到過這個狗東西，蹲在李大個子背後，兩個黃眼珠子骨碌骨碌轉悠，好像在算計什麼。那天是最冷的一天，颳著白毛風，電線杆子上的電線嗚嗚地響，樹上的枝條嚓嚓地響，河溝裏的冰叭叭地響。有很多小鳥飛著飛著就掉下來了，掉在地上立馬就成了冰疙瘩。」

「沒讓那些鳥把您的頭砸破？」父親低著頭，一邊幹活一邊問。

「大弟，」管大爺笑著說，「你是在奚落我，你以為我是在撒謊。去年最冷那天，就是臘月二十二日，辭灶前一天，縣廣播電臺預報說是零下三十二度，是一百年來最低的溫度紀錄。其實他們也是在瞎咧咧，氣象預報，是共產黨來了才有的事。一百年，一百年都回到大清朝去了。那個時代，還沒發明溫度錶呢。」

「不要小看了古人！」爺爺冷冷地說，「欽天監不是吃閒飯的。他們能算出黃曆，能算出興衰，還算不出個溫度？」

「二叔說的對，」管大爺說，「欽天監裏的人，都是半神，像那個張天師，前算五百年，後算五百年，算個溫度不在話下。那天反正是夠冷的，從咱們村到柏城集，只有十里路，我就撿了二十多隻小鳥。有麻雀，有雲雀，有鵜鴣，還有兩隻斑鳩。斑鳩，為什麼叫斑鳩？因為牠上午半斤重，下午九兩重，斑鳩，半九也。我把撿來的小鳥揣在懷裏，想給牠們點熱度把牠們救活。我爹生前是捕鳥的，二叔知道，大弟也知道。那扇捕鳥的大網還在我家樑頭上擱著呢。我要是把那網扛到南大荒裏支起來，一天下來，怎麼著還不網它百二八十個鳥兒？拿到集上去，怎麼著還不賣個十塊八塊的？要說發財，只要把俺爹的行當撿起來就能發財。但傷天害理、禍害性命的事兒，不能再做了。輪迴報應，不敢不信。我是一百個信、一千個信的。俺爹的下場，嚇破了我的膽。俺爹一輩子禍害了多少鳥？五萬隻？十萬隻？反正是不老少。他從小就跟鳥兒摽上了，七八歲時，用彈弓打，人送外號神彈子管小六，我爹在他們那輩裏排行第六。聽老人說，我爹能聽聲打鳥。他根本就不瞄準，聽到鳥在樹上叫，從懷裏摸出彈弓和泥丸，胳膊一抻，嗖地一聲，鳥聲斷絕，鳥兒就從樹梢上，啪嗒，掉下來了。玩彈弓玩到十三歲，不過癮了，開始玩土槍，我爺爺是個大甩手，整天吃大煙，家裏的事一概不管，由著我爹折騰。我奶奶反對我爹玩土槍，幾次把他的槍放在鍋灶裏燒毀。但燒了舊的，他就做新的。他無師自通地就把土槍做出來了，而且做得很漂亮。火藥也是他自己配的。我奶奶管不了他，就咒他：小六啊，小六，你就做吧，總有一天讓這些鳥把你啄死。

「玩了幾年槍，還嫌不過癮，又鬼使神差地學會了結網，沒日沒夜地結。結好了，扛到小樹林子裏支起來，網裏放上一個鳥囮子，唧唧喳喳地叫喚著，把那些鳥兒誘騙下來，撞在網上。人群裏有漢奸，鳥群裏有鳥奸。那些鳥囮子就是鳥奸。你想想看，鳥兒們也是有語言的，如果那些鳥囮子，告訴那些在天空打轉轉的鳥兒，說下邊是管六的羅網，千萬不要下來，下來就沒命了，那些鳥兒，還能下來嗎？鳥囮子一定是騙牠們，說下來吧，下來吧，下邊有好吃的，好玩的，把那些鳥兒哄騙下來了。由人心見鳥心啊。人裏邊，也真有壞的。就說前街孫成良，他還是我的表弟呢，要緊的親戚。前幾年我跟他一起去趕柏城集，走得早，看不清路。他走在前，一腳踩到一堆屎上，跌了一跤。按說他應該提我一個醒。但他不吭氣，悄悄爬起來，繼續往前走。我在後邊，也跟著踩了屎，跌了一跤。我說表弟，你既然踩了屎，跌了跤，為什麼不提我一個醒？他說，我為什麼要提醒你？我要提醒你，我的屎不是白踩了嗎？我的跤不是白跌了嗎？你說這人的心怎麼這樣呢？

「我爹天生是鳥兒們的敵人，殺起鳥兒來決不手軟。他把那些鳥兒從網上摘下來時，順手就捏斷了牠們的脖子，扔在腰間的布袋裏。那個布袋在他的胯下鼓鼓囊囊地低垂著，他的臉上蒙著一層通紅的陽光。我沒有親眼看到過我爹捉鳥時的樣子，但我的腦子裏總是浮現出我爹捉鳥時的景象。我爹捉鳥，起初是為了自己吃。小時候他就會弄著吃，聽說是跟著叫化子學的，找塊泥巴把鳥兒糊起來，放在鍋灶下的餘火裏，一會兒就熟了。把泥巴敲開，香氣就散發出來。這樣的香氣連我奶奶也饞，但她信佛，吃素。信佛吃素的奶奶竟然生養出一個鳥兒的殺星。如果那些死鳥的魂兒上天去告狀，我奶奶難免受到牽連。我爹後來就成了一個靠鳥兒吃飯的人，鳥肉雖香，但也不能天天吃。人是雜食動物，總要吃點五穀雜糧才能活下去。我爹別無長技，別的事情他也不想幹，莊稼地裏的活兒他是絕對不會幹的。弄鳥兒，是他的職業是他的特長也是他的愛好。說起來，我爹一輩子，幹了自己願意幹的事，也是造化非淺。我爺爺死後，我爹要養家戶口，就把捕獲的鳥兒拿到集上去賣。到了集上，把腰間的布袋解開，把鳥兒往地上一倒，幾百隻死鳥堆成一堆，什麼鳥兒都有，花花綠綠的。有的鳥死後還把舌頭吐出來，像吊死鬼一樣，既讓人害怕，又讓人感到可憐。趕集的人走到我爹面前，都要往那堆死鳥上看幾眼。有搖頭歎息的，有罵的：管六，你就造孽吧。對鳥兒最感興趣的還是孩子。每次我爹把鳥兒攤在地上，就有幾個小男孩圍上來看。先是站著看，看著看著就蹲下來。先是不敢動手，看著看著手就癢了，黑乎乎的指頭勾勾著，伸到鳥堆上，戳那些鳥。越戳越大膽，就翻騰起來，似乎要從裏邊找到一個活的。我爹抄著手站著，低頭看著這些嗵著鼻涕的孩子，臉上是悲傷的表情。我爹心中的想法，任誰也猜不透的。他是身懷絕技啊。如果是退回去幾百年，還沒把洋槍洋炮發明出來的年代，我爹靠著那一手打彈弓的神技，就可能被皇上召了去，當一個貼身的侍衛。就算時運不濟沒給皇上當侍衛，給大官大員們，譬如包青天那樣的大官，當一個護衛，王朝馬漢，孟良焦贊，那是絕對沒有問題的吧？就算連王朝馬漢孟良焦贊也當不了，往難聽裏說，當一個綠林好漢，佔山為王總是可以的吧？你們想想，那麼小的鳥兒，我爹一抬手，就應聲而落，要是讓他用彈子去打人，想打右眼，絕對打不了左眼。人的眼睛，是最最要緊的，哪怕你有天大的本事、滿身的武功、比牛還要大的力氣，但只要把你的眼睛打瞎了，你也就完蛋了。我爹真是生不逢時啊。生不逢時的人，對那些有權有勢的人，總是冷眼相對。你有權，你有勢，那是你運氣好，不是靠真本事掙來的，我爹最瞧不起這些人。你有權有勢，我不尿你那一壺。生不逢時的人對小孩子是最好的。身懷絕技的人都是有孩子氣的，跟小孩格別的親。我爹身邊，總是有一些小男孩跟著。許多男孩，都打心眼裏羡慕我，羡慕我有這樣一個身懷絕技的爹，跟著這樣一個爹可以天天吃到精美的野味。走獸不如水族，水族不如飛禽。擺在我爹面前這些鳥兒可都是飛禽。有麻雀，有黃鸝，有交嘴，有繡眼，有樹鶯，還有許多叫不出名字的小鳥。我爹自然是能叫出來的。那些蹲在鳥堆前的孩子，用小手捏著鳥兒的翅膀或是鳥兒的腿兒，仰臉看著我爹：大爺，這是什麼鳥兒？黃雀。然後提起另外一隻：這隻是什麼鳥兒？灰雀。這隻呢？虎皮雀。這是臘嘴，這是白頭翁，這是竄竄雞，這是灰鶺鴒，這是五道眉，這是麥雞……。孩子們的問題很多，我爹有時候很耐心地回答，有時候根本不理睬他們。我爹面前，儘管圍著許多孩子，但他的鳥，其實很難賣。人們並不知道如何把這些東西處理成可食的美味。鳥賣不出去，時間長了，就臭了。在鳥兒沒有臭之前，我爹還是滿懷著把牠們賣出去的希望，揹著牠們去趕集，但一旦牠們臭了之後，就只好埋掉，埋在我家房後那片酸棗棵子裏。那些酸棗，原本是灌木，因為吸收了死鳥的營養，長得比房脊還高，成了大樹。到了深秋，果實纍纍，一片紫紅，煞是好看。有一個挖藥材的陳三，用杆子敲打酸棗樹，每次都弄好幾麻袋，賣到土產公司，聽說賣了不少錢。他是個有良心的人，每年春節，都要送我爹一瓶好酒。說六叔啊，這是感謝你的那些死鳥呢。酸棗樹叢裏，有好幾窩野兔子，其中有一隻老兔子，狡猾極了，正是：人老奸，驢老滑，兔子老了鷹難拿。這個老兔子，毀了好幾個鷹。你知道那些鷹是怎麼毀得嗎？那個老兔子的窩門口，有兩棵小酸棗，老兔子看到鷹來了，就用前爪扶著酸棗棵子，等待著鷹往下撲。鷹撲下來，老兔子不慌不忙地把那兩棵酸棗一搖晃，枝條上的尖針，就把鷹的眼睛扎瞎了。我爹用他的鳥網，經常能網到鷹。我們這地場，鷹有多種，最大的鷹，就像老母雞那麼大。鷹的肉，不怎麼好吃，酸，柴。但鷹的腦子，據說是大補。我爹每次捕到鷹，就會發一筆小財。縣城東關有個老中醫，用鷹的腦子，製作一種補腦丸，給他兒子吃，他兒子是個大幹部，出入都有跟班的呢。你們看我這是說到哪裏去了呢。後來我爹在不知道受了哪個明白人指點之後，不在大集上賣死鳥了。他在家裏，把這些鳥兒拾掇了，用調料醃起來，拿到集上去，支起一個炭火爐子，現烤現賣。鳥兒的香氣，在集上散發，把好多的饞鬼勾來。我爹的財運來了，擋都擋不住。那年秋天，鄉裏新來了一個書記，名叫胡長清，鼻頭紅紅，好喝幾口小酒。書記好喝小酒，是很正常的。他的工資是全鄉裏最高的，每月九十元，九十元啊，夠我們掙一年的了。二叔和大弟，你們辛辛苦苦地鋸木頭，累得滿身臭汗，一個月也掙不到九十元吧？」

「你這是拿檀香木比楊柳木呢。」爺爺說。

父親說：「聽說那個書記是個老革命，原先在縣裏當副縣長的。鬧水災那年，他帶領著農民去攔火車，說是火車震動，能把河堤震開。整個膠濟鐵路，中斷十八個小時。氣得國務院一個副總理拍了桌子，批示說：小小副縣長，吃了豹子膽。為了小本位，斷我鐵路線。責成山東省，一定要嚴辦。書記犯了錯誤，被撤了好幾級，下放到咱們這裏當書記。如果不是撤了職，他每月要掙一百多元。」

爺爺感歎道：「那樣多的錢，怎麼個花法？」

「所以我說我爹的財運來了擋都擋不住的。胡書記，一個老光棍漢，聽人家說他不結婚的原因是褲襠裏那件家什被炮彈皮子崩掉了。要不，這樣的老革命，還不從城裏找一個天仙似的女學生繁殖一大群革命接班人？不過要是這樣我估計著他也就不敢領著農民攔火車了。這個胡書記，脾氣暴躁，作風正派，從來不用正眼看女人，就衝著這一點，他的威信呼啦一下子就樹立起來了。在他之前，咱們鄉裏那幾任書記，都好色，見了女人腿就挪不動。突然來了一個不近女色的書記，大家都感到吃驚，然後就是尊敬。胡書記好趕集，沒事就到集上去轉轉，那時候困難年頭剛剛過去，集市上的東西漸漸地多了起來。我爹的鳥兒，用鐵籤子穿著，一串一串的，放在炭火上烤著，滋啦滋啦地冒著油，散發著撲鼻的香氣，連那些白日裏很難見到影子的野貓都來了，在我爹的身後打轉。連那些鷂鷹都飛來了，在我爹的頭上盤旋。瞅準了機會，牠們就會閃電似般地俯衝下來，抓起一串鳥兒，往高空裏飛，但飛不了多高牠就把鐵籤子連同鳥兒扔下來了。鐵籤子在火上烤得太熱，燙爪子。胡書記是不是聞著香味來的，我真的說不好，但我想，只要他到了我爹的攤子前，自然是能聞到香味的。那可不是一般的香味，那是燒烤著天上的鳥兒的香味啊。胡書記那樣的好鼻子，自然不能聞不到。而只要他聞到了香味，他想不買也難了。我爹生前，高興的時候，曾經跟我嘮叨過，說這個世界上，最考驗男人的事情，一個是美色，第二個就是美食。美色，有人還能抵抗，但美食，就很難抵抗了。有的人可能幾年不沾女人，但把一個人餓上三天，然後擺在他面前兩個餑餑一碗肉，讓他學一聲狗叫就讓他吃，不學就不給吃，我看沒有一個人能頂得住。」

「人的志氣呢？人畢竟不是狗。」鑽圈的爺爺冷冷地說，「俺老舅爺小時候，家裏跟沙灣李舉人家打官司，輸了，家破人亡。俺老舅爺只好敲著牛胯骨沿街乞討。有一次在大集上，遇到了李舉人在路邊吃包子。老舅爺不認識李舉人，就敲著牛胯骨在他面前數了一段寶。老舅爺自小聰明，記憶力強，口才好，能見景生情，出口成章。那一段寶數的，真是格崩俐落脆，贏得了一片喝采。那個李舉人問我老舅爺：你這個小孩，是哪個村子裏的？這麼聰明，為什麼幹上這下三濫的營生？俺老舅爺就把家裏跟李舉人打官司的事數落了一遍。說得聲淚俱下。那李舉人臉上掛不住，就說，小孩，你別說了，我就是李舉人。事情並不像你說的那樣，你爹是個混帳東西，他輸了官司，並不是我去官府使了錢，也不是官府偏袒我這個舉人，是因為公道在我這方。這樣吧，小孩，冤家宜解不宜結，你也不用敲牛胯骨了，你拜我做乾老頭吧。從今之後，只要有我吃的，就有你吃的。俺老舅爺那年才九歲，竟然斬釘截鐵地說：『人活一口氣，樹活一張皮。寧敲牛胯骨，不做李家兒。』集上的人聽了俺老舅爺這一番話，心中都暗暗地佩服，都知道這個小孩子長大了，不知道能出落成一個什麼人物。」

鑽圈插嘴問道：「這個老舅爺爺後來成了一個什麼人物呢？」

「什麼人物？」爺爺瞪了鑽圈一眼，單眼吊線，打量著一塊木板的邊沿，說，「大人物！」

「二叔，您說得是王家官莊王敬萱吧？」管大爺肯定地說，「他後來參加了孫中山的革命黨，民初的時候，在軍隊裏當官，孫中山給他發表的軍銜是陸軍少將。這樣的人物，自然是能夠做到凍死不低頭、餓死不彎腰的。」

鑽圈的爺爺哼了一聲，彎腰刨他的木頭，一圈圈的刨花飛出來，落在鑽圈的面前。

管大爺說：「鑽圈賢侄，我繼續給你說木匠和狗的故事。」

鑽圈說：「你爹和鳥的故事還沒說完呢。」

「我爹的故事，也沒有什麼講頭了。那個胡書記，每逢集日，就到我爹的攤子前，買兩串小鳥，蹲在地上，從懷裏摸出一個扁扁的小酒壺，一邊喝酒，一邊吃鳥，旁若無人。認識他的人，知道他是堂堂的書記，不認識他的人，還以為是個饞老頭呢。他後來和我爹混得很熟，很多人說我爹和他拜了乾兄弟。但其實沒有這麼回事。我爹是個直愣人，不會巴結當官的。否則，我早就混好了。」

「您現在混得也不錯。」鑽圈的爹說。

「稀里糊塗過日子吧，」管大爺感慨地說，「胡書記不止一次地對我爹說：老管，讓你兒子拜我的乾老頭吧，我好好培養培養他。我爹死活不鬆口。這樣的好事落到別人身上，巴結還來不及呢。可我爹……算了，不說了。大弟你說，如果我拜了胡書記乾老頭，最不濟也是個吃公家飯的吧？」

「那是，」鑽圈的爹說，「沒準也是一個書記呢。」

「你爹也是個有志氣的！」鑽圈的爺爺感歎著，「管小六啊管小六，這樣的人也難找了！」

「鑽圈賢侄，我給你講木匠與狗的故事。」管大爺說。

……

鑽圈老了，村子裏的孩子圍著他，嚷嚷著：「鑽圈大爺，鑽圈大爺，講個故事吧。」

「哪裏有這麼多的故事？」鑽圈抽著旱煙，說。

一個嗵著鼻涕的小男孩說：「鑽圈大爺，您再講講那個木匠和他的狗的故事吧。」

「翻來覆去就是那一個故事，你們煩不煩啊？」

「不煩，不煩……」孩子們齊聲吵著。

「好吧，那就講木匠和狗的故事吧。」鑽圈說，「早年間，橋頭村有一個李木匠，人稱李大個子。他養了一條黑狗，渾身沒有一根雜毛，仿佛是從墨池子裏撈上來的一樣……」

……

那個嗵鼻涕的小孩，在三十年後，寫出了〈木匠與狗〉：

……木匠拖著沉重的步伐，不斷地回憶著那個收稅小吏橫眉立目的臉和猖狂的腔調，搖搖擺擺地走進家門。他將扁擔和繩索扔在地上，大罵了一聲：狗雜種！然後又回頭對著湛藍的、飄游著白雲的天空，再罵一聲：狗雜種！忙活了半個月，用上好的桐木板和燦爛的公雞毛做成的四個風箱，賣了一百元錢，竟被集市上那個目光陰沉的收稅員罰沒了九十元，心中的懊惱難以言表。把剩下的十元錢，打了兩斤薯乾酒，割了兩斤豬頭肉，還買了一串油炸小鳥。吃到肚子裏，喝進肚子裏，把錢變成屎尿，讓你們罰去吧。錢沒了，但日子還得往下過。錢是死的，人是活的。只要人活著，不生病，有手藝，趕集時長著點眼色，看到那些賣炒花生的小販提著籃子拖著秤逃跑，你就跟著逃跑，不要把木貨全部解開，免得臨時捆不及，這樣，就可以保證不被那個收稅的抓住。我的風箱做得好，木板烘烤得乾燥，雞毛紮得厚實，風力大，不飄偏，方圓百里，沒人不知道我的風箱。只要有用風箱的人家，我就有活幹。只要有活幹，就會有錢掙。今日破了財，就算免了災。嗨！這年頭。心中雖然還為那被罰沒的九十元疼著，但明顯地鈍了，麻木了。把肉和酒從帆布兜子裏摸出來，扔在桌子上。坐下，剛要吃喝，就聽到街上一陣嚷。木匠本不想出去，這年頭，多一事不如少一事，但喊聲越來越急，終於坐不住了。出去看，原來是鄰居家一頭牛犢掉到井裏，那個年輕媳婦在喊叫。李大叔，快幫幫俺吧，要是淹死牛犢，俺男人回來，會把俺的頭砸破的，他下手可狠，您以前見過的啊。年輕媳婦蓬著頭，頭髮上沾著草，腮上抹著灰，看樣子是從鍋灶邊跑出來的。正是晌午頭，做飯的時辰，許多煙囪裏，冒出白煙。木匠馬上就想起來鄰居那個黑大漢子，雙手拖著老婆兩隻腳，在大街上虎虎地走著的情景。老婆哭天嚎地，漢子洋洋得意。有人上前去勸，被啐了一臉唾沫。木匠不願意管這家的事情，只怕出了力還賺了漢子的罵。那傢伙有疑心症，誰要跟他老婆說句話，就要遭他的懷疑和嫉恨。但架不住女人苦苦地哀求，又想起那隻牛犢，緞子般的皮毛，粉嫩的嘴巴，青玉般的小蹄子，在胡同裏蹶著尾巴撒歡，真是可愛。於是就回家拿著繩子，往井邊跑，沿途招呼了幾個人，到了井邊，把繩子挽成套兒，順到井裏，攬住牛犢，眾人齊用力，發聲喊，把牛犢拖上來。牛犢在地上趴了一會，打幾個噴嚏，爬起來，抖擻抖擻，向著場院那邊跑了。等他撈完牛犢回家，發現桌子上的肉沒有了。只有一片包過肉的破報紙，粘連在桌子邊沿上。那條黑狗，蹲在桌子旁邊，盯著木匠，眼珠子骨碌碌地轉悠。木匠好惱，抓起一根棍子，對準狗頭，擂了下去，狗不躲閃，正好擂在頭上。木匠罵道：你這個饞東西，好不容易弄了點肉，我沒吃，你先吃了。狗說：我沒吃。木匠說，你沒吃，誰吃了？狗說，我也不知道誰吃了，反正我沒吃。木匠說，你還敢跟我強嘴，看我不打死你。木匠抄起一根大棍，對著狗頭砸去。狗當場就昏倒了，鼻子裏流出血來。木匠心中也有些不忍，扔掉棍子，自己喝酒。喝醉了，趴在桌子上睡了。迷濛中，看到狗費勁地爬起來，搖搖擺擺地向著門外走去。木匠說：狗雜種，走了就不要再回來了。從此這條狗就沒有了。

過了一個月光景，一個晌午頭兒，木匠躺在床上午睡，朦朧中聽到門被輕輕地拱開了，他猜到是狗回來了。好久不見，他還真有點想狗了。木匠裝睡，眼睛睜開一條縫，看著狗的行徑。狗拖著一根高粱稈，把木匠的身體丈量了一下，悄悄地走了。木匠心中納悶，不知道這個狗東西想幹什麼。過了幾天，沒有動靜，木匠就把這事淡忘了。

有一天，木匠去外地殺樹歸來，揹著一把鋸子、一個大錛。他喝了一斤酒，有八分醉，晃晃悠悠地走著，迎著通紅的夕陽。到了一片荒草地，周圍沒人影。很多鳥兒在紅彤彤的天上叫喚。一條窄窄的小路，從荒草地中間穿過。木匠走在小路上，路兩邊草叢中的螞蚱，撲棱棱地往他身上碰。他看到很遠的地方，有一片樹林子，樹林子邊緣上，有一個人埋伏在草叢裏，在他面前不遠處，支著一面大網，網中有一個鳥兒在歌唱，千迴百轉的歌喉，十分動聽。一群鳥兒，在網上盤旋著。木匠知道，那個藏身草叢的人，姓管行六，人稱神彈子管小六，是個捉鳥的高手，殺死過的鳥兒，已經不計其數了。木匠看到，空中那些鳥兒，經不住網中那隻鳥囮子的誘惑，齊大夥地撲下去，然後就著了道了。那個管六，從草叢中慢吞吞地站起來，到網前去，收拾那些鳥。儘管看不真切，但木匠能夠想像出那些被捏死的鳥兒的慘樣。木匠心中淒淒，身上感到涼意，好像有小涼風，沿著脊樑溝吹。世界就是這個樣子，各人都有自己的活路。那些被捏死的鳥兒淒慘，但那些被你殺死的樹呢？樹根被砍斷，樹枝被鋸斷，往外流汁水，那就是樹的血啊。木匠歎一聲，繼續往前走。走不遠，就看到在小徑的右邊，草叢深處，有一顆枯死的樹。在這個地方，長出這樣一棵孤零零的樹，是件怪事。這棵樹枯死，也是一件怪事。世上的事，仔細琢磨起來，都是怪事。琢磨不透徹的，不如不琢磨。木匠看到，樹下草叢中，起了動靜。有一個油滑的黑影子，從草中躍起來。他馬上就知道了，那是自己的狗。他心中感到有些不妙，但還是沒往壞處想。狗在草叢中躥了幾下，就到了自己眼前。他還以為狗會搖著尾巴討好呢，但一看，才知道事情不好了。狗齜出白牙，發出嗚嗚的叫聲。狗眼閃爍，放著凶光。這樣的聲音和表情，讓木匠心中凜然。他知道這條狗，已經不是過去那條狗。這條狗過去是自己的親密朋友，現在，是自己的冤家對頭。狗步步逼近，木匠步步倒退。木匠一邊倒退一邊說：老黑，那天的事，是我過分了。你跟了我這麼多年，偶爾嘴饞，偷一塊肉吃，按說也不是什麼大錯，我不該用棍子打你。狗冷笑一聲，說：你現在才說這些話，晚了，夥計。狗後腿蹬地，猛地往前一撲，身體凌空躍起，嘴巴裏尖利的白牙，對著木匠的咽喉。木匠跌倒，狗撲上來，就要咬到木匠的脖子時，木匠抬胳膊擋了一下，袖子被撕下來。經了這一嚇，身體裏的酒，都變成冷汗冒了出來。木匠四十歲出頭，身手還算利索，打了一個滾，滾到路邊草叢中。狗又撲上來，不給木匠站起來的機會。木匠把背後的帶子鋸掄起來，往前一甩，鋸條錚然一聲彈開，打在狗的下巴上。狗一愣，往後跳了一下。趁著這個機會，木匠跳起來，同時把大錛抓在手裏。手中有了家什，木匠鎮靜了許多。錛是木匠的利器，也是最常使用的工具。狗自然知道主人是個使錛的高手，手上既有力氣又有準頭，也就有了忌憚之心，不敢像適才那樣猖狂進攻。狗和人僵持著。狗聳著脖子上的毛，齜著牙，嗚嗚的低鳴。人持著錛，還在說理、罵狗。看看紅日西垂，已經掛在了林梢，紅光遍地，正是一個悲涼的黃昏。木匠慢慢地倒退，狗亦步亦趨地跟隨。這種狀態對木匠不利。木匠舉著錛，發起主動進攻，但狗往後輕輕一跳就躲閃了過去。木匠再進攻，狗再退。木匠明白了自己的進攻毫無意義，空耗力氣，而且只要手上一慢，很可能就會被狗趁機躥上來。明智的舉動，就是防守，等著狗往上撲。但狗很有耐心，只是跟隨著步步後退的木匠。看看退到了樹林邊，木匠用眼睛的餘光瞥見神彈子管小六，於是就大聲喊叫：六哥啊，幫幫我，除了這個叛逆！但那管小六，好像聾子一樣，對木匠的喊叫毫無反應。木匠知道，再這樣拖延下去，遲早要著了這個狗東西的道兒。於是，他使出來兇險的一招：身體往後，佯裝跌倒。在身體往後仰去的同時，手中的大錛也刃子朝上揚了起來。狗不失時機地撲上來，大錛鋒利的寬刃，恰好砍進了狗的下巴。狗的身體在空中翻了一個個兒，半個下巴掉在地上。木匠跳起來，掄起大錛，對準負痛在草地上翻滾的狗頭，劈了下去。啪地一聲，狗頭開了瓢兒。

木匠坐在地上，看著死在自己面前的狗。他看著裂開的狗頭上那些紅紅白白的東西，和狗的一隻死不瞑目的眼睛，突然感到噁心，就吐起來。吐完了，手按著地爬起來。他感到極度疲乏，渾身沒有一絲力氣，似乎連那個大錛也提不起來了。他看到，神彈子管小六，在距離自己五步遠近的地方，怔怔地看著地上的狗。他說：小六，把這個狗東西拖回去煮煮吃了吧。管小六不說話，還是盯著狗看。木匠看到管小六腰間的叉袋沉甸甸地低垂著，裏邊全是死鳥。

木匠收拾起工具，想往家走。剛走了幾步，又回頭朝那棵枯死的樹走去，適才，狗就是從那裏躥出來的。樹下，有一個長方形的深坑。坑裏有一根高粱稈。木匠明白了，知道狗是按照那天中午量好的尺寸，給自己挖好了葬身之地。

木匠來到狗的屍體旁邊，對依然站在那裏發楞的管小六說：跟我來看看吧，看看牠幹了些什麼。木匠拖著狗的後腿，來到樹下。對尾隨著的管小六說：牠量了我的身高，然後給我挖了坑。管小六搖搖頭，似乎是表示懷疑。木匠突然激奮起來，大嚷著：怎麼？你不相信嗎？難道你懷疑這條狗的智慧嗎？這個狗東西，就因為我打了牠一下，然後就和我結了仇。趁著我午睡時，用高粱稈丈量了我的身體，然後，就給我挖了坑。牠知道我要去藍村殺樹，這裏是我的必經之路，牠就在這裏等我。管小六還是搖頭，木匠益發憤怒起來，說：你以為我是撒謊騙你嗎？我「風箱李」鯁直了一輩子，從來沒有撒過謊。但你竟然不相信我，我怎麼才能讓你相信呢？這個狗東西和我戰鬥時的樣子你親眼看到了，你知道牠的兇猛，但你不知道牠的智慧。要不我就躺到這個坑裏，讓你看看，是不是合適。木匠說著，就把背上的鋸和錛卸下來，跳到坑裏，躺下，果然正合適。木匠在坑裏，仰面朝天，對管小六說：你現在相信了吧？管小六笑著，不說話，把那條死狗，一腳踢到坑裏。木匠大喊：管小六，你幹什麼？你要把我和牠埋在一起嗎？管小六把那把大肚子鋸抖開，一手握著一個把子，鋸齒朝下，猛地插在土裏，然後往前一推，一大夯土就撲嚕嚕地滾到坑裏去了。小六，木匠大聲喊，你要活埋我？木匠掙扎著想爬起來，但身體被狗壓住了。管小六用大鋸往坑裏刮土，只幾下子，就把木匠和狗的大半個身體埋住了。木匠喘息著說：小六，也好，也好，我現在想起來了，知道你為什麼恨我了。

瘋癲女的情人

一

大個子春山，氣力很大，曾與人打賭，扛著一台三百多斤重的柴油機圍著村子轉了一圈，贏了一盒香煙。贏了香煙他也沒揣進口袋，而是當場分散了。在場的人，哪怕是不會抽煙的孩子，也都分到一根。氣力大的人，一般都帶著五分霸氣，但春山不。他和善，見了人，不管是大人還是小孩，臉上都會出現憨厚的笑容，似乎有幾分癡，還有幾分傻，眼睛瞇縫著，齜出一嘴整齊結實的牙齒，發出「嘿嘿」的笑聲。

「嘿嘿，金柱兒，揹不動了吧？」春山荷鋤從棉花地裏走出來，上了大路，對著坐在路邊，看著那一大捆青草發愁的孩子，笑著說，「少割點嘛，你想把滿田野的草一次割光？你爹也不來迎迎你，真是的。」說著，將肩上的鋤頭，遞給金柱兒，將頭上的斗笠摘下來，扣在金柱兒頭上，說，「誰讓我喜歡你娘呢？我來幫你揹，爺們。」接著就把那一大捆青草，掄起來，馱到了自己背上，「走吧，爺們，往後少割點，小孩子，不能太累，以後的日子長著呢，長不出個直溜的腰板，在莊戶地裏，活著難。」金柱兒扛著鋤頭，跟隨在春山背後，看著他那在陽光下閃爍的光頭，還有那兩條仿佛是用樹條子擰成的長腿，心中感動。臨近家門時，春山將草捆移到金柱兒背上，悄悄地說：「不要對你娘說我幫過你，就說是你自己揹回來的，讓她煮個雞蛋犒勞犒勞你，聽到了嗎?」金柱兒努力把臉仰起來，看著春山的臉，說：「春山大叔，你收我做徒弟吧。」「收你做徒弟?」春生笑著說，「我收你做什麼徒弟?」「大叔，我知道你會拳，你教我打拳吧。」「會拳?我會蜷（拳）著腿睡覺，」春山笑道，「回家吧，爺們。」春山從金柱兒頭上摘下斗笠，扣在自己頭上，肩著鋤，吹著口哨走了。金柱兒望著他的背影，看著他的白色汗衫上被青草染出來的那片綠色，心中感到酸酸的。

二

儘管春山否認自己會拳，但金柱兒堅信他會。春山的媳婦，是鄰村王鐵匠的第二個女兒。王鐵匠的爺爺王鐵衫，曾經在北京城裏的會友鏢局當過鏢客，十八般武藝，樣樣精通，走南闖北，經歷過無數的艱難險阻。王鐵匠，瘦高個，禿頭，眼睛極亮，看起人來很有鋒芒。看他左手持鉗夾著鐵活，右手攥錘又穩又準地敲打，目光冷冷，面色如鐵，錘聲鏗鏘，火花四濺，那種讓人心中凜然的景象，說他不會拳術，誰能相信?!王鐵匠最小的女兒，與金柱兒同校讀書，但比他高三個年級。金柱兒得空就往鐵匠家跑，說是去看打鐵，其實是去看這個女孩子。女孩子名叫秀秀，咕嘟著小嘴，眉眼生動。秀秀的二姊，名叫秀蘭，也就是春山的媳婦。秀蘭雖然沒有秀秀那麼嬌豔，但也是周圍幾個村子裏上數的美人。金柱兒在鐵匠家看打鐵，經常能夠碰到回娘家的秀蘭。秀蘭說：「金柱兒，我就知道你在這裏，你娘滿大街喊你呢！」金柱兒就說：「讓她喊去吧，我才不管呢！」有一次，金柱兒在大街上與秀蘭單獨相遇，秀蘭攔住他，笑著問：「金柱兒，你老是往我家跑，想什麼呢？」金柱兒的臉騰地紅了，吭哧著說：「我想跟你爹學拳呢。」「不是想學拳吧？」秀蘭說，「秀秀不會看上你的，再說，輩份也不對，你要叫她小姑姑呢。」金柱兒急忙辨白：「我可沒有那個意思。」「真的沒有那個意思嗎？」秀蘭嗤嗤地笑著，兩隻嘴角翹了上去。似乎是為了證明自己，金柱兒對秀蘭說：「大嬸，我聽人家說過，你家爺爺的拳術，只傳給自家的女婿，你說個情，讓春山大叔收我做徒弟吧。」「我家可沒有女兒給你做媳婦啊。」秀蘭笑著說。「我不要媳婦，我要拳術。」金柱兒堅定地說。秀蘭臉上的笑容消失，抬頭望望天上那些慢悠悠地飄蕩著的白雲，轉身走了。金柱兒望著她清瘦的背影，心中傷感。他知道秀蘭和春山結婚已經五年，但一直沒有孩子，村子裏的人經常在背後議論這事兒。

三

村子裏唯一的一個盤碾，竟然安在痲瘋病人黃寶家門前。碾旁邊有一棵大槐樹，樹上掛著一口生銹的鐵鐘。槐樹前面，是村子裏的打穀場，足有兩畝大的一片空場，光溜溜的，是牛犢們撒歡的地方，是村裏人學騎自行車的地方，也是村子裏的那些氣力過剩的小伙子習拳、摔跤的地方。再往外，是一道土牆，牆外是一道水溝，溝外就是一眼望不到邊緣的田野了。村長只要敲響鐵鐘，村子裏的人，很快就會集合到樹下。去得早的人，就坐在碾盤上，去晚的就圍在碾盤周圍坐，也有的倚靠槐樹站著，或者是坐在樹下那些橫倒豎歪的碌碡上。每逢村裏人集合，黃寶的老婆，就坐在自家大門的門檻上，一邊奶著懷裏的孩子，一邊看著碾旁樹下的人。她也是一個痲瘋病患者，沒有眉毛，沒有睫毛，眼睛疤瘌著，鼻子和嘴巴都變了形，手指鉤鉤，像雞爪子似的。早些年，沒有機器磨時，村子裏的人，依靠石碾粉碎糧食，一家的未完，另一家就排上了號，吵吵嚷嚷，熱鬧得像個集市。黃寶的老婆坐在門檻上，對著那些圍繞著碾盤轉圈子的人，不斷地歎氣，抱怨：「上輩子殺了老牛，傷了天理，讓我得了這樣的病，嗨……」人們不願意搭理她。她一遍遍地重複著，企望能有人答她的腔，但從來沒有人答她的腔。她的那些怨恨而淒涼的話語，與吱吱嘎嘎的碾聲混合在一起，消逝在空中，不知道飄到哪裏去了。那個乳名叫做「主義」的女孩子，在她的懷裏，吃飽了奶，對著碾旁的人「咯咯」地笑。她的大孩子，那個名叫「社會」的男孩，咬牙切齒，抓起拖著長尾巴的白菜疙瘩，對著人們投擲。他家大門兩側，堆積著兩堆白菜疙瘩，顯然是社會專門搜集來的。他提著白菜疙瘩，轉幾圈，仿佛是要獲得一些慣性似的，然後嘴巴裏發出颼颼的呼哨聲，將白菜疙瘩對著人群投擲過來。與此同時，他一個魚躍臥倒在地，片刻，打一個滾兒，爬起來，抓起白菜疙瘩，再投。金柱兒曾經聽村子裏的人議論，說「破繭出俊蛾」，痲瘋夫妻照樣生出漂亮健壯的孩子，而春山和秀蘭，那樣一對好夫妻，連一個歪瓜裂棗都生不出來。

曾經有人向村裏提出，要求把這盤碾挪走。黃寶站在碾盤上說：「誰要敢挪碾，老子就跳到誰家的井裏去！」不久，村子裏安裝了機器磨，石碾成了擺設，沒有用處了。也有人建議把村子裏聚合開會的地方挪挪，村長說，找不到一個更合適的地方。村子裏只有這樣一棵大樹，黃寶沒得痲瘋病時，人們就在這裏聚會，習慣了。再說，黃寶到痲瘋病院治療過三年，已經不傳染了。他的老婆，就是從痲瘋病院裏找的。別看他們外貌嚇人，但都不帶菌了。如果他們還有傳染性，國家不會允許他們結婚，更不會讓他們出院。你們看，村長說，他們生那兩個孩子，不是光光滑滑、沒疤沒麻的嗎?你們這些沒得痲瘋的，也沒生出這樣兩個好孩子啊。

四

一個冬天的中午，陽光很好。槐樹下聚集了很多人，都抱著膀子，滿臉興奮。槐樹下，停著一輛驢拉雙輪車，車上載著一個黑糊糊的油桶、十幾個黃澄澄的豆餅，還有十幾根麻袋。那個敲著木頭梆子、滿臉粉刺的小伙子，就是張林。張林是有名的摔跤高手，聽說在周圍十幾個村子裏設過擂臺，還沒有碰到過一個對手。「你真的是張林嗎？」村子裏那個最喜歡攛掇事兒的郭成大聲問，「看你這樣子，也不像個會家子嘛。」張林站在車旁，有節奏地敲著梆子，沉悶的梆子聲彷彿就是他對方才那個問題的回答。那個與他一起來的黃臉老漢蹲在車旁，叼著一個旱煙鍋，吧噠吧噠抽煙。「你在別的村子可以稱王稱霸，到了我們村，可就不靈了，」郭成猖狂地說，「我們村，是武術村，武林高手王鐵匠知道吧？對，就是那個能夠飛簷走壁的王鐵衫的孫子，每條胳膊上都有五百斤力氣，我們村裏的年輕人，都是他的弟子。隨便拉出一個來，都能摜倒一頭牛！我說得對不對啊？」郭成看著周圍那些躍躍欲試的小伙子，問。張林冷笑一聲，繼續敲梆子，沒有什麼動作。「毛六，手腳都癢癢了吧？別往後縮，往前衝，給張林一個禮，請他下場走一圈啊。」郭成攛掇著村子裏最喜歡摔跤而且也的確摔得很好的毛六。毛六「嘿嘿」地笑著，搔了一把脖子。身後有人推了他一把，將他推到了豆油車前，與張林對了面。毛六雙手抱拳，對著張林作了一個揖，說：「朋友，請教了。」張林抬頭看看毛六，繼續敲他的梆子。毛六有點窘，身體往後退著：「既然人家不摔，那就算了。」「怎麼能算了呢？」郭成說，「張林，摔兩跤玩玩嗎，我們村這些小伙子，手下會給你留出情面來的，萬一把您摔出個好歹，我們會把您抬到醫院去的，醫院離這裏很近，過了小河就是。」張林停了手中的梆子，看了那個抽煙的老頭一眼。老頭咳嗽一聲，將煙斗放在鞋底上磕磕，站起來，說：「各位鄉親，要換豆油的，就回家去挖豆子，不換，我們就走了。」郭成笑著說：「大爺，先摔跤，後換油，這是我們村子裏的規矩。」「有這樣的規矩嗎？」老頭撇著嘴角，冷冷地說，「那麼，來吧，豁出去我這把老骨頭，向各位好漢請個教。」老頭子將煙斗和煙荷包纏在一起，插在束腰的布帶子上，站起來，咳嗽著，喘息著，一副老朽的樣子，但卻有精光從眼睛裏射出。「哪個先來？」老頭說。毛六環顧眾人，身體悄悄地後退著，說：「我不和你摔，你這麼大年紀了，萬一摔出個好歹，我可擔當不起。我就和張林摔。」「年小的，」老頭子說，「我是張林的徒弟，你如果連我都摔不倒，還和張林摔什麼？」「毛六，上！不能就這麼蔫了！」人們齊聲哄著毛六。毛六說：「萬一把他摔壞了怎麼辦？」「年小的，下場比武，死生由命，這是多少年的規矩，不用你操心，來吧。」「那就比劃幾下子吧，」毛六說，「您老手下留情啊。」毛六緊緊腰帶，往手心裏啐了幾口唾沫，走到老頭子身前，說：「得罪了，老爺子！」一語未了，身體猛地低下，雙手把老頭子的一條腿抄了起來。老頭子不慌不忙地將雙手搭在毛六肩膀上，那條被毛六搬起來的腿，趁機也插在了毛六雙腿之間。接下來很長的時間裏，毛六搬著老頭子的腿，前推後拖，死勁兒折騰，老頭子單腿蹦達著，輕捷得很，而他的身體，就像焊在了毛六身上似的，無論如何也放不倒。毛六喘息不迭，老頭子卻呼吸平靜，臉上顏色紅潤，比適才坐著抽煙時，反倒顯得從容。觀戰的人，看出了老頭的功夫，幾個上了年紀的，怕毛六吃虧，就說：「毛六，罷手吧！」老頭子說：「年小的，分個輸贏吧！」說著，也沒看到他有什麼大動作，就把毛六平放在地上了。人群裏發出一片驚訝的聲音，然後就是沉默。毛六狼狽地爬起來，退回人群中。張林站起來，滿臉喜色，敲著梆子，喊叫：「換豆油，換豆油！你們可是說好了，摔過跤後回家挖豆子換豆油的。」但是沒有一個人動彈。老頭子說：「走吧，張林，這個村的人，都是說大話使小錢的，還指望他們講信用嗎？」郭成說：「老漢，別說難聽的，摔倒一個毛六，算不上什麼，您如果能把春山摔倒，我們村子裏，就把您這桶油，全部包了，如果他們不換，我一人承包，怎麼樣？」老漢不理郭成，收拾著拉車毛驢身上的套索，對張林說：「走吧，你還在這裏磨蹭什麼？難道還指望著這些人說話算數嗎？」張林將木頭梆子放在車上，對著眾人點點頭，滿面都是嘲弄的神情。郭成急了，上前拉住毛驢轡繩，說：「老爺子，您這是不把我們村裏的人放在眼睛裏呢。這樣吧，你在這裏等著，我回家，把俺家今年打那一千斤黃豆全部扛出來，抵押著，但你，或者是張林，必須跟我們春山過過招。不管輸贏，您這桶豆油，包括您這十幾個豆餅，我們都換了。」「兄弟，既然您把話說到了這個份上，如果我們再拿捏，那就對不起您這一腔的熱情了。」老頭子鬆開驢轡繩，對著年輕的張林說，「師父，您就下場陪著他們走兩圈吧。」張林將捆腰帶子往裏煞煞，又將兩隻腳輪番蹬在車杆上緊了鞋帶子，然後對著眾人道：「各位好漢，你們也都看出來了，其實他才是師父，我是徒弟。」「不不不，他是師父，我是徒弟。」老頭子紅著臉，十分認真地說，「你看年齡，有志不在年高，師父未必就比徒弟老。」「師父，您無論怎樣說，他們也不會相信的。」張林說。「各位，我師父已經準備好了，你們哪位先下場？」老頭子一改方才那種陰沉勁兒，像一個毛躁青年一樣地咋呼著，在眾人面前轉來轉去。郭成大喊著：「春山，春山，為了咱們全村的臉面，你該露一手了吧？」人群裏無人應聲，人們都回顧，但沒有春山的影子。「才剛還在這裏呢，怎麼一轉眼就不見了？」郭成說，「你們幾個，快去把他找來，用繩子捆也把他捆來。」「兄弟，您還是回家去拿豆子吧，」老頭子嬉笑著對郭成說，轉回頭，又對張林說，「師父，這個村的人，真是好玩啊！」「是的，師父，他們很好玩。」張林對老頭子說，又面對著眾人說，「其實，我也就是有點蠻勁兒，比我師父差遠了。」

幾個年輕小伙子，連推帶搡地把春山弄了過來。春山大聲嚷嚷著：「哎，哎，哎，夥計們，你們這是幹什麼？我們家剛換了豆油，豆餅也換了。」「不是讓你換豆油，」郭成說，「是讓你給咱們村子撐撐門面。」「你們這不是撮弄著死貓爬樹嗎？」春山哭喪著臉說，「我哪裏會什麼武術？這麼多年了，你們誰看到我跟人動過手？」「行了，別謙虛了，」郭成說，「知道你們這些會武的人都含蓄，但今日這情況特殊，關係到全村的面子，你看，村長也來了，村長，您說說吧，這事，必須讓春山露一手了。」村長滿嘴酒氣，瞇瞪著眼睛說：「什麼事？」馬上有人上前，把事情的根稍講了一遍。「原來如此啊，」村長大聲說，「誰是張林？你就是張林？竟敢欺負我們江東無人？春山，本村長命令你，下場，把這個小張林，摜倒在地流平，讓他知道我們平安村裏，也有高手。」「村長，我真的啥都不會！」春山苦咧咧地說。「騙誰？」村長乜斜著眼子說，「你岳父的爺爺是武林高手，一個立地拔蔥，就從大樹梢上捏下一隻麻雀。你岳父從小跟著他爺爺練武，能牙咬赤鐵，掌開巨石。如果不會個三拳兩腳的，你能成了他家的女婿？」「村長，我真的啥都不會……」「什麼真的假的，」村長不容春山分辯，對著他的屁股就踹了一腳，說，「下場！要不，就收回你家的責任田！」幾個上了年紀的村人，也上前勸說：「春山，比劃幾下子吧，以武會友嘛。」「你們這不是逼著公雞下蛋嗎？」春山說。村長上來又是一腳：「媽的個腚，今日你就給我下個蛋！張林，接招吧！」

春山可憐巴巴地站在張林面前，攤開雙手，說：「兄弟，你看看，這事弄的，這事弄的，我和你無怨無仇的，咱倆過什麼招呢？」張林笑著說：「聽您的話語，還是會家子嘛！」「什麼會家子？」春山苦笑著說，「我真的啥都不會。」張林說：「您也不要太謙虛了，摔跤比賽，是體育運動，國家運動會上都有的比賽專案，您可不要把這當成見不得人的醜事。」「您看看，您看看這事弄的，我看咱們還是算了吧，天寒地凍的，傷了筋動了骨就不得了……」春山囉嗦著，乞求和解，但那張林雙手抱拳，做一個揖，道：「朋友，請教了！」然後，側著身子搶上來，使了一個「燕青靠」，就把春山放倒在地。眾人都聽到了春山身體著地時發出的沉悶聲響。

春山四仰八叉地躺在地上，好半天才爬起來，嘴裏哼唧著，半邊臉上沾著泥土。張林驚訝地說：「哥們，你真的一點都不會？」「我要是會，能讓你像摔死狗一樣地摔嗎？」春山哭喪著臉說。「那真是對不起了。」張林抱歉地說。村長氣哄哄地說：「春山，你把我們村子的臉都丟盡了！」

五

傍晚時分，許多人，在大槐樹下玩耍，樹上那窩老鴰，呱呱地叫喚。春山成為人們奚落的對象：

「春山春山，一堵牆倒了，也沒發出你那麼大的動靜啊……」

「春山，你的勁兒都使到秀蘭身上去了吧？這麼個大個子，竟然讓人家像摔一片死豬肉似地就給擺平了……」

面對人們的奚落，春山坐在碾盤上，「嘿嘿」地笑著，一點火也不發。

「春山，也許你是真人不露相，但該出手時還是要出手嘛，藏得太深了也不好。」一個老者，抽著旱煙，點評著。

「大叔，我啥都不會，出什麼手？」春山無奈地說，「我還沒反應過來呢，就被人家放倒在地流平了。」

眾人笑了。

黃寶一瘸一拐地跑出來，滿身都是金子一樣的陽光，兩隻小眼睛，閃閃爍爍，眉棱上的眉毛，是從頭皮上移栽的，茂盛得像兩撇仁丹鬍鬚。他結結巴巴、哭咧咧地說：

「父老爺們，我老婆病了，肚子痛，痛得滿炕打滾兒，幫幫忙吧，幫忙把我老婆送到醫院去……」

人們看著黃寶那猙獰的面孔，想起他老婆那張更加猙獰的面孔，心中都怯怯的。有的人，不聲不響地走了。黃寶著急，對著春山，腰背佝僂著，雙腿彎曲著，擺出來一副隨時都要下跪的樣子，哀求著：

「春山，春山，你帶個頭，救我老婆一命。」

「你去醫院把醫生叫到家裏來嘛。」春山說。

「醫生怎麼可能到我家來？他們不會來的，」黃寶說，「春山，各位兄弟爺們，求求你們了。我們兩口子都是經過了嚴格化驗後才出院的，我對天發誓我們已經不傳染了。」

春山環顧了一下周圍那幾個還沒溜走的人，但他們都不抬頭。

「爺們，求你們了……」黃寶腿一彎就跪在地上。

春山說：「夥計們，黃寶說的有道理，如果他們還傳染，痲瘋病院第一不會讓他們出院，第二也不會允許他們結婚。都是鄉親，咱們出手幫忙吧。」

有的人說最近扭了腰，有的人說家裏有事，有的人什麼也不說，轉到槐樹後邊去了。

春山說：「黃寶，你起來吧，我幫你。」

春山回家把獨輪車推出來，放在碾旁。然後跟著黃寶，進入了他家院子。金柱兒好奇，屏住呼吸，悄悄地尾隨進去。他看到痲瘋家的院子裏，佈滿了雞屎和亂草，房屋低矮，房檐下有一窩蝙蝠。春山低頭彎腰進了屋子，黃寶在後邊跟進去。那社會和主義，坐在門檻上。主義閉著眼睛，哼哼唧唧地啼哭。社會眼珠子軲轆轆地轉著，手裏拿著一隻鐵哨子，不時地放到嘴裏吹響。「親娘啊……痛死俺啦……天神，救救俺吧……」痲瘋女人的哭叫聲，和黃寶的喊叫聲，從幽暗的屋子裏裏傳出來，「別嚎了，春山來啦……」一股說不清的氣味，從房子裏撲出來。金柱兒捂著鼻子跑了出去。大樹背後，鬼鬼祟祟的一些人，在那裏探頭探腦，低聲議論。春山揹著痲瘋女人從院子裏走出來。

痲瘋女人穿著一身醬紫色的衣裳，頭上包著一條黃色的圍巾，看不到她的臉。她的一隻腳上穿著很大的回力球鞋，另一隻腳上，灰白的襪子即將脫落，拖拉在地上。痲瘋女在春山背上哼哼著，那聲音讓人感到身上發冷。黃寶瘸著腿，抱著一條被子，歪歪斜斜地跑到獨輪車前，將被子搭在車上。春山把痲瘋女放在獨輪車一邊，用腿擁著她，對黃寶說：「你坐在那邊。」黃寶齜牙咧嘴地對著春山，想說什麼，但口吃得厲害。春山說：「你坐吧，用手扶著她，要不也偏沉。」黃寶坐在車子另一邊，用一隻胳膊攬住老婆的脖子。春山扶起車子，說：「坐好了。」然後胳膊一挺，車子就往前去了。

痲瘋女人用微弱的聲音說：

「春山……你是個好人……俺這輩子忘不了你……」

「春山，過幾天我請你喝酒。」黃寶歪回腦袋說。

金柱兒聽到一個人在槐樹後說：「這個傻春山，真是膽大。」一個女人說：「我要是秀蘭，就不讓他上炕。」

六

轉過年春天，一個傍晚，薰風從田野上吹來，麥子快要熟了。碾旁那棵大槐樹上，滿樹槐花，團團簇簇，香氣沉悶。許多蜜蜂，在花團中嗡嗡嚶嚶地飛行。打穀場上，兩頭小牛追逐著撒歡兒。兩個時髦青年，騎著紫紅色的摩托車，在場上轉圈子。摩托車發出一串串的轟鳴，煙筒裏冒出一圈圈青煙，汽油味兒在空氣中散漫。村子裏的人聚合在這裏玩耍。黃寶捧著一個盛滿麵條的粗瓷大碗，蹲在碾盤上吃。他手指僵直，笨拙地捏著筷子，歪著脖子，把長長的麵條夾起來，舉得很高，然後腦袋後仰，嘴巴張開，仿佛一個巨大的傷口，那些麵條彎曲著，哆嗦著，就像活物似地鑽了進去。他的老婆手把著大門的框子，身體彎曲著，大聲地喊叫兒子：

「社會啦——社會——來家吃飯——」

社會從槐樹上跳下來——誰也不知道他何時上的樹——落地時身體正直，幾乎沒有聲息，像一個練過輕功的武術高手。

郭成站在樹下，熟練地捲著煙卷，說：

「黃寶，你說破嘴皮我也不信，春山會跟你老婆有那種事。」

「不信？」黃寶把碗頓在碾盤上，揮舞著手中的筷子，說，「別說你不信，剛開始我也不信。俺老婆說：『社會他爹，春山昨天晚上又來咱家耍了。』耍就耍吧，自從他送俺老婆去醫院看病之後，他經常到俺家來耍。坐在俺家炕沿上，和俺說話，逗俺兒子和女兒玩。過了幾天，俺老婆又說：『社會他爹，春山又來耍了，還摸了我的奶。』俺一聽就知道這小子動了俺老婆的念頭。奶奶的，不給他點顏色看看，他就不知道俺的厲害。俺當時就和老婆定下來一條計……等他剛上了俺老婆的身，俺就頂開櫃子蹦出來，順手從門後抄起早就準備好的棍子，對準他的頭擂下去。一棍子，出血；兩棍子，血呲呲地往外竄。這個傻種，不跑，雙手捂著頭，嗚嗚地哭；血從他的指頭縫裏滋滋地往外噴。俺又舉起棍子，想接著打，俺老婆跪在炕上，說：『他爹，看在他送我去醫院的份上，饒了他這次吧……』我用棍子搗了他一下，說：『傻種，你他奶奶的還不快跑？』他這才跳下炕，連鞋子都沒穿，赤著腳跑了，這個傻種……」

七

黃寶用筷子敲著大碗的邊沿，像瞽書藝人一樣，繪聲繪色地說著。他平時說話結結巴巴，但現在一點也不結巴了。周圍的人們，聽著他的話，有的笑，有的罵：

「黃寶，你下手也太狠了點，真要把他打死，你小子要去蹲監獄！」

「蹲監獄？」黃寶氣洶洶地說，「蹲監獄的應該是他！」

「黃寶，你這傢伙，真是有勇有謀啊！」

黃寶哈哈大笑。

春山的媳婦秀蘭，走出家門，對著人群走過來。

「秀蘭來了……」

「她來了怎麼的？」黃寶斜著眼說，「難道我還怕她？」

「黃寶，你回來！」痲瘋女人手扶著門框喊。

秀蘭穿著黑褲子、白褂子，頭髮梳得溜光，滿臉通紅。她腳步輕捷地走到碾前，挺著胸脯站定。距離蹲在碾盤上的黃寶約有五步遠，距離手扶門框的黃寶老婆也約有五步遠。

「你想怎麼著？」黃寶問，「春山強姦了我老婆，我沒把他打死，就算給你們留了情面！」

「操你們的老祖宗啊……」黃寶老婆破口大罵起來。

「你說我家春山強姦了你老婆？」秀蘭舉起胳膊，用食指指著黃寶，然後又指向黃寶老婆，冷笑一聲，高聲說，「鄉親們啊，你們都睜大眼睛，仔細看看，看看她那一身破皮爛肉，噁心不噁心？我們家春生心好，送她去了一次醫院，回家就把那些衣裳，點上火燒了。我家春生，用肥皂把全身上下洗了三遍，又用燒酒搓了三遍，還一個勁地嘔吐。你們這兩個忘恩負義的東西，竟然設套害我們家春生。就你那個埋汰樣子，劈開兩條腿晾著，我家春生連看都不會看。你倒貼一萬元，我家春生也不會動你一指頭。你們這兩塊爛肉，死了扔在亂葬崗上，連野狗都不吃……」

「老天爺啊，你睜開眼睛看看吧……」黃寶的老婆一屁股坐在門檻上，用彎曲的手指，抓撓著地面，在地面上留下一些長長短短的道道。她怪聲怪氣地號哭著，數落著：「老天爺啊，我家哪輩子殺了老牛，傷了天理，報應在我身上，讓我得了這樣的病啊……我受夠了，我真是受夠了，讓我死了吧，老天爺啊……」

「你死去吧，只怕閻王爺的地獄裏也不敢收留你，」秀蘭恨恨地說，「你這樣陷害好人，會報應在兒子女兒身上的，他們也快要得痲瘋了！」

一個黑乎乎的東西，從大槐樹上飛下來，先砸在秀蘭頭上，然後跌落在秀蘭面前。緊接著又是一個同樣的東西飛下來，與先前那個落地的東西並排在一起。是兩隻大鞋。人們馬上明白了這是春山的鞋。秀蘭似乎是被那隻大鞋子砸懵了，身體搖晃，有些重心不穩。這時，有一個更黑更大的東西，從大槐樹上飛下來，降落在秀蘭的面前。

黃寶的兒子社會，從大槐樹上飛下來，仿佛一個巨大的蝙蝠，降落在秀蘭的面前。他的身高，只到秀蘭的胸口。他跳了一下，搧了秀蘭一個耳光。緊接著他又跳起來，抓住秀蘭的嘴巴撕了一下。人們先是看著秀蘭慘白的臉和嘴唇上流出來的黑色的血，然後看著痲瘋的兒子社會，昂首挺胸地從碾盤前走過。他的臉像一塊暗紅的鐵，似乎有灼人的溫度。這麼一個小人兒，用那樣的姿勢走路，臉上出現那樣的表情，讓人們感到心驚肉跳。都噤口無言，目送著他走到自家門口，從他母親身旁繞過去，然後猛烈地關上了大門，將所有的目光關在了門外。

這時，久未露面的春山，從他家的院牆那邊露出來半截身子，往這邊張望著。他的頭上，似乎還纏著紗布，他的臉色，看不清楚。

有人壓低了嗓門，說：

「看，春山。」

「奶奶的，老子跟你拚了！」黃寶從碾盤上跳下來，從旁人手中奪過一把鐮刀，高舉著喊叫，「來吧，你這個雜種！有種你就過來吧！」

秀蘭回頭望望春山，突然坐在了地上，尖利地哭起來。

田野裏麥浪滾滾，麥梢在夕陽下閃爍著金光。兩個女人的哭聲，交織在一起。

有人歎息，有人一邊歎息一邊搖頭。有人勸說：

「算了吧，算了吧，鄰牆隔家的，都忍讓一下吧……馬上就該開鐮割麥了，你們看，今年的麥子長得多好啊……」

金柱兒眼睛裏火辣辣的，說不清原由的眼淚，一行行地流淌下來。

春山縱身翻過牆頭，身手矯健，一看就像個會家子。起初幾步，他走得十分昂揚，但走過幾步後，身體就有些晃蕩。漸漸地逼近，他的頭臉越來越清楚。頭上確實纏著紗布，白色的紗布上，浸出了黑色的血跡。臉，似乎還腫脹著。

「算了，算了，春山……」一個上了年紀的人，走上前去，攔住春山，勸說著。

春山輕輕一撥，那人就趔趄著倒退了好幾步。

又有幾個人上去阻攔，春山胳膊撥拉幾下，這些人就被撥到一邊去了。

春山站在黃寶面前，黑鐵塔一樣，沉默著。

兩個女人的哭聲幾乎同時停止了。

兩個騎摩托車的青年並排著竄過來，到了春山背後停住，慣性使他們的身體往前傾斜。

長尾巴的白菜疙瘩一個接著一個從黃寶家院子裏飛出來。

「奶奶的，你來……你來……」黃寶舉著鐮刀，一邊倒退，一邊結結巴巴地吆喝著，兩條腿，像沒了筋骨似地軟弱。

春山低垂下腦袋，說：

「黃寶，你砍死我吧。我這樣的人，無臉活在世上了。」

火燒花籃閣

在一座寂寞的城市中央，有一個美麗的湖泊碧波蕩漾。湖的中央有一座名叫花籃的小小島嶼，一年四季都散發著或濃或淡的花香。島上曾經六次建起雕樑畫棟的樓閣，但都在建成後三個月內被燒成廢墟。失火的原因據調查都是因為雷擊或燃放鞭炮，當然也有些帶著神秘色彩的民間說法。在花籃島上建樓閣，是這個城市的一任又一任市長執著到病態的追求，但他們的努力總是迎來那一把將城市的夜空照亮的大火。他們建築樓閣的希望總是在烈火中破滅，但他們的官運卻總是隨著烈火的熄滅而亨通。

最近的一任市長，是一個相貌古怪的建築學博士。到這個城市上任之前，他曾在省城主持興建了聲名遠播的八大建築，其中五項，獲得過建築界的最高榮譽「魯班獎」。一時英名，不可一世，猶如中天的太陽。風傳他要到中央的建設部門任要職，但最後卻落籍在這個地處偏僻、人口不足四十萬的小城當了市長。

博士走馬上任後的第一天夜晚，就帶上那個當地政府配給他的秘書——一個大學建築系畢業的年輕小伙子——悄悄地出了政府賓館，沿著他似曾相識的街道，憑著感覺走到了湖邊。道路兩邊盛開的丁香花薰得他有些頭暈，明亮的月光照得他有些目眩。所以他來到該城的第一篇日記的第一句話就是：月光花香，頭暈目眩。然後他接著寫：

在湖邊漫步約半點鐘，突然萌生了上島看看的念頭。問秘書小伍：此時可還能找到上島的船？秘書臉上浮現出一個很難覺察、但還是被我覺察到了的笑容，他說：我到前邊去找找看。我故意地往回走，給他一個去「找」船的機會。湖邊小路兩旁，全是一蓬蓬的丁香樹，花團錦簇，十分美麗。花香濃厚，月光中彌漫著花粉。秘書很快就跑回來，興奮地對我說：市長，真是太巧了，青葉碼頭那邊，恰好有一條小漁船。

在秘書多餘的扶持下我上了小船。站在船頭的漁夫，身披蓑衣，頭戴斗笠，目光炯炯，下巴上一部白鬍鬚，看上去很像是戲劇舞臺上的人物。大伯，打擾你了。我說。漁夫微微一笑，沒有說話。他用長長的竹篙撐著湖邊的泥地，使船緩緩地駛入深水。然後他就站在船尾，搖起長櫓。欸乃之聲，在靜靜的月夜裏，顯得格外響亮。我和秘書坐在船舷，相對無言。在我們之間，有幾個篾片編成的蝦簍，還有一張乾燥的密眼蝦網。秘書說：市長，我們這個湖裏盛產白蝦，很有名的。我不置可否地點點頭，目光越過他，往遠處看。但見一片爛銀閃爍，湖水與月光已經融為一體。不時有白色的水鳥被驚飛起來，撲棱著翅膀，落到遠處的閃光中去，似乎在那裏熔化了。

小船離岸越遠，槳聲和水聲愈加響亮。沉睡的城市中心，不時傳來水泥攪拌機模糊的轟鳴聲，高大的起重機巨臂在澄澈如洗的夜空中緩緩擺動。夜深沉，月光更加明亮，舉手可見掌上的紋路。再看岸邊那些丁香花樹，已經變成了團團簇簇的煙霧。它們的香氣已經嗅不到了；此刻我嗅到的，是純粹的清涼的水的氣息。當又有丁香花的香氣飄來時，這個名叫花籃的湖心島已經近在眼前。

我跟隨著秘書離船上島，很想對漁翁說幾句感謝的話，但回頭見他已經坐在船頭，身體蜷縮在蓑衣和斗笠裏，像一隻夜棲的大鳥。沿著一條卵石鋪成的小徑走向島的中央。小徑兩邊的丁香樹枝杈縱橫，多情地攔擋著我們。秘書在前分撥花枝，花枝沉甸甸地抖動，濃郁的香氣撲面而來。

我們很快到達了小島中央的制高點，也就是連續六次建起過「花籃閣」的地方。這地方約有兩個籃球場大小，高度距湖面約有六十米。站在這裏，放眼四望，確實令人心曠神怡。如果在這裏建起一個五十米高的樓閣，登高遠望，四面的城市和遠處的山影都可收到眼底。這裏確實需要一個樓閣。

被火焚燒後的樓閣廢墟看來已經清理過了。一堆堆的磚瓦石料，整整齊齊地擺放在場地的四周，在石料的旁邊，還有一堆碼得方方正正的木料。都是一等的紅松，散發著濃烈的松油的香氣。在這樣乾燥的四月天氣裏，似乎扔上一根火柴，就能把這堆木料點燃。木料的旁邊，還有一堆擺放整齊的腳手架；腳手架旁邊，是一堆用稻草繩子捆綁著的活動板房組件。只要來五個工人，用一天工夫，就可以組裝起可供五十個工人居住的簡易房屋。眼前的一切，都說明這是一個原料基本齊備、隨時都可開工的建築工地，而不是兩個多月前才被焚燒的樓閣廢墟。

我坐在一塊石料上，彷彿低頭沉思著什麼，但其實我什麼也沒有想。團團襲來的花香讓我頭昏。秘書低聲問我：市長，抽煙嗎？我說：我已經戒了煙，如果你想抽，儘管抽就是，我喜歡聞別人抽煙的味道。秘書說：我不抽煙，我從來沒有抽過煙。我很理解地點點頭，說：好吧，那我就抽一支吧。秘書慌忙拉開腋下的皮包，從中拿出一盒軟包中華，熟練地拆去封條，揭開錫紙一角，彈出一支，遞到我的面前。我從煙盒中把煙抽出，秘書就把那個燃著綠色火苗的金光閃閃的打火機送到了我的嘴邊。

你說點什麼吧，我看著他那一口被火苗照亮的牙齒說。

秘書無聲地笑一笑，說：這似乎成了一個規矩——即將卸任升遷的市長，為他的後任清理好廢墟，準備好建築材料——這似乎成了一個規矩。

為什麼？我問，難道每一任市長的想法都一樣嗎？如果在我的任期內我不想建這個樓閣呢？我指指那堆散發著松油氣味的木材，說，如果我的設計不需要這些材料呢？

秘書抬手搔搔脖子，說：我也不知道……

在跟我之前，你做什麼？

我四年前大學建築系畢業，在市建委工作了一年，然後就跟胡副市長，但我與秦市長的秘書小孫是好朋友。小孫跟秦市長到省衛生廳上任去了。秘書說。

夜很深了，涼氣襲來，我不由地打了一個寒戰。秘書慌忙將皮包夾在雙腿之間，匆忙將身上的外衣脫下來要往我身上披。
我擺擺手拒絕了他。
秘書抬頭看看已經偏西的月亮，說：要不我們先回去吧，市長，已經很晚了。
不急，我說，小伍，我們是同行啊。你跟我當秘書，是不是可惜了？
不不不，秘書急忙說，我聽說要跟您，興奮得兩天沒睡覺。您是大名鼎鼎的建築專家，跟著您，一定能學到很多東西。我的女朋友說我不是給您當秘書，而是跟著您讀研究生呢。
你給我講講這花籃閣的事吧。我說。
最近的一次我比較清楚，過去那五次都是聽人家說的。秘書說。
沒有關係，你隨便說，添點油加點醋都沒有關係。我說。
我不會添油加醋的，市長，秘書說，最近這把火是大年夜裏起的。當時，全城都在放鞭炮，大街小巷裏都是滾滾的硝煙。我正在政府辦公室裏看春節聯歡節目，聽到秦市長的秘書小孫在樓道裏大喊：起火了！起火了！大家跑出辦公室，爭先恐後地爬上樓頂，看到花籃島上一道火光衝天，好似一根洞天燭地的大蠟燭。花籃島周圍的湖面，被火光照耀得明亮如鏡，城裏的燈火都變得暗淡昏黃。新建起不久的花籃閣在烈火中顫抖著，好像一個受火刑的人，要努力地保持尊嚴，堅持著不倒下，能多站一秒鐘就堅持一秒鐘。我聽到站在我身邊的小孫長舒了一口氣，低聲嘟囔著：終於起火了。我側目看了一眼小孫，發現他渾身都在顫抖，不知是因為激動還是因為寒冷。
起火時間距離竣工時間有多久？我問。

正好三個月。一天不多，一天不少，正好三個月。秘書說。

秦市長呢？我問。

秦市長到明陽市休假去了。他的家屬在那邊，一直沒有搬過來。秘書說，大家站在樓頂上看著那火，看著那火中的花籃閣，看著那些在火焰中漸漸變形的飛簷斗拱，直到樓閣坍塌，發出一聲巨響，大家才如釋重負般地慢慢下樓。

難道就沒有老百姓出來觀看？我問。

有許多老百姓出來觀看。湖邊上站滿了人，幾乎所有的樓頂上都站滿了人。秘書說。

老百姓什麼反應？

我確實沒有聽到，市長，秘書說，但事後我聽我的女朋友說，老百姓都說花籃島上有一窩狐狸，是牠們放火焚燒了樓閣。

我不是問這個，我是問老百姓對這件事的反應。

秘書為難地說：好像也沒有什麼反應……老百姓好像都習慣了。對了，我聽我女朋友的爸爸說過——他是一個退休的小學教師，很正派的一個人——他說，花籃閣建在火地上，起火是正常的，不起火是不正常的。他還說，我們這個城市，要想發展，必須每隔幾年起這樣一把火，今年的火起得尤其好，大年夜裏起火，主著一年紅紅火火。我女朋友的媽媽——她是個沒有文化的家庭婦女，水平比較低——說，燒了好，燒了好，從建起那天就盼著燒呢，這下可以睡幾年安穩覺了。

我苦笑一聲。

秘書小心翼翼地說：市長，您可不要生氣，我是個實在人，有什麼就說什麼。

沒有關係，你繼續說。

第五把火是一九九九底年燒的。具體時間，好像是耶誕節前夜。那時我畢業還不到半年，在市建委見習。起火的那天夜晚，我感冒了，吃了幾片含有安眠成分的藥，睡得很死。天亮之後，母親告訴我剛剛建起來兩個半月的花籃閣被大火燒毀了。我母親還說：又該有人升官了。我母親也是家庭婦女，水平很低。我穿上毛衣、羽絨服，到湖邊去看熱鬧。通往湖邊的道路上來來往往的都是去看熱鬧歸來和正要去看熱鬧的人。天氣很冷，人們的神情都很漠然。我到了湖邊，正好看到一艘遊船靠岸。船上站著十幾個人，其中有我們建委的主任，還有馬市長。看樣子他們是從島上回來的，我從他們身上嗅到了一股子焦糊的氣味。為了防止領導認出，我躲在一叢丁香後邊，用袖子遮著臉。我看到市長板著臉下了船，跟隨在他身後的那些官員們，卻一個個神色愉快。當天晚上，在中央台的新聞聯播之前，市長在電視上發表了講話。他首先向全市人民道歉，自我批評沒有看好這座剛剛建成、被全市人民鍾愛的、金碧輝煌的花籃閣，然後他說在自己有限的任期內，一定要為下任市長重建花籃閣做好準備。發表了電視講話不久，馬市長就升遷到清波市當書記去了。

起火的原因呢？我問。

雷電，秘書說，市氣象臺台長在電視上專門講解了為什麼在寒冷的季節還會發生雷電現象的科學道理。

老百姓怎麼說？我問，你的女朋友的爸爸媽媽怎麼說？

我那時還沒有女朋友，秘書不好意思地說，我的女朋友是去年夏天才談好的，她很崇拜您，市長。

第四次火燒花籃閣發生在一九九五年七月一個雷雨之夜，雷很響，但雨不大。秘書說，當時的市長是方洪謨。起火的第二天他就接到了去省交通廳擔任副廳長的任命。

第三次火燒花籃閣發生在一九九二年三月一個春光明媚之夜，當時的市長是趙敬堯，起火十天後他就升任了省計委副主任。

第二次火燒花籃閣發生在一九八九年六月，當時的市長是韓忠良，起火後一個月，他的任期還沒滿，就到省城的師範大學擔任黨委書記去了。

第一次火燒花籃閣是一九八七年七月，當時的市長是蔣豐年，他也是學建築的。在任期間，他領導改造了老城區，拓寬了馬路，清理了湖底一百年的淤泥，在湖心島上建起了花籃閣，還興建了七個居民小區，大大緩解了市民的住房困難。他在這裏連任了兩屆市長，威望很高。花籃閣建成後，他的威望到達了頂點。花籃閣起火後，老百姓並沒有過多地譴責他，但他自己很痛苦。據說他曾經站在廢墟上流著眼淚發誓，一定要重建花籃閣，但兩個月後，他被調到省建築設計院當了院長。

我認識這個老同志，人品好，業務也好。我說。

接下來的一個月內，新任市長不斷地收到信訪辦轉來的群眾來信。來信的內容全是要求重建花籃閣的。信的署名有「眾聲」、「群心」、「民意」等顯而易見的化名，也有「七個退休幹部」、「八個老黨員」、「五個母親」等似乎是光明正大的匿名，還有湖畔小學六百名師生的聯名信，那些小孩子的稚拙簽名，密密麻麻地佔滿了兩張白紙。市長起初還認真地閱讀這些信件，但很快就感到了厭煩。他讓秘書告訴信訪辦，有關重建花籃閣的信件，請他們按規定處理，再也不要轉來。

市長對重建花籃閣這件事，一直沒有明確表態。但在他到任之後的第二個月的第一天，下了一道命令給有關單位，讓他們在一週之內，把花籃島上那些建築材料，全部運出來，按購買價的一半退還給賣方。辦事者似乎面有難色，但市長冷笑一聲，他們就訕訕地告退了。

市長上任後第三個月的第一天，在市政府小會議室召開了第一次市長辦公會議。會議的主要議題是重建花籃閣。市長將他親手畫出的圖紙掛在牆上，用一根可以伸縮的不銹鋼教鞭指點著，向他的下屬們說明著新圖紙與舊圖紙的區別。市長是建築專家，真正的權威，滿口都是建築術語。他的下屬們，聽完了介紹，用熱烈的掌聲表示了對市長設計的讚賞。市長舉手止住了掌聲，說了一段頗為重要的話：新的花籃閣與舊的花籃閣在造型和結構上，其實並沒有太大的區別。最大的區別在於建築材料。市長說，新花籃閣使用的磚是耐火磚，瓦是耐火瓦，所有的樑欅斗拱門窗戶牖，全部使用鋼鐵或是青銅鑄件。市長說，除非用三千度的高溫把它熔化掉，否則，花籃閣屢建屢毀的歷史就到此終結了。

市長講完了話，看著下屬們曖昧的臉，意味深長地笑了笑，說：難道大家還盼望著第七次火燒花籃閣嗎？

第二天，市長設計的新花籃閣圖案和新花籃閣將使用的建築材料在市報上以大幅版面登出，電視臺也做了相關報導。滿懷信心的市長吩咐辦公室搜集群眾反應——市長原本希望聽到一片讚美之聲，但辦公室搜集上來的反應卻彷佛在他發熱的頭顱上澆了一桶冷水。辦公室彙集的群眾反應說明：絕大多數群眾，對新花籃閣設計方案表示反感，最反感的是那些耐火的材料。晚上，心情沮喪的市長在辦公室裏書寫他上任以來的第六十三篇日記，其中有這樣一句話：難道人民群眾需要火災？

市長握筆疾書，辦公室的門被推開。或者是一個面容清秀、不施粉黛的年輕女子，或者是一個珠光寶氣、濃妝豔抹的半老徐娘，或者是一個柳眉緊蹙、淚光點點、頭戴白花的小寡婦，或者是一個鶴髮雞皮、手拄拐杖的老太太，或者是一個身穿洗得發白的中山裝、腋下夾著一個磨破了邊的舊皮包的老男人，或者是一個身穿烏亮的黑皮卡克、挺著大肚子的中年男子，或者是一個弓腰縮頸、猶猶豫豫的小公務員……出現在他的面前。市長知道，接下來的故事，無論他怎樣努力地想不落俗套，都會變成對時下流行小說的拙劣摹仿。

月光斬

在縣文化局工作的表弟給我發來郵件說，表哥，最近縣裏發生了一件大事，請看附件。

八月七日上午八點。縣委辦公大樓五層保密室。機要員小馮，是你的老同學馮國慶的二女兒。小馮剛上班，提著熱水瓶想去打開水，聽到窗戶外烏鴉噪叫，探頭外望，發現那棵最高的雪松頂梢懸掛著一個黑乎乎的東西，起初以為是烏鴉們在此築了巢，心中有幾分喪氣，繼而又見那些烏鴉竟像不畏生死的鬥士輪番向那黑物攻擊，心中詫異，定睛細看，是一顆人頭，隨即發出一聲尖叫，熱水瓶掉在地上，竟然沒碎，也是奇蹟，正在整理文件的小許——她是你老戰友的三女兒——跑到窗前往外看，發出更為誇張的尖叫。幾分鐘後，縣委大樓朝南的窗戶全部打開，縣委大院，亂成一個如被火燎的馬蜂窩。

雖然人頭已被烏鴉啄得千瘡百孔，但人們還是辨認出那是縣委劉副書記的面孔。他面色慘白，愈顯得精心染過的頭髮漆黑如墨。他的眼睛已被烏鴉啄瘺，看不到他的眼神了，因此也就無法想像他臨終時刻是驚懼還是憤怒，是渾然無覺還是早有準備。有人道：不一定是烏鴉所毀，很可能是罪犯所為，因為據說西方已經可以用一種特殊技術，從死者的視網膜提取資訊，然後輸入電腦，顯示出罪犯的形象。由此判斷，罪犯是一個對犯罪學相當瞭解的高智商者，絕不是一般的壞人。又有人說，罪犯將人頭懸掛在縣委大院，顯然有殺雞儆猴之意，帶有明顯的政治意圖，因此可以排除一般的情殺或圖財害命。劉副書記是從組織部長提起來的，主管幹部提拔任用多年，少言寡語，為人謹慎，有良好的口碑，究竟是什麼人，將這樣一個好幹部殘忍殺害？聞風而至的縣公安局幾乎所有的警車發出的刺耳尖嘯把所有人的聲音都淹沒了。縣消防中隊的一輛救火車開進大院，豎起雲梯，一個穿杏黃色防護服的消防員爬上去，展開一塊紅綢，將人頭小心翼翼地包起來。烏鴉憤怒地對他發起衝擊。他舉起一隻胳膊護住面頰，用另一隻胳膊夾著人頭，迅速地爬下來。

人頭被一個著白大褂的法醫接過去，小心翼翼地托著，鑽進警車，鳴著笛，轉著燈，開走。市裏的警車與市委領導的車也趕到了，大院裏無處停車，就停在了大樓前的永安大街上。縣裏的防暴員警和武警中隊的官兵已經在大街上排開人牆，封鎖了道路，成群結隊的行人和自行車被封堵，形成了兩個烏壓壓的人團。萬頭攢動、人聲如潮。員警用電動喇叭喊話，命令人們繞道而行。人們卻一個勁地往前擠，直至公安局的馬副政委對天鳴槍示警，才戀戀不捨地散去。警笛聲停止，但車頂上的警燈還在把一束束令人心寒的光芒掃來掃去。縣委大樓上所有的窗戶都遵命關閉，但許多人的目光還是不由自主地往外斜，即使他們目不斜視地盯著書本、文件或是壓在玻璃板下的照片，但他們的腦海裏⋯⋯好了，表哥，我不想對你描繪劉副書記遇難後發生在縣委大樓的事了，從表面上看，已經沒有什麼異常。常委們躲在五樓小會議室裏開緊急會議，各辦公室裏的人們以比平日嚴肅得多的態度工作，小頭頭兒們抓住一點雞毛蒜皮的小事嚴厲地訓斥部下，而部下也帶著痛不欲生的表情承認錯誤。當然，每個人心中的想法，就只可意會不可言傳了。

很快就傳來了消息，說在縣城唯一的那家三星級飯店的一個豪華套間裏，發現了劉副書記的屍體。屍體穿著深藍色的西服，脖子上紮著紫紅色的領帶，端坐在沙發上，只要安上一個頭就可以做報告。清掃房間的服務員進門後就感覺好像缺了點什麼，怔了半天，才發現客人無頭。奇怪的是，竟然沒有一點血跡，米黃色的化纖地毯像是剛剛用強力吸塵器吸過一樣，連一點灰塵都沒有。斷頭處，仿佛用烙鐵烙過一樣平整——也有人說仿佛用速凍技術處理過一樣平整。房間裏沒有任何的搏鬥痕跡和罪犯留下的蛛絲馬跡。這樣的現場，令縣裏和市裏那些刑警撓頭不止。下午，省公安廳的破案專家飛車趕來。他們看了現場，研究了被分成兩截的遺體，也感到大惑不解。問題的焦點集中在：劉副書記的血流到哪裏去了？罪犯使用什麼樣的兇器才能幹出這樣乾淨利索的活兒？

當省、市、縣的破案專家絞盡腦汁思索的時候，一個傳說，像風一樣吹遍了縣城的每一個角落，連永安大街上那兩處愛民工程、外面用綠色馬賽克裏邊用白色馬賽克貼了牆面的公共廁所都沒漏過——廁所尿池子上方白色的馬賽克牆壁上，有人——也許是鬼——用彩筆寫上了三個大字：月光斬——當然這傳說也從縣城波及到了鄉村，甚至傳到了外縣、外省、外國。那三個字，每個都有足球般大，字跡稚拙，乍一看頗似頑皮兒童的塗鴉，但仔細研究，又像一個很有書法根基的人在扮嫩。

何為月光斬？人們馬上就想到了一部香港拍攝的電視連續劇的名字，劇中有個人物，手持一把寒光閃閃的寶刀，專揀明月皎皎之夜殺人。但傳說中的月光斬與這部香港電視劇毫無關係。傳說裏說——

一九五八年，大煉鋼鐵的時候，城關公社的一群機關幹部，突發奇想，衝到新建的縣火葬場，要用那台新安裝的化屍爐煉鋼。火葬場技術員向這些人解釋，說化屍爐跟煉鋼爐根本不是一種構造，但那批執拗的幹部，任火葬場技術員磨得嘴唇起泡也不動搖。說他們去國營天河窪農場請來兩位右派，幫助改造化人爐。這兩位右派，一位名叫任你行，一位名叫令狐退。任你行原是鋼鐵廠的副總工程師，在蘇聯留過學，獲得過副博士學位。令狐退原是省冶金學校副校長，留德歸來的材料學專家。這是兩個真正的專家，與當時那撥子建土爐子煉鋼的人有天壤之別。如果不劃成右派，我們這個小縣城用八抬大轎也請不來他們，但成了右派後，一請就把他們請來了。這樣兩個人，別說是把化屍爐改成煉鋼爐，給他們個尿罐，也能改造成可以熔化黃金的坩鍋。這個由化屍爐改造成的煉鋼爐，煉出了一塊純藍的鋼，就像國王的妃子抱了鋼柱而受孕產下來的那塊鐵一樣玄妙。他們往煉鋼爐裏投進去一百多個破舊的日本鋼盔、五十多口鐵鍋、一萬多個從棺材上起出來的鐵釘，還有一千多枚羅漢錢，但出鋼時只流出不滿的一勺鋼水。這是真正的金屬的精華，七道凌厲的藍光直衝雲霄，有七顆流星沿著藍光落到鋼水勺裏，它們在降落時，金光與藍光劇烈摩擦，放射出刺目的強光，並散發出濃烈得讓人昏迷的燒冰的香氣——把冰棱放在火上燒，這是我們那裏的壞小孩常玩的遊戲——我知道這樣寫有悖物理學原理，但這是傳說，姑妄言之姑妄聽之。七星落入鋼水勺後，正好齊平勺沿。那兩個右派中的一個，可能是令狐退，也可能是任你行，親手端著鋼水勺子，澆灌到早就準備好的長條形鋼錠模子裏。他們準備了一百多個模子，但只灌了半個模子。這塊鋼——姑稱為鋼吧——在模子裏慢慢冷卻了，煉鋼爐裏的火也熄滅了，只有鄰近火葬場的人民醫院裏那個土高爐還冒著黃色的火苗子。不久，人民醫院的土高爐也滅了。此時，天上一輪明月，放射著淺藍的光輝，那塊鋼，在模子裏放出幽藍的光芒，令在場的人心中都滋生出了莊嚴、神聖的感情。至於這塊奇異藍鋼的下落，有許多種說法，但每一種說法，都無從調查，因為那些參加過煉鋼的人大半作古，活著的人，也只能提供一些含糊的證詞。如果沿著這些證詞調查，那就如同太陽的光線一樣，射向四面八方，有的變成植物，有的變成氣體，有的變成人類無法認識的物質。

但很快又有一個令人振奮的傳說出現。

縣城東門外，原有個東關村，村裏有戶鐵匠，姓李。李鐵匠六十喪妻，三個兒子，陸續成人，都無妻室，跟著父親打鐵維生。父子都是文盲，春節時，請村裏一位曾經當過私塾先生的人寫對聯。那人好謔，提筆寫道：

一門四光棍

父子八大錘

橫批不合規矩，只有三個字：

硬碰硬

此聯大為有名，縣城的人都知道。新的傳說與這戶鐵匠有關。

說「文化大革命」期間的一個傍晚，鐵匠爐封了火，苞米粥的香氣彌漫全室。鐵匠們的飯量極大，一個比笆斗還大的雙耳鍋吊在鐵匠爐上方，鍋裏的金黃的粥倒出來足有一桶。兄弟三個圍鍋站立，每人捧著一個粗瓷大碗，喝得十分滿室粥響，老鐵匠病了，縮在牆角的地鋪上，蓋著一張爛羊皮，在那裏哆嗦、哼哼。爐裏飄遊不定的藍色火苗不時照亮老鐵匠銅色的乾巴臉，然後便斂了，房子又沉入黑暗。心比較細的老三嘴裏有粥，含含糊糊地問：爹，你還是喝一碗吧，人是鐵，飯是鋼，一頓不吃餓得慌。老鐵匠咳嗽一陣。喘息著問：糧食市上的苞米，漲到多少錢一斤啦？老大甕聲甕氣地說：管他多少錢一斤，水漲船高，糧食價漲，咱的工錢也跟著漲。老二道：這年頭，還不知怎麼鬧騰呢，吃了今日就別去管明日啦。老鐵匠喘息著說：今晚上加班，把「井岡山」紅衛兵那批紮槍頭子打出來，收一筆錢準備著，世道亂了，好往關外逃。三兒子道：你以為關外就不亂了嗎？沒聽到大喇叭裏吆喝？五湖四海一片紅啦。爺們兒正說著、喝著，聽著縣城裏傳出來的陣陣吶喊和火車的淒厲笛聲，感受著火車進站時引起的地皮震顫，就有一個人影輕悄悄地，猶如一匹金錢豹子閃了進來。正好又有一個罌粟花般大小的藍色火苗從封住的火爐上飄起來，懸浮著，久久不逝，照亮了來者。

那是一個年約十五六歲的姑娘，身穿一套草綠色的仿製軍裝，腰裏紮著一條奇寬的牛皮腰帶，使她的身材顯得有幾分英武。她頭上紮著兩根小辮，濃眉大眼，蒜頭鼻子，長嘴厚唇，有點兒傻氣。當然，她的胳膊上也套著一個紅色的袖標。最重要的是，她懷裏抱著一個黑色的包裹，看上去十分沉重，不知道裏邊是什麼東西。

鐵匠兄弟都是正當盛年的光棍，來者雖是一小丫頭，但畢竟是女性，所以他們都用熱情的眼光上下打量著她。姑娘把懷中的包裹扔在地上，發出沉悶的響聲，使地皮都顫抖。你是「井崗山」的嗎？老三說，你們那批紮槍明天才能打出來。老二道：回去告訴你們的頭頭兒，一手交錢，一手交貨。老大道：苞米漲價了，煤也漲價了，我們的紮槍頭也漲了，每個兩塊錢。姑娘直起腰，把雙手的拇指與食指插進腰帶，捋捋衣服，又往下抻抻衣角，挺起胸膛，冷冷地說：我既不是「井崗山」的，也不是「東方紅」的，我是「獨立大隊」。老三笑道：蒙誰呀？縣城裏根本就沒有這麼個紅衛兵組織。姑娘道：我不跟你們廢話，我有塊好鋼，請你們幫我打一把刀。老三道：什麼好鋼，拿出來瞧瞧。於是，姑娘蹲在地上，解開地上的包裹。先是一層黑布，繼是一層藍布，然後是一層紅布，最後是一層白布。當那層白布解開時，爐子上方那個飄遊的火苗像膽怯的小鼠一般，倏地鑽進了煤堆。被煙燻火燎得黝黑的鐵匠鋪子頓時被一種幽藍的光芒照亮，四面的牆壁和房頂，仿佛都刷了一層明亮的釉彩，煥發出動人的光芒。鐵匠兄弟們都忘記了喝粥，捧著碗，張大嘴，眼睛直愣愣地瞪著那塊鋼。那塊鋼安靜地躺在白布上，仿佛一條遠古時代的魚。女孩伸出一根手指，輕輕地觸摸了一下那塊鋼，然後疾速縮回，仿佛那塊鋼奇冷又仿佛那塊鋼奇熱。她用挑戰的口吻說：看到了吧？就是這樣一塊鋼。我想請你們打一把刀，樣子我也帶來了，但不知你們有沒有這個本事。她說著，從衣兜裏摸出一張折疊成兒童玩的紙炮形狀的紙片，展開，舉給就近的老三，道：就照著這樣子打。老三接過紙片，借著那鋼的光，看著紙上的圖。那是一把古老樣式的刀，刀把是個圓環，刀背弧線流暢，宛如妙齡女子的腰背。刀尖與刀背吻合部形成一個鈍角，刀刃線條凸起，猶如魚的肚腹。這樣的刀，倒也不難鍛打，老三說著，將紙片遞給老二，老二看罷，又遞給老大。老大道：不知這位姑娘能出多少加工費？姑娘冷笑一聲，道：只要你們能將這塊鋼，鍛打成這樣一把刀，加工費嘛，要多少就是多少。老大說道：小姑娘，別說大話，你爹不是銀行行長，即便你爹是銀行行長那些錢也不是你們家的對不對？告訴你，我打鐵三十年了，我爹打鐵六十年了，什麼樣的鋼沒見過？什麼樣的鐵沒砸過？你想用這塊抹了一層螢光粉的鐵來糊弄我們嗎？姑娘冷笑著，一探身奪回紙片，裝進衣兜，然後便蹲下，包裹那塊藍鋼。這時，一直縮在牆角的老鐵匠氣喘吁吁地說：姑娘，慢著點包裹。老三，扶我起來，讓我見識見識。老三上前，扶起老鐵匠，顫顫巍巍地過來，一低頭，眼睛裏立即生出光彩，臉上的肌肉也猛然緊張起來，仿佛片刻之間變成了另外的一個人。他蹲下，抬頭看看姑娘，低頭看看藍鋼；抬頭，低頭；抬，低；然後伸手觸了一下藍鋼。然後又觸了一下。又觸。每一下都像蜻蜓點水。然後，站起來，雙手抱拳，作一個長揖，小心翼翼地說：姑娘，兒子們出語無狀，多有得罪。我們是些土鐵匠，鍛打個鍬、钁、鐮、鋤，混碗包穀粥餬口罷了。這樣的寶物，您還是另請高明吧。姑娘歎一口氣，說：都說李鐵匠家祖上是為康熙大帝打過屠龍寶刀的御用鐵匠，原來不過爾爾。

說罷，用無比失望的眼光掃視了一遍鐵匠父子，蹲下身，包裹起那鋼，艱難地抱起，趔趔趄趄向外走去。房子頓時又沉入黑暗，那藍色火苗浮起，照耀著鐵匠父子的臉，猶如四尊尷尬的泥神。姑娘的身影，猶如金錢豹子，即將在門口消失那一剎那，老鐵匠用悲涼的聲音問：姑娘，你到哪裏去？——我把這塊鋼，扔到南灣裏去，讓它沉沒到遊泥中，永遠不見天日——回來，姑娘，老鐵匠說，這是我的命，逃是逃不過的。——你決定要征服它了嗎？姑娘的身影又如金錢豹子，一閃便回到了鐵匠爐旁。她目光裏閃爍著驚喜，道，我知道你不會放過它的，一個好鐵匠，總是盼望著這樣的鋼出世，然後，用奇特的方式，使它服從自己的意志，變成一把寶刀。老鐵匠脫下身上的破褂子，露出瘦骨嶙峋的胸膛，從水桶裏舀起一瓢冷水，咕咕地灌下去，然後一抹嘴，腰板挺直，彷彿年輕了二十歲，或者三十歲，雄赳赳地說：兒子們，生起火來……生起來啊升起來火……生起火來……

老鐵匠的二兒子用鐵鉤子捅開煤殼，拉動風箱，呱嗒呱嗒，白煙上衝，直衝房頂，火星四竄，火苗緊接著出現。老鐵匠從姑娘懷中接過那包裹，放在層子正北方向的祖先牌位前，跪地，行三跪九叩之大禮。禮畢，將包裹解開，悲切切地說：列祖列宗，保佑吧！祝畢，將右手中指塞進嘴巴，咬破，在那藍光的映照下他的血也成了藍色，滴滴下落到那鋼上，先發出叮叮咚咚的聲響，彷彿珍珠落到冰上，然後又咬破左手中指，將血滴上去，又發出滋滋啦啦的聲響，彷彿那鋼是灼熱的。鐵匠的兒子們嗅到了古怪的香氣，與那用荷葉包裹著的人血饅頭放至灶火裏燒烤時的香氣頗為接近。血祭完畢，那鋼的藍色淺了、淡了，不似初時堅硬凌厲，增添了些許溫柔，與深秋時節的滿月光輝有幾分相似。然後，也不包紮手指，搬起那鋼，如抱著一個十世單傳的嬰孩，塞進了熊熊的爐火之中。

用了比燒透一般鋼鐵十倍的時間，才將那塊藍鋼燒透。當爺兒們用頭號大鉗把那藍鋼抬到鐵砧子上時，鐵匠鋪裏變成了冰一樣透明的世界。屋子裏的人和物，都仿佛遠古時的物體，被凝固在一塊淺藍的琥珀裏。此時，只有凝神觀察，才能看到那塊魚一樣形狀的鋼，活潑潑地躺在砧子上，渾身抖動不止，不知是痛苦還是興奮。老鐵匠操著小錘，如其說是打，毋寧說是撫摸了一下那藍鋼。三個如狼似虎的兒子，各操著十八磅的大錘，各打了一錘。接下來，老鐵匠的小錘便如雞啄米一樣迅疾地敲打下去，三個兒子手中的大錘，挾帶著狂熱與激昂，如同奔馳中的烈馬之蹄，迅速無比但又節點分明地砸下去。奇怪的是竟然沒有聲音。往常這父子四人打鐵時發出的聲響半條街上都能聽到，連火車的汽笛聲都被蓋住，但現在，這鍛打，這勞動，劇烈之極，但牆角上蟋蟀的鳴叫都聲聲入耳，讓人感覺到深秋之悲涼，生命之短暫。那個小姑娘呢？那個姑娘縮在牆角裏，雙手捧著腮，眯縫著眼睛，猶如飽食後蹲在大樹上休息的金錢豹子。奇怪的是如此猛烈的鍛打，竟然沒有半點的火星濺出，往常這父子四人打鐵時，火星四濺，碰到牆壁反彈回來，發出撲簌簌的聲響，遠遠看過來，宛如禮花綻放。這樣的鍛打持續了足有半個時辰。三個兒子身上熱氣騰騰，猶如三根剛從油鍋裏夾出來的油條，但那老鐵匠，卻連一滴汗珠都沒流。老鐵匠手中的小錘慢了下來，兒子們手中的大錘跟著慢下來。小錘更慢了，東一下，西一下，宛如一隻吃飽了的雞，在米堆裏揀蟲吃。老鐵匠歪著頭，眯著眼，神情和姿態都與一隻黑色的老公雞相似。更慢了。當當，小錘聲；哐哐，大錘聲。當，哐，當，哐。小錘扔在地上，站立著，柄兒搖晃，終於靜止。三個兒子如同三株朽木，癱倒在地上，只有老鐵匠還站著。爐子裏的火半明半暗，藍色的火苗柔軟無力，猶如微風中的絲綢。老鐵匠頭頂光禿，嘴角下垂，脖子上老皮垂掛，彷彿老了二十歲，或者三十歲。他勉強站著，用目光招呼著那個小姑娘。小姑娘畏畏縮縮地走到鐵砧子前，先看了一眼老鐵匠，然後低頭看砧子。她又抬起頭看老鐵匠，滿臉疑惑。無怪她疑惑，因為那砧子上似乎什麼都沒有，好像那塊奇異的藍鋼，被鐵匠父子們打成了空氣，或者打成了光，塗抹到這房間裏的所有物體上，連人的皮膚上、頭髮上、眼睫毛上，都塗抹的有。老鐵匠眼睛半睜著，可見疲勞已使他的眼皮沒了力氣，聲音細弱，如同蚊蟲哼哼，非側耳屏氣難以聽到。但姑娘分明是聽到了。她把右手中指塞進嘴巴，一口咬破，血珠滴落，舉到砧子上。一股碧綠的煙霧騰起，房子裏溢散開用灶火燒烤用荷葉包裹著的用人血蘸過的饅頭的氣味。與此同時，那把刀的形狀便在砧子上漸漸地顯現出來。大約有一米長，最寬處約有二十釐米，完全符合那張紙片上的形狀。她又將左手的中指咬破，血珠滴落，舉到刀上，叮叮咚咚，如同珍珠落在冰上。與此同時，那刀的形狀又漸漸朦朧了，猶如霧裏看花，水中望月，隔著玻璃看沐浴的美人。

你把它拿走吧。說完這句話，老鐵匠往後便倒，隨即停止了呼吸。

你把它拿走吧。說完這句話，老鐵匠的大兒子隨即停止了呼吸。

你把它拿走吧。說完這句話，老鐵匠的二兒子隨即停止了呼吸。

你把它拿走吧。老鐵匠的小兒子說。

姑娘抓起那把刀，猶如捏著一段月光，對鐵匠的小兒子說：你跟我一起走。

這兩個年輕人，女的提著刀，男的空著手，走出鐵匠鋪子，走上街道，走出東關村，進入原野，消逝在藍色的月光中。

這把刀的名字叫「月光斬」。

只有用「月光斬」砍人首級，才能滴血不出，才能茬口如熨過的「的確良」布料一樣平滑。

但不久又有一個傳說出來，傳說說：身首分離的劉副書記，其實是一個塑膠模特，不知道是哪個惡作劇的傢伙，或者是哪個被劉副書記搧過耳光的壞蛋，製造了這樣一齣鬧劇。儘管是鬧劇，但造成了極為惡劣的政治影響，對劉副書記的名譽也有毀滅性的傷害，而且還造成了難以估量的經濟損失，那麼多的警車，那麼多的員警、武警，那麼多的官員，都投入到破案中去，車輛磨損、汽油耗費、工資、差旅費……嗨！

為了挽回影響，縣委、縣政府在人民廣場舉行篝火晚會，慶祝中秋佳節，電視臺直播。人們從電視裏看到，劉副書記先講話、後唱京戲，又與女青年跳舞。無論是講話、唱戲還是跳舞，他的臉上都帶著微笑，非常有親和力，非常平靜，彷佛什麼事情都沒有發生過。

看完了附件，我給表弟回覆郵件：表弟如晤，久未通信，十分想念。姑姑好嗎？姑夫好嗎？建國表哥好嗎？青青表妹好嗎？你在縣城工作，要經常回老家看看，姑姑姑夫年紀大了，多多保重。你若回去，一定代我去眉間尺的墳前燒兩陌紙錢。遇見韋小寶的後人，一定要禮貌周全——

寧得罪君子，不得罪小人，這是古訓，不可違背。一轉眼間你也快三十歲了，婚姻問題要趕緊解決，天涯何處無芳草？不必死纏著小龍女不放，我看那個還珠格格就不錯，野是野了點，但畢竟是金枝玉葉，跟她成了親，對你的仕途大為有利，趕快定下來，萬勿二心不定，是為至囑。

冰雪美人

一

叔叔從市醫院退休之後，在鎮上開了一家私人診所。我高考落榜，莊戶不能，學兒不成，心情壞得不行。在家閑得無聊，整日與鎮上幾個不良少年鬥雞走狗，眼見著就要學壞，父親心中焦急，便豁出一張老臉，求到叔叔面前，讓我到診所裏去，跟他學醫。

父親把我送到診所那天，叔叔正與嬸嬸為了一件什麼事情拌嘴。地上躺著一個鐵皮暖瓶，瓶膽破了，水流遍地，鍍了水銀的玻璃碎屑在水中閃爍。見到我們進來，嬸嬸用衣袖擦擦眼淚，抽身進了裏屋，房門在她的身後在我們面前響亮地碰上了。我心中感到惶恐，覺得他們的吵架與我前來學徒有關。父親抓住我的肩頭往前推了一把，沉重地咳了幾聲，說：

「他叔，我把小東西送來了……」

叔叔看了我一眼，沒有吭聲。他繞過地上的水窪，坐在一把落滿了灰塵的椅子上，從口袋裏摸出一盒劣質香煙，捏出一根，夾在手指間，點上火，抽起來。夾煙的手指呈現出像紅燒肉一樣的焦黃色，說明他是一個老煙鬼了。在學校時，我們一幫問題少年，故意地用香煙燻手指，就是為了使自己的手指變成焦黃色。

父親從褡褳裏摸出十個鹹蛋，放在桌子上，說：

「這是你嫂子醃的，你和他嬸子嚐嚐。」

「自家人，何必來這一套？」叔叔不屑地說著，臉上的神色似乎和緩了一些。他捏出一根煙，扔給父親。父親慌忙去接，煙捲兒在他的胸前跳躍著，蹦到我的面前，我一伸手就把那只煙捲兒凌空抓住，遞給了父親。叔叔讚賞地看著我，說，「反應挺快嗎！」我本想告訴叔叔我在學校棒球隊裏練過接球，但話到了嘴邊又嚥了下去，因為父親反覆叮囑過我，到了診所後，一定要少說話，多幹活。父親說，學徒不容易，即便是跟著自己的親叔叔也不行。叔叔是自家人，多少還有些擔待，嬸嬸是外姓旁人，沒有什麼血脈上的聯繫，所以一切要看她的臉色。父親還反覆給我講了學徒的艱辛──他早年曾經在中藥店裏拉過藥櫥，有切身體會──頭三年，你壓根兒就別想學什麼，你要幫師傅倒夜壺，你要幫師娘看孩子，你要打水、掃地，燒火、淘米……所有的粗活累活都是你的。沒有日刺蝟的心性，你就不要跟人家學徒！父親粗野地說，何況你這不是一般地學徒，你這是去學醫！叔叔又捏出一根煙，熟練地把那個即將燃盡的煙頭接上。他直直地盯著地上的破暖瓶，說：「學點什麼不好？去當兵嘛！去做生意嘛！幹點什麼也比幹這個強，我摸弄了大半輩子灰肚皮，實在是摸弄夠了。」

「還不快把地上的東西打掃了?!」父親突然對我發起火來，「年輕輕地，眼睛裏一點營生都沒有！難道還要你叔和你嬸嬸支使你？」

我抄起掃帚和撮子，把地上的碎玻璃掃了起來。當我出去倒撮子時，聽到父親對叔叔說：

「他叔叔，我和你嫂子這輩子就熬了這塊東西，從小嬌慣壞了。你和他嬸子，該說就說，該打就打，自己的親侄子，打也打得著，罵也罵得著……」

「行了，行了，你回去吧，」叔叔說，「他自己願意學，就讓他在這裏混著吧。反正是如果我有兒子，我決不會讓他幹這行。」

二

叔叔原先是那種號稱「萬金油」的鄉村醫生，中醫，西醫，內科，外科，兒科，婦科，凡是人生的病，找到他就敢治，治好治不好當然是另外一碼事。改革開放後，叔叔考到省醫學院醫師進修班學習了兩年，回來後進了市醫院，穿大褂，戴手套，成了給人開膛破肚的外科大夫。叔叔還在鄉村裏當赤腳醫生時，就在炕頭上用剃頭刀子給人家做過闌尾炎手術，從醫學院進修回來後，更是如虎添翼，膽大包天，世上有人不敢生的病，沒有他不敢下的刀子。叔叔說過，當醫生其實和當土匪一樣，三分靠技術，七分靠膽量。有了膽量你才能冷靜，冷靜了你的腦子裏才有空，腦子裏有空你才能幹活。那些真正的大土匪，看上去像文弱書生；那些真正的大醫生，看起來像殺豬的。叔叔藝高人膽大，在市醫院裏很做了幾例成功的大手術。也正因為他的膽子太大，在手術臺上搞起了米丘林式的嫁接實驗，把幾個不該死的人給治死了。於是他就成了毀譽參半的人物，誇他的人說他是神醫，罵他的人說他是獸醫。他又是一個驕傲透頂的傢伙，牛脾氣發作，敢拍著桌子罵市長的娘，院裏留他不是，不留他也不是，正在為難時，他自己提出要提前退休，院方正好就坡下驢，當然口頭上還是挽留他。

叔叔的診所只有兩間房子，規模小得不能再小，但卻在門口堂而皇之地掛了一個大牌子，牌子上寫著「管氏大醫院」五個大字。那字是他自己寫的，一個個張牙舞爪，像猛獸一樣，看著就讓人害怕。仗著他過去的輝煌名聲，仗著此地去市裏交通不便，仗著市醫院宰人不商量，管氏大醫院開張以來生意興隆，大病看，小病也看。叔叔當醫生，嬸嬸這個只上過三年小學的農村婦女——曾經當過獸醫——就成了護士兼司藥。不久前他們二人聯手，給雜貨鋪掌櫃汪九做了胃切除手術。花錢很少，效果很好。叔叔的名聲在故鄉達到了一個新的高度。就是在這個時候，我進了叔叔的診所——不，是醫院，管氏大醫院——當了一名學徒。嚴格地說，學醫是不應該叫做學徒的，但我父親非要這樣說我也就隨著這樣說了。

叔叔的手術室就是方才嬸嬸進去的那間房子。房間裏有一張可以升降的鐵床，床上蒙著白床單，有時候叔叔就在這張床上午睡。床的外手有一張三抽桌子，桌子上放著幾個搪瓷盤子，盤子裏盛著刀子剪子鑷子什麼的，上邊蒙著兩層白色的紗布。緊靠著牆立著一個米黃色的木櫃子，櫃門上鑲著玻璃。透過玻璃可以看到一些瓶瓶罐罐，這就是管氏大醫院的幾乎全部家當了。

我們鎮子是個非常偏僻的地方，離市裏有一百多公里。鎮子後邊就是有名的白馬山，從山裏流出來的馬桑河從鎮子中間穿過。這地方儘管偏僻，但風景不錯。由於落後，沒有工業，也就沒有污染，空氣新鮮，河水清澈，有點世外桃源的意思。叔叔在如此簡陋的手術室裏給人做手術而不感染，大概就沾了這地方沒有污染的光。

近年來這裏也開始發展旅遊，春天有來看花的，夏天有來釣魚的，秋天有來看紅葉的，冬天有來滑雪的——在山裏，鎮上與香港合資建設了一個規模很大的滑雪場——世外桃源變得紅塵滾滾。很多人為此高興，叔叔卻眉頭緊鎖，經常罵娘，好像他跟錢有仇一樣。

三

我在叔叔的診所裏學徒轉眼間已經半年了。在這半年裏，我的主要工作就是掃地、燒水，中午出去買三個盒飯，叔叔和嬸嬸各吃一個，我自己吃一個。叔叔和嬸嬸晚上回家去睡，我睡在診所裏看門，那張躺過許多病人的診斷床就是我的床。我的晚飯和早飯基本上是開水泡速食麵，有時候叔叔也帶點別樣的給我。說我一點醫術沒學到那是沒良心，在這半年裏，叔叔教我認識了幾十種常用藥，為的是萬一晚上有人來買藥我好應付，除此之外嬸嬸還教會了我用蒸煮法給醫療器械消毒。進入冬天之後，我的工作中添加了一項內容：生爐子。每天早晨，在叔叔和嬸嬸沒到醫院之前，我就把安在外間的爐子生著。裏間是手術室，不能煙燻火燎，只是把幾節煙筒伸進去拐了一個彎，藉以提高溫度。入冬之後已經下了兩場大雪，山裏的雪場已經凍好。這幾天鎮上在市電視臺做廣告，說白馬鎮像瑞典一樣浪漫，像巴黎一樣多情，配合著廣告詞兒還出現了幾個搔首弄姿的女妖精。城裏的人馬上就要來了。城裏人一來，鎮上馬上就會熱鬧起來；鎮上一熱鬧，叔叔的診所就會忙起來。嬸嬸已經進城去採購了大批治療跌打損傷的藥物，準備為那些在滑雪中受傷的人們治療。

我生著爐子，坐上鐵皮水壺燒水。叔叔特別能喝水，八磅的暖瓶每天要喝三瓶。他用著一個特大號的、外邊漆著一個「獎」字的、傷痕纍纍的搪瓷缸子，缸子裏一片漆黑，茶銹有半寸厚。那層茶銹是叔叔用了幾十年的時間、耗費了幾百斤茶葉養出來的，像他耳朵上的一根毛那樣被愛護著。叔叔甚至允許我抽他的香煙，但是絕對不允許我動他的茶缸子。我經常幻想著有一天叔叔下班回家時把茶缸子忘在診所裏，那樣我就可以用他的茶缸子好好地喝一次水，感受一下使用大醫生的大茶缸子喝水的滋味，但叔叔從來沒有發生過這樣的疏忽。他與茶缸子形影不離，進手術室給人做手術時都要端進去。這未免有點過分，但還有更過分的呢，我聽嬸嬸說，他每天早晨坐馬桶時，都要把沏滿開水的茶缸子放在面前的小凳子上，一邊出恭，一邊進水。這讓我感到叔叔身上有大人物的做派。我抹了桌子掃了地，就坐在桌子前吃速食麵。我們燒得是亮晶晶的無煙塊煤，熱量很高，又加上下雪颳北風，火勢兇猛，火焰嗚嗚地響著，很快就把煙囪燒紅了半截，水壺裏的水也唱起了小曲。我聽著火聲和水聲，透過玻璃，看著窗外紛紛揚揚的大雪和被大雪籠罩著的街道、房屋和河流，心裏感到空空蕩蕩。

我看到一條黑狗夾著尾巴、脊背上馱著雪從街上走過。牠走得小心翼翼，好像怕身上的積雪抖落似的。狗走過去，又跑過來一頭黑色小毛驢兒。牠跑得飛快，一邊跑還一邊蹦，好像生怕雪花兒停留在身上似的。黑色的小毛驢兒在白色的雪花裏閃閃發光，跑到窗外時，牠停留了一會，原地轉了一個圈兒，尥了一個蹄子，好像跟我打了個招呼，然後又向前跑去。我急忙站起來，抓起抹布，擦了幾下灰濛濛的玻璃，將臉貼上去看小毛驢兒，但是牠的身影已經消逝在飛揚的雪花裏。我歎了一口氣，正要把臉從冰涼的玻璃上摘下來時，看到一個高大健壯的婦女，提著一個柳條簍子從馬桑河裏走上來。我一眼就認出了她是誰。她是孟寡婦，我的一個女同學的母親。她家臨街住，開了一個飯館，專門做魚頭火鍋，招牌叫「孟魚頭」，於是鎮上的人不叫她孟寡婦而叫她孟魚頭了。於是我們把她的女兒也叫孟魚頭了。小孟魚頭的身材像她母親一樣高大但比她母親苗條得多，她生著一張嬌豔的嘴，嘴唇豐滿，兩隻嘴角微微上翹，看起來好像很驕傲，也好像很調皮。

四

我們就讀的那所中學十分保守，制定了五十八條學生守則，不許抽煙啦，不許喝酒啦，不許化妝啦，不許燙頭啦，不許穿高跟鞋啦……，規矩很多，如果誰敢違反，輕則處分，重則開除。但惟有小孟魚頭敢與校方對著幹。那時她媽媽還不叫孟魚頭還叫孟寡婦，那時她還不叫小孟魚頭還叫孟喜喜，孟喜喜頭髮淺黃，波浪著，披在肩上，有時也用一根鮮豔的手絹紮起來，像一條狐狸尾巴。她的嘴巴略微有點歪斜，雙唇鮮豔欲滴，仿佛熟透了的櫻桃。她的額頭寬闊開朗，像景德鎮的瓷器一樣光滑明亮。她的雙眼長得有些開，眼睛不大，但非常明亮。她的雙眉修長，略有些掉梢，非常規整，仿佛是精心修整過的。與班裏那些胸脯平坦、嘴唇枯燥、目光呆滯、眉毛凌亂、額頭上佈滿皺紋的女同學相比，孟喜喜實在是太過分了。孟喜喜胸脯高聳——而且分明不帶文胸——眼睛水汪汪的，嘴角翹著，脖子修長，精巧的頭顱微微後仰著，穿著不能算高跟但也絕對不能算低跟的皮鞋在校園內的大路上、教學樓內的走廊上，目中無人的走來走去。她的步伐輕捷，鞋跟敲打著水磨石的地面，發出清脆的聲響。孟喜喜實在是太過分了呀！年級主任——一個綰著牛糞餅子頭、長臉短下巴的女人——在全年級大會上不指名地批評：有的同學——今天就不指名了——實在是不像樣子，你自己對著鏡子看看，還像個學生嗎?!——大家的目光一瞬間都集中到孟喜喜的身上。她的腦袋轉來轉去，目光左顧右盼，好像在尋找被年級主任不點名批評的那個人——我說的就是你！年級主任幾乎是吼叫起來，長臉憋得通紅：你以為這是什麼地方？這是學校，不是酒吧間！有幾位女生幸災樂禍地低聲笑起來，男生們臉上也出現了尷尬的表情。我感到臉上發燒，好像是自己的姊妹被人當眾奚落一樣。但孟喜喜神色平靜，嘴角翹著，臉上洋溢著一團微笑，好像被年級主任點名批評的是一個與她毫無關係的陌生人。

年級會後，孟喜喜依然如故，還是那樣昂首挺胸地在校園內、在樓道裏走來走去。男生們的目光更多地在她的身上打轉。我們原來就願意看她，年級主任的訓話好像把罩在她身上的一層薄紗揭去一樣，讓我們猛然地醒悟：啊，這個孟喜喜呀，實在是太過分了……

男生們本來就願意與孟喜喜說話，現在，有更多的男生有事無事地跟孟喜喜搭腔，還有人從家裏拿來好吃的東西給她吃。我也偷偷地把家中院子裏葡萄架上第一串發紫的葡萄剪下來，用一張報紙包了，拿到學校，課間休息時，趁著她上樓梯的時候，塞到她的懷裏，然後我就躍上光滑的樓梯欄杆，像雜技演員一樣溜了下去。我竄出樓梯口時，幾乎撞到年級主任的懷裏。她的臉色紫紅，左腮上的肌肉像一條蟲子抽動著，我知道這是她暴怒的標誌。

我轉身跑回教室，離上課還有幾分鐘時間。同學們正在大聲地嚷叫著，竄跳著，亂成一團。導致這場混亂的是我那串葡萄，準確地說是孟喜喜和我那串葡萄——她劈著腿坐在課桌上，摘下葡萄，一顆顆地往男生堆裏投去。偶爾她也往自己嘴裏填一顆——她把葡萄粒兒高高地舉起來，腦袋往後仰著，腦後的頭髮幾乎垂到課桌上，她的嘴巴大開，讓手中的葡萄垂直地落進去——每當她投出一粒葡萄，男生們就一窩蜂地撲上去，好像一群爭搶食物的狂熱的小狗。我的心裏一方面感到酸溜溜的，一方面又感到暗暗得意。酸溜溜的原因是我本想把葡萄給她吃，她卻拿來散給同學們；得意是因為畢竟是我把葡萄給了她而她接受了並且還吃了幾個，這使我感到我與她的關係比她與其他的男生的關係更近了一點。男生們的喊叫聲把上課的電鈴聲都蓋住了，直到年級主任用教鞭猛烈地抽打起講臺時，才把大家從狂歡中驚醒。

沒等孟喜喜從課桌上下來，年級主任就站在了她的面前。在年級主任冷眼逼視下，孟喜喜滿臉通紅，低聲說：對不起……

年級主任將教鞭插到那半串葡萄的梗杈裏，從孟喜喜手裏挑起來，像挑著一件世界上最令人厭惡的東西，回到了講臺前。

是誰給她的葡萄？年級主任冷冷地問。我感到她的眼睛像針一樣扎臉，便不由自主地低了頭。但年級主任點著我的名字把我叫了起來，並要我交代，是誰給了孟喜喜葡萄。正當我要坦白交代時，孟喜喜站起來，冷冷地說：葡萄是他的，但是是我從他的手裏奪來的。

這是實情嗎？年級主任用嘲弄的口吻說，她竟然能從你的手裏奪走了一串葡萄。請抬起頭來，讓大家看看你的臉。我只好抬起頭，感到臉像火一樣燃燒著。年級主任問：是不是她從你手裏奪走了葡萄？我側目看了一眼孟喜喜，看到她的眼睛望著正前方的黑板，嘴角翹著，一副滿不在乎的樣子。我看了一眼年級主任生鐵一樣地臉，艱難地說：是……

我的聲音細得像蚊子嗡嗡一樣，連我自己都聽不清楚。

年級主任與孟喜喜的矛盾終於大爆發，那是孟寡婦將孟魚頭的招牌掛起來兩個月之後的一個早晨。頭前幾天，年級主任就利用給我們上政治課的時候，攻擊隨著旅遊業的發展鎮上大街兩邊出現的服務業。她認為這些所謂的髮廊、飯館，什麼張魚頭李魚頭，其實都是色情行業，用她的話說就是「賣那個」的。大家的目光偷偷地向小孟魚頭望去。她的臉色慘白，但是那上翹的嘴角還是讓她的臉上出現了似乎是滿不在乎的微笑。正是上學的時候，學生成群結隊。我跟隨著孟喜喜走進校園。自從葡萄事件後，我感到心裏慚愧，總想找機會對她解釋，但每當我站在她的面前時，喉嚨就被一團灼熱的東西堵住了。而她總是微微一笑，然後揚長而去。在通往教學樓的道路上，年級主任已經雙手扦著腰站在那裏了。朝陽把她的臉照耀得紅彤彤的，像一朵胖大的雞冠花。同學們紛紛地往斜刺裏走去，誰也不願意與她迎面相遇，只有孟喜喜昂首挺胸地迎著她走過去。我的腦子裏轟然一聲，好像燃起了一把火。我突然明白了，年級主任站在那裏，就是為了等待孟喜喜。果然，我聽到年級主任說：

「孟喜喜，你站住！」

我躲在一棵法國梧桐的粗大樹幹後，看到孟喜喜在年級主任面前站住了。看不到孟喜喜的臉，只能看到她修長的側影。她腦後紮了一條紅色的手絹，鮮豔奪目，使年級主任的大紅臉黯然失色。我聽到年級主任低聲說了一句什麼話，接下來是片刻的寧靜。隨後便發生了難以預料的事情：孟喜喜的腦袋突然往前一低，把她的額頭撞在了年級主任的嘴上。我，包括躲在樹幹後和趴在樓道玻璃後偷看的同學們，都聽到年級主任發出了一聲令人心悸的尖叫，然後我們看到她用手捂住了嘴巴。孟喜喜轉身往來路走去。她走得不慌不忙，好像身後發生的事情與她沒有一點關係。從此後，她再也沒有回到學校。校方宣佈，孟喜喜是因為作風不正被開除的，而我們認為是她自己退了學，退得非常瀟灑，簡直像一個打了勝仗凱旋而歸的將軍。退了學的孟喜喜與母親合力把孟魚頭經營得轟轟烈烈，我經常看到她身穿紅色旗袍，站在店門口招徠顧客的樣子。每當我看到她明媚的笑臉，心中就陣陣刺痛，仿佛被尖銳的東西扎了。她離開學校以後，年級主任在神聖的課堂上，用與她的身份完全不相符的下流語言，污蔑孟喜喜，說她幹上了「那一行」。看到她穿著開岔到了大腿的旗袍，畫著濃妝，站在店門前，對客人賣弄風情的樣子，我就想起了年級主任的那些髒話。

五

孟寡婦提著簍子走上了大街，漸漸地靠近了我叔叔的管氏大醫院的門口。在雪花的間隙裏，我看到她那兩條裸露著半截的胳膊凍得通紅，在白雪的映襯下顯得格外醒目。她胸前戴著一塊黃雨布縫製的遮襟，遮襟上沾滿魚鱗。柳條簍子裏盛著幾十隻胖大的魚頭，魚頭泛著耀眼的銀光。隔著玻璃我就聞到了魚頭的腥氣。在我跟隨著幾個小流氓吃喝玩樂的那些日子裏，曾經有好幾次去吃孟魚頭的機會，但每當我遠遠地看到孟喜喜俏麗的身影，心中就痛苦萬端。看到我那些狐朋狗友與孟喜喜動手動腳而孟喜喜並不惱怒時，我就難以自持地落荒而逃。而過後，我總是要找茬與那些小子們打架，儘管他們手下留了情，但還是被他們揍得鼻青臉腫。有一次我用薄荷的葉子堵住被他們打破的鼻孔從河邊往回走，正好與她相遇。她手裏撐著一把明黃色的遮陽傘，上穿一件薄如蟬翼的小衫，下穿一條超短的皮裙，手上塗著紅指甲，腳上也塗著紅指甲，手腕上戴著金手鍊，腳脖子上戴著金腳鍊，完全是一副「賣那個」的模樣了。沒有變的是她上翹的嘴角和嘲弄人的笑容。她將小傘扛在肩上，微微一笑，露出似乎更加晶瑩了的牙齒，說：你怎麼成了這樣一副模樣？我對著她腳前的土地啐了一口，轉身就走了。我憑感覺知道她站在那裏看著我，但是我沒有回頭，我的眼睛裏莫名其妙地流出了淚水……。現在，孟魚頭走了過來。簍子裏的魚頭很重，墜得她的身體往一邊傾斜著；每走一步，魚簍就與她身上的結了冰的遮襟摩擦，發出嚓啦嚓啦的響聲。這時，我想起了父親的話。當父親聽到人們對這對發了財的母女說三道四時，就說：嘴上積點德吧，寡母孤女，撐著這麼大個門面，其實不容易。她們發了財你們不高興，難道她們娘倆拄著打狗棍子討口吃你們就高興了嗎？我知道父親的話非常對，但是一想到她那副風流樣子，我的心中就升騰起一股邪火。我經常擰著自己的大腿罵自己：她是你的老婆嗎？她是你的姊妹嗎？她一不是你的老婆，二不是你的姊妹，你有什麼資格去管她的事？

進入叔叔的醫院當了學徒後，我漸漸地把她放下了。她母親的出現讓我想起了許多往事，但我只是感到一種淡淡的憂傷，沒有了那種痛不欲生的感覺。我已經很長時間沒有看見過孟喜喜，也很長時間沒有想起她了。我確鑿地認為她已經幹上那行了，儘管她幹上了那行也不能說她下賤——這幾年鎮上幹那行的越來越多，有本地的女人，但更多的是從外地來的。她們給鎮上帶來了滾滾的財源，鎮上人也表示了很大的寬容——但她畢竟是一個那樣的人了。看著她的母親在飛雪中艱難行進的背影，我自己問我自己：你說，孟喜喜這會兒在幹什麼呢？

六

當孟喜喜從她的母親方才走去的方向款款而來時，我感覺到了神秘現象的存在。首先是她的母親在不該出現的地方出現了——孟魚頭飯館離叔叔的大醫院很遠，孟魚頭也從來沒在醫院前面的河水中洗過魚頭——接下來是我在想著孟喜喜的時候孟喜喜就來了。一頂明黃色的、在白雪中猶如花朵一樣的雨傘往醫院的方向移動。剛開始時我還以為出現在飛雪中的是一個幻影，但隨著她的逼近，我看清了雨傘下那高䠷的身材。在我們這個鎮子上，本地的女人，加上那些從外地引進的女人，誰也沒有孟喜喜這樣的身材。她的腳步其實很急，但因為她的極其優越的身體條件，使她無論怎樣匆匆奔走，都讓人感到高貴優雅。我不能確定她要到哪裏去。鎮子東頭新開張了一座溫泉賓館，聽前來看病的人說那裏非常地那個，許多外省的大款都專程前來銷魂，難道她要去那裏做那些大款們的生意嗎？我的心隱隱地痛起來。孟喜喜越來越近，她的五官已經被我看得十分清楚，我知道轉眼間她就會從醫院的門前一閃而過，我也知道當我望著她的背影在飛雪中漸漸模糊時我的心會更加痛苦，我知道什麼事情都可能發生，唯一不會發生的就是她會敲敲醫院的門，然後推門而入，但是我竟然滿懷希望地祈禱著、期待著。我還知道在她即將從醫院門前走過時，我會喪失理智衝出去攔住她的去路，不讓她到溫泉賓館裏去。我也想到了，她很可能用她一貫的嘲諷口吻說：你是我的什麼人？是我的丈夫嗎？是我的情人嗎？我是要到那裏去「賣那個」，你管得著嗎？你如果有錢，我也可以賣給你，看在我們老同學的面子上，我可以給你八折優惠！我想像到如果出現了這樣的局面，我就會蹲在地上，用力撕扯著自己的頭髮，嘴巴裏發出瘋狗一樣的叫聲。等到她高傲的身影在風雪中漸漸模糊時，我就會趴在雪地上，讓骯髒的臉貼在聖潔的雪上，讓飄搖而下的雪花把我埋葬。我還想像到，等她從溫泉賓館賣完了回來時，大雪已經把我徹底覆蓋，就著我的身型在大街上出現了一道小小的丘陵，宛如一座修長的墳墓。她站在我的墓前，臉色慘白，猶如一尊大理石的雕像……。就在我被自己想像出來的情景感動得熱淚盈眶的時候，她已經來到了醫院的門口。過了一秒鐘，過了兩秒鐘，過了三秒鐘，過了三秒鐘她的身影還沒有在我的窗前出現，天哪，這說明她已經站在了醫院的門前！我把臉緊緊地貼在玻璃上，讓視線幾乎成了零角度往門口望去，真地看到了她站在門前，而且是面向著門，不是為了躲避風雪在門前停留。我看到她舉起手，停了片刻，一副若有所思的樣子，隨即我就聽到了輕輕地敲門聲。

我跳過去，猛地拉開門，她明媚的臉像一記重拳擊打在我的心窩，使我眩暈，令我窒息，使我眼睛裏突然地湧出了淚水。一股清新的寒氣挾帶著雪花撲進屋子，寒氣裏還挾帶著一股若有若無的幽香，我知道這是她使用的香水的氣味。她在學校裏念書時就開始使用香水，我記得有一次她和一個瘋狂地追隨著她的女生在前面走，我在後邊十幾步遠的距離跟隨著。我聽到她大聲地對那個女生說：香水是女人的內衣！那時侯我的座位與她的座位隔著兩張桌子，隔著兩張桌子我就嗅到了她的氣味。她的氣味在五十個學生製造出來的渾濁氣息中若有若無地飄浮著，令我的心思猶如一隻追逐花香的蝴蝶……。她客氣地對著我點點頭，柔聲問我：

「管大夫在嗎？」

「不在……」我感到自己的牙齒在打顫，嘴唇好象凍僵了。我看到她的臉上浮現出一絲失望的表情，急忙補充道：「我叔叔馬上就會來，他是很敬業的，他不會不來的，他肯定會來的，上次下冰雹他頂著小鐵鍋都來了……」

她微微一笑，收攏雨傘，跺了幾下腳，閃身進了門。她將雨傘豎在門後，脫下身上的黑色羊絨大衣對著門外抖了幾下，然後，順手把門關上了。清冷的世界被門板隔在了外邊，爐火熊熊的屋子裏只有我們兩個人。我已經將對她的種種不滿拋到腦後，心裏剩下的只有甜蜜、幸福和激動。她將珍貴的羊絨大衣搭在自己的臂彎裏，眼睛四處張望著，好像要尋找掛衣服的地方。可惜我們這裏沒有掛衣服的地方，叔叔和嬸嬸的衣服都是隨手搭在椅子背上或是扔在診斷床上。我急忙將叔叔平時坐的、有一個灰突突坐墊的椅子搬到她的面前，她卻已經在病人坐的小方凳上坐了下來，那件羊絨大衣就順便放在了膝蓋上。現在我才看清，她穿著一件幾乎拖到腳面的白色長裙，裙子的面料很好，看上去十分光滑，也許是絲綢也許是別的東西。從裙裾下露出她的藏在白色羊皮鞋子裏的腳，我的眼前出現了夏天看到過的她的塗了指甲油的腳趾的模樣。她的頭上緊緊地蒙著一條很大的白色綢巾，更突出了她光滑的額頭，使她的樣子有點像俄國小說插圖裏見到過的少婦形象。但是她很快就將雙手伸到腦後，解開了圍巾，她說：

「你們這裏真暖和啊。」

我實在不知道該對她說什麼，也不知道該為她幹點什麼，她的話正好提醒了我。我提起鐵皮壺，抄起煤鏟，往白亮耀眼的爐膛裏填了幾鏟煤。然後我又彎著腰，用爐鉤子捅著爐底。爐膛裏的火啞了片刻，突然地轟響起來。我聽到她在我的身後說：

「你學得怎麼樣了？該出師了吧？」

我用爐鉤子在地面上劃著道道，不好意思地說：

「哪裏……什麼也沒學著……你知道的，我很笨……」

我聽到她吃吃地笑起來，但是這略微沙啞的笑聲馬上就停止了。這不是她的風格，她笑起來向來是響亮得沒完沒了的，像初次下蛋後急於向主人表功的小母雞。我抬起頭，看到她將羊絨大衣和圍巾緊緊地按在肚子上，好像生怕被人搶走似的。她的臉色慘白，額頭上佈滿汗珠。我急忙問：

「你怎麼啦？病了嗎？」

「沒什麼事……」

「你等著，我這就去叫我叔叔！」

我衝出門口，在大街上撒腿奔跑，剛跑出幾十步就與叔叔和嬸嬸相遇。我喘著粗氣說：

「叔叔，快點吧……」

「怎麼啦？」叔叔厭煩地問。

「有病人。」

叔叔哼了一聲。

「是誰？」嬸嬸問。

「孟喜喜……」我有點不好意思地說。

叔叔瞪了我一眼，又哼了一聲，道：

「她能有什麼病！」

「性病！」嬸嬸冷冷地說。

叔叔沒打傘，戴著一頂黑帽子。雪花積在他的頭上，好像在黑帽子上又摞上了一頂白帽子。嬸嬸撐著一柄已經很少見到的油紙傘，跟隨在叔叔的身後。

到了醫院門前，我搶先幾步，拉開門，讓叔叔和嬸嬸進去。孟喜喜抱著大衣和圍巾站起來，叫了一聲管大夫。叔叔哼了一聲，根本不看她，嬸嬸的眼睛卻上上下下地打量著她，好像一個刻薄的婆婆要從兒媳的身上挑出點毛病來。我聽到嬸嬸陰陽怪氣地說：

「原來是孟小姐，您可是稀客！怎麼了，哪裏不舒坦？別站著，請坐，請坐。」

孟喜喜坐回到方凳上，臉上浮現出尷尬的表情。我看到她的臉色更加難看了，額頭上還在冒汗，原來一貫地翹著的嘴角也往下耷拉了，沿著她的嘴角出現了兩條深刻的紋路，一直延伸到下巴上。

叔叔站在門口，用那頂黑帽子啪啪地抽打著身上的雪。抽完了雪，又點上一支煙，慢條斯理地抽起來。我心中焦急，但叔叔一點也不急。嬸嬸脫去外衣，裝模做樣地換上了白大褂，然後走到水龍頭前去刷她的杯子。壺裏的水開了，哨子吱吱地叫著，蒸汽強勁地上升。我慌忙地將開水灌進暖瓶裏，水濺到爐子上，發出滋啦啦地響聲。我說：

「叔叔，水開了，您泡茶吧。」

叔叔將煙頭猛嘬了幾口，揚手將煙屁股扔到雪地裏。我看到煙屁股裏冒出了一縷青煙，然後就熄滅了。叔叔咳嗽著，從他的黑皮包裏摸出了他的大茶缸子，然後又打開抽屜拿出他的茶葉桶，將茶葉倒在手心裏，掂量了一下，扣到茶缸子裏。我早就提著暖瓶在他的身邊等待著了，等他剛把茶葉扣進缸子裏，開水就緊跟著沖了進去。

叔叔詫異地看了我一眼，若有所悟地點點頭。他扯過白大褂披在身上，把墨水瓶和處方箋往眼前拉拉，低著眼睛問：

「哪裏不好？」

孟喜喜移動了一下凳子，身體轉動了一下，與叔叔對面相坐，嘴唇顫了顫，剛想說話，就聽到門外傳來一陣哭叫：

「管大夫管大夫，救救俺的娘吧……」

隨著哭叫聲，門被響亮地撞開了。一個身穿黑衣的肥胖婦女，像一發呼嘯的炮彈衝進來。我一眼就認出了來人是賣油條的孫七姑，她的油光閃閃的棉襖上散發出刺鼻的油腥氣。

「你嚎叫什麼？你娘怎麼啦？」

叔叔拍了一下桌子，厭煩地說：

「俺娘不中啦……」孫七姑壓低了嗓門說。

「怎麼個不中法？」

「嘔，吐，肚子痛，發昏，」孫七姑的嗓門又提高了，喊，「俺那兩個兄弟，就像木頭人一樣，俺娘這個樣子了，可他們不管也不問。」

「抬來吧，」叔叔說，「我可是從來不出診。」

「就來了，」孫七姑說，「我頭前跑來，先給您報個信兒。」

這時，從大街上傳來一個女人誇張地尖叫聲：

「痛死啦……親娘啊……痛死啦……」

孫七姑的弟弟孫大和孫二，用一扇門板將他們的母親抬進了醫院門前，放在了雪地上。他們的母親，一個瘦長的、與她的女兒形成了鮮明對照的、花白頭髮的女人，在門板上不斷地將身體折起來，然後又猛地倒下去。她的兩個兒子，將手抄在棉襖的袖筒裏，目光茫然，果然像木頭一樣。叔叔惱怒地說：

「什麼東西！抬進來啊，放在外邊晾著，難道還怕臭了嗎？」

孫大和孫二將門板抬起來，彆彆扭扭地想往門裏擠。叔叔說：

「放下門板，抬人！」

兄弟兩個一個抱腿，一個抱頭，終於把他們的母親抬到了診斷床上。叔叔喝了幾口茶水，搓搓手，上前給她診斷。老女人喊叫著：

「痛死了，痛死了，老頭子啊，你顯現神靈，把我叫了去吧……」

叔叔說：

「死不了，你這樣的，閻王爺怎麼敢收！」

叔叔用手摸摸老女人烏黑的肚皮，說：

「化膿性闌尾炎。」

「還有治嗎？」孫七姑焦急地問。

「開一刀，切去就好了。」叔叔輕描淡寫地說。
「要多少錢……」孫大磕磕巴巴地問。
「五百。」叔叔說。
「五百……」孫二噘著牙花子說。
「治不治？」叔叔說，「不治趕快抬走。」
「治治治，」孫七姑連珠炮般地說，「管大夫，開吧，錢好說，他們不認我認著，」她狠狠地瞪著兩個弟弟，說，「不就一個娘嗎？錢花了還能掙，娘沒了就找不回來了。」
叔叔瞥了嬸嬸一眼，說：
「準備器械。」
嬸嬸用肥皂洗著手說：
「這樣的手術，到了市醫院，少說也要你們三千元！」
叔叔咕咕嘟嘟地灌下半缸子水，對孟喜喜點點頭，然後就走到水龍前放水洗手。我看到孟喜喜的嘴角動了動，似乎想說什麼，但終究什麼也沒說。

八

手術室裏先是傳出了孫老太太殺豬般的嚎叫聲，一會兒就無聲無息了。只有刀剪碰撞瓷盤的清脆聲音間或響起，說明手術正在緊張進行。孫家兄弟蹲在爐子前，一支接一支地抽著辛辣刺鼻的旱煙，還不停地將焦黃的黏痰吐到眼前的地面上。吐下了，就用他們的像熊掌一樣的大腳搓搓。他們的頭上都冒出了熱汗，於是就把棉衣解開，袒露著胸膛，一股熱烘烘、油膩膩的山林野獸的氣息洋溢在房間裏，把孟喜喜身上的暗香逼到牆角，好像幾根遊絲在風中顫抖。

孫七姑一會兒側著身，將耳朵貼在門板上聽動靜，一會兒彎腰撅屁股，把臉堵到門縫上看光景。聽一會，看一會，就在房間裏轉來轉去。一邊走動著，一邊嘮叨著，她的兩個弟弟埋頭抽煙，一聲不吭。

房間裏憋悶難熬，像一個想像中的獸洞。孟喜喜臉上的汗珠子成串滾下，表情十分痛苦，但她的身體還保持著正直，只是那兩隻手在不停地動著，一會兒緊緊地攥住大衣和圍巾，一會兒又鬆開。我關切地問她：

「你痛嗎？」

她先是點頭，緊接著又搖頭。我看到她的眼睛裏溢著淚水，我的眼睛隨即也潮濕了。我聽到她用顫抖的聲音說：

「求你了……把門開開……」

我拉開門，雪花和寒風撲進來。

她大張開口，像出水的魚一樣貪婪地呼吸著。

「凍死了，凍死了……」孫七姑叨叨著。

「你出去！」我惱怒地說，「你們都出去！」

孫七姑低聲嘟噥了幾句，老老實實地坐在凳子上，不吭氣了。

我把自己泡速食麵的碗放在水龍頭下沖了沖，倒了半碗開水，端到孟喜喜面前，說：

「喝點水吧。」

她搖搖頭，痛苦的臉上擠出一個扭曲的微笑，低聲說：

「謝謝。」

現在輪到我一會兒把耳朵貼到門板上聽動靜，一會兒把臉堵到門縫上看光景了。我心急如火，盼望著叔叔趕快把孫老太太的手術做完，好給令我心疼的孟喜喜看病。我從門縫裏只能看到叔叔的背影，和嬸嬸麻木的臉。叔叔似乎一動也不動，嬸嬸像個僵硬的木偶。

手術終於做完了。叔叔站在手術室門口，摘下血跡斑斑的手套，準確地扔到水池子裏。

嬸嬸也走出來，不耐煩地對孫家姊弟說：

「抬走抬走，下午把錢送過來。」

九

後來我想，真是天命難違——當孫七姑姊弟們終於把她們還被麻藥昏迷著的母親抬出診所，叔叔換完了衣服洗完了手坐在椅子上吸足了煙喝飽了水要為孟喜喜看病的時候，一個莽漢像沒頭蒼蠅一樣破門而入。他雙手捂著臉，鮮血從指縫裏流出來。從他身上散發出一股刺鼻的硝煙氣息，使他很像一個剛從戰場上撤下來的傷兵。

「救救我吧，管大夫。」他淒慘地喊叫著。

「怎麼啦？」叔叔問。

那人將雙手移開，顯出了血肉模糊的臉和一隻懸掛在眼眶外邊的眼球。緊接著他就把臉捂住，好像怕羞似的。儘管他已經面目全非，但我還是一眼就認出了他是鎮子西頭的煙花爆竹專業戶馬奎。他哭咧咧地說：

「倒楣透了，想趁著下雪天實驗連珠炮，想不到還是炸了……」

「活該！」叔叔狠狠地說，「我聽到鞭炮聲就煩——怎麼不把你的頭炸去?!」

「救救我吧……」馬奎哀號著說，「我家裏還有一個八十歲的老娘……」

「這與你的老娘有什麼關係？」叔叔罵罵咧咧地說著，但還是手腳麻利地站起來，到水龍頭那裏去洗手。

嬸嬸把馬奎扶進了手術室。叔叔提著兩隻水淋淋的手也隨後跟了進去。叔叔把孟喜喜放下去給孫七姑的母親做手術時還含義模糊地對著她點點頭，現在，他連頭也不點就把她放下了。

我心中湧動著對叔叔的強烈不滿，我覺得叔叔是故意地冷落孟喜喜，因為他向來是個幹活利索的人，憑著他的技術和經驗，他完全可以在這兩個手術的間隙裏給孟喜喜做出診斷或是治療。

孟喜喜大概是看出了我的不滿，當我滿懷著同情和歉疚看她時，她對著我搖搖頭，似乎是在勸解我，或者是在告訴我她對叔叔的行為表示充分的理解，而她自己並不要緊。我換了一碗熱水讓她喝，她搖搖頭。我勸她到診斷床上去躺躺，她還是搖搖頭。這也好，如果讓像冰雪一樣潔白的她躺在那張骯髒的診斷床上，別說是她，連我也會感到難受。

手術室裏不斷地傳出馬奎的喊叫聲和叔叔的呵斥聲。我看了一下桌子上落滿灰塵的鬧鐘，時間已經接近十二點，往常的日子裏，現在正是我去街邊的小飯店拿盒飯的時候，往常的這時候也是我饑腸轆轆的時候，但是今天我肚子裏仿佛塞了一把亂草，一點餓的感覺也沒有。但這畢竟是一個話題，我問她：

「你餓嗎？我去拿個盒飯給你吃？」

她還是輕輕地搖頭。我看到，她的臉上已經沒有了汗水，臉色白裏透出黃，嘴唇白裏泛著青，連她那雙清澈透明的眼睛，也蒙上了一層灰色的霧。在我的記憶裏，她永遠都是生龍活虎、神采飛揚，她的所有動作都是那樣地果斷、誇張，她說話的聲音永遠都是那樣地清脆嘹亮，她的笑聲永遠都是那樣地肆無忌憚，如果她在你的身邊大笑，會震盪得你的耳膜很不舒服……。但是她現在是這樣地噤若寒蟬，是這樣地無聲地、淒涼地微笑，是這樣輕輕地搖頭，而這距離我對著她面前的土地啐唾沫還不到半年的時間。

門外的大雪不知什麼時候停止了，風力也減弱了許多。一縷陽光從厚重的灰雲中射出來，使積雪反射出刺目的白光，我們的房間裏頓時一片明亮。我對她說：

「雪停了，太陽出來了。」

她沒有點頭也沒有搖頭，更沒有用聲音來回應我的話。我突然發現，仿佛就在適才的一瞬間裏，她的臉變得像冰一樣透明了。她的上眼皮也低垂下來，長長的睫毛幾乎觸到了眼下的皮膚上。我的心猛地一沉，不由自主地大聲喊出了她的名字：

「喜喜！」

她絲毫沒有反應。我撲上去，拍了拍她的肩頭。她似乎發出了一聲悠長的歎息，腦袋便突然地歪向一邊。

「叔叔！」我撞開了手術室的門，大聲吼叫著，「叔叔！」

叔叔停下正在給馬奎纏繞紗布的手，惱怒地問：

「吼什麼?!」

「孟喜喜她……大概是死了……」我的咽喉哽塞，眼淚奪眶而出。

叔叔以少見的迅捷竄出來，跪在孟喜喜面前，試了一下她的鼻息，摸了一把她的脈搏，然後扒開她的眼瞼。

她的瞳孔已經散了。

叔叔給她注射了大劑量的強心藥物，叔叔用空心拳頭猛擊她的心臟部位，叔叔撕下燈頭，用電線觸擊她的心臟——叔叔汗流浹背，沮喪地站起來。

嬸嬸緊張地說：

「我們沒有任何責任。」

叔叔瞅了嬸嬸一眼，低沉地說：

「你她媽的閉嘴！」

倒立

臨出門時老婆硬逼著我紮上了一條領帶，換上了一套西裝。騎車走在黃昏的路上，感到所有的人都用異樣的眼光看著我，渾身如同撒了牛毛一樣刺癢。進了市委賓館的大院，躲在一棵雪松樹的暗影裏，趕緊把領帶解下來塞到口袋裏，又將西裝脫下來揉搓了一陣，本想抓把土撒上做做舊，又怕回去惹老婆發瘋，只好就這樣穿上，身上還是彆扭，但也沒有辦法了。

沿著燈光幽暗、樹影婆娑、用大理石碎片砌成的小路，我朝賓館深處最豪華的一號樓走去。省委組織部副部長孫大盛今晚在一號樓西餐廳的五號包間設宴招待我們——他的中學同學。得到我竟然也受到了邀請的消息時，我正在電影院廣場旁邊的修車攤上與修鞋的秦胖子殺棋。我的老婆——這個十年前就從丙綸廠下了崗的倒楣蛋——氣喘吁吁地跑了過來。我把左路的砲沉到底，叫了一聲：將！然後抬起頭，看著跑得渾身肉顫的老婆，問：跑什麼？是家裏起火了還是你被強姦了？老婆踢了我一腳，罵道：你這個鳥人，怎麼一句人話都不會說呢？老秦瞪著眼問：你這個雞巴砲什麼時候跑到這裏來了？——什麼時候？你說什麼時候？我的砲一直就支在這裏，就等著你跳馬讓路呢。——沒看到沒看到。——沒看到？這就叫眼色不濟吃蒼蠅！下棋不看棋盤你看什麼？——我看你老婆呢！——我老婆有什麼好看的？——你老婆好看著呢，兩扇大腚，一身肥膘，胳膊像腿腿像腰——我老婆一腳就把我們的棋盤踢翻了，罵道：你們這兩塊狗不吃貓不叼的癩貨，我讓你們下！我讓你們下！我老婆用腳把那些棋子踢得滿地滾動著，嘴裏發著狠說：我讓你們下！

我看到老婆真動了怒，便慌忙站起來，拍著她的屁股說：好老婆，跟你鬧著玩呢，別生氣——老婆猛地把我的沾滿了油膩的手撥開，說：滾到一邊去！我從口袋裏摸出一張嶄新的面額五十元的票子，塞到她的手裏。說：今日運氣好，大修了一輛山地車，我要價五十，那小子連價都沒還，扔下這張票子就騎上車走了。老秦彎腰撿著棋子，說：你知道那是誰嗎？——是誰？——他就是斧頭幫的幫主。老秦壓低了嗓門說。我說老秦你可別嚇唬我，我發小就膽小。老秦說我要是嚇唬你我是你老婆養的私孩子。我老婆說去你娘的，養私孩子也不養你這號的！我說他是斧頭幫的幫主又怎麼著？我一個臭修車子的，憑手藝賣力氣吃飯，他能怎麼著我？再說了，我在他那輛破車子上下了工夫，給他上了油，拿了龍，連每根輻條都給他擦得鋥亮，要他五十元也不多。老秦說：不多不多，要五百元他也會給你。我看到老秦的臉上浮現出狡猾的微笑，就問：你這話是什麼意思？老秦說沒有什麼意思。我說你這樣說話怎麼會沒有意思呢？老秦鬼鬼祟祟地往四處打量了一下，壓低了嗓門說：你好好看看那張錢。

我從老婆手裏把那張錢搶過來，對著太陽一照，看到那個暗藏在紙裏的工人老大哥面孔模糊，嘴上似乎長了一圈鬍子。借了秦胖子一張真錢一對比，果然是假的。操他的媽！我高聲叫罵著，廣場上的閒人都轉回頭看我。老婆把那張假錢奪回去，反來覆去，又摸又照，終於也確定是假幣無疑。老婆嘟噥著：哼，還說人家眼色不濟吃蒼蠅，你自己才是眼色不濟吃蒼蠅，你豈止是吃蒼蠅，你連屎都吃！我知道老婆正在鬧更年期，不敢與她吵，就罵老秦：你個雜種，明知道他用假錢糊弄我，為什麼不給我提個醒？老秦低聲道：我倒是想給你提醒，可是我也得有那個膽，他是誰？剛才對你說了，是斧頭幫的幫主，是卸人的行家，今天我給你提了醒，明天我的一隻手或者是一條腿可能就沒了。

操他的媽，我還罵，但是嗓門已經壓低了。老秦說，你就認了倒楣吧。你不就是出了一點力，費了一點油、貼上了幾個小零件嗎？再說了，這也不一定就是吃虧，多少人想巴結這個幫主還巴結不上呢。

老子靠手藝吃飯，誰也不巴結，我低聲嘟噥著，心中漸漸平和起來，問老婆：還沒問你呢，這樣子急火狼煙地跑來有什麼事？

老秦插言道：能有什麼事？發情了唄！

去你娘的個秦胖子，狗嘴裏吐不出象牙來！老婆罵了秦胖子幾句，興沖沖地對我說：我剛想到菜市場去買雞蛋呢，聽說雞蛋要漲價，一抬頭就看到你那個在新華書店當經理的同學，叫什麼來著……你看看我這記性——蕭茂方，外號「小茅房」，是新華書店的副經理——對啦對啦，是那個「小茅房」，開著一輛快散了架子的吉普車，看到我，也不下車，把半個身子從車門裏探出來，喊了一聲嫂子，把我嚇了一跳。我說原來是大兄弟，走走走，快回家坐坐。他說魏大爪子呢？我說魏大爪子一大早就到電影院廣場去守他的修車攤去了——你這個臭娘們竟然也跟著那小子叫我的外號！——叫順了嘴了嘛，老婆說，我對你那同學說，大兄弟，你如果著急我就去把他叫來。他抬起手腕子看看錶，說，不用了，你去告訴大爪子，就說我們的老同學孫大盛從省裏回來了，今天晚上七點在政府賓館一號樓西餐廳五號包間請客，請的全是我們的同學，告訴大爪子早些收攤，別耽擱了。我請他回家喝茶，他說還有好幾個人沒有通知到，要趕著去通知，就開著他那輛破吉普車跑了。我想這事可是不能耽擱，就趕忙來告訴你。你知道你那個同學當到了哪一級——哪一級？——「小茅房」說是剛提拔成省委組織部副部長，全省的幹部有一半歸他管。

原來是孫大盛這個猢猻！我壓抑著心中的興奮，大大咧咧地說，別說他是省委組織部的副部長，他就是中央組織部的副部長老子該不尿他還是不尿他！他能管著全省的幹部，但他能管著我嗎？

看把你燒燒的，老婆說，別給你臉你不要臉，人家當到那麼大的官，還沒忘了你這個修破車子的，你反倒拿起糖來了。

我真地有些生氣了，對老婆說：當官，誰當不了？別說什麼副部長，讓我當省長我也能當。但你讓他們來修修自行車試試，你讓他們來修修皮鞋試試，對不對老秦？他們行嗎？他們不行。老秦說，大爪子喲，你別嘴硬了，只怕見到你那個部長同學，連骨頭都酥了。——呸，如果是別的大幹部，我見了也許還打怵，但這個孫大盛，他當了地球球長我也不怵。這主兒，尿床尿到十六歲，翻牆頭偷櫻桃一不小心跳到我家豬圈裏，還是我爹用二齒鉤子把他撈了上來。他在別人面前拿架子可以，在我面前嘛，咱不好說他不敢，咱可以說他不好意思。——你就別在這裏胡羅羅了，老秦道，古人說得好，「此一時也，彼一時也」，你甭管人家小時是個什麼埋汰樣子，人家現在是大幹部，還沒忘了你這個修破車子的，就是你的造化。——老子不稀罕——嘴裏是這樣說，心裏是怎麼想的？老秦用嘲弄人的口吻說，快收攤回家，刮刮鬍子洗洗臉，準備著赴宴去吧！大爪子，我要是有你這樣一位尊貴同學，殺死我我也不會蹲在這裏修車子！——修車子怎麼了？我說，這座城裏沒有了市長老百姓照樣過日子，但沒有了我，也包括你，人民群眾會感到很不方便！——聽聽，越說越不要臉啦，我老婆說，你這樣的貨色，是死貓攞不上樹，我這輩子嫁給你算是瞎了眼了。老婆氣哄哄地轉身走了。我追著她的背影說：你這樣的也只能嫁給我，你想嫁給美國總統，可惜人家不要你。——老魏，秦胖子鄭重其事地說，別油嘴滑舌啦，這是個好機會，既然你那老同學點名請你，說明你在他的心中還是很有地位的，趁著這個機會拉上關係，將來肯定沒你的虧吃，沒準兒老哥還要跟你沾光呢，省委組織部的副部長，你想想他手裏的權力有多大吧！……

一號樓裏燈火通明，樓前的空場上停著十幾輛轎車，車殼子油光閃閃，好像一群明蓋的大鱉。一個身穿西服的小伙子在樓門前的出廈裏悠閒地走動著，一看那派頭就知道是從省裏下來的。我躲在樹影裏觀察著他，看人家的一舉手一投足，都是那樣地自然大方，那套西裝就像長在身上似的。小伙子抬起手腕看了一下錶。我也看了一下錶，光線太暗，看不清楚。估摸著離七點還有那麼一點點時間，我不願意提前進去，讓七點來咱就七點來，免得討人嫌惡。我看到二樓的一間掛著雪白窗簾的大房間裏燈火輝煌，晃動的人影映在窗戶上。從裏邊傳出了一陣似乎是上氣不接下氣的笑聲，我知道發出這笑聲的就是原來的調皮少年如今的省委組織部副部長孫大盛。已經有二十多年沒有見到他了，此刻活動在我腦子裏的全是他年輕時猴精作怪的模樣。那時候，誰也想不到他能成為這樣一個大人物，真是「人不可貌相，海水不可斗量」。我心中感慨萬端，從樹影裏閃出來，向著明亮的大廳走去。那個風度翩翩的青年的目光掃過來，我心中感到怯生生的，腳下仿佛黏上了膠油。幸虧蕭茂方的吉普車哆哆嗦嗦地開了過來，我像見到了救星一樣迎了上去。從車裏鑽出了糧食局局長董良慶、交通局副局長張發展、政法委副書記桑子瀾，當然還有新華書店副經理「小茅房」。這四位都是官，都比我混得好，我心中有點不是滋味，但馬上又安慰自己：他們在我面前是官，在孫大盛面前是孫子。我在誰的面前都不是孫子。當官的是人民的公僕，我是人民，他們這些傢伙都是我的僕呢。

「大爪子，你小子，一個人先跑來了，我還預備著開車去接你呢！」「小茅房」對我說著話，轉到車子這邊，拉開車門，說：「夫人，下車吧！」

我吃了一驚，看到「小茅房」模仿著外國電影裏僕人的動作，用一隻手護住車門的上框，讓一個面如銀盤的女人鑽了出來。

鑽出來的女人是我們的同學謝蘭英，想當年她是我們學校裏出身最高貴、模樣最漂亮、才華最出眾的一朵鮮花，如今她是「小茅房」的老婆、新華書店少兒讀物專櫃的售貨員。她穿著一條紫紅色的長裙，脖子上套著一串粗大的珍珠項鍊，耳朵上也懸掛著一些嘀哩郎當的東西。她的腰身比起當年雖然肥大了許多，但因為個頭高，所以看上去還是有點亭亭玉立的意思。身材矮小的「小茅房」弓著腰站在她的面前，就像大樹旁邊的一棵小樹，就像大螞蚱身邊的一隻小螞蚱。

「董良慶你個龜孫子，張發展你個兔崽子，桑子瀾你個鱉羔子！」我故意地起了高聲，沒稱呼他們的官職直接喊著他們的名字，名字後邊還帶著一串拖落。桑子瀾笑著說：「狗改不了吃屎，這傢伙，嘴還是這麼髒。」

叫謝蘭英時我壓低了嗓門：

「謝蘭英你好，好久沒見面了。還認識我這個老同學嗎？」

「不認識了，」謝蘭英微微一笑，說，「但我認識你兒子，他經常去買小人書。」

「可不是怎麼地，」我說，「這小子，把我修車子掙那點錢差不多都送到他謝阿姨那裏去了，家裏光小人書就有一千多冊了！」

這時，那個站在門前徘徊的青年瀟灑地走過來，問道：

「請問，你們是孫部長的客人嗎？」

「是的，」「小茅房」說，「都是孫部長的親同學。」

「孫部長正在跟陳書記和沈縣長談話，請你們先到餐廳裏等他。」那青年說著，頭前引著路，帶我們進入了地面光滑得能照出人影的大廳，服務臺上幾個美麗的小姐滿面微笑，潔白的牙齒閃閃發光。我們在那青年的引領下拐了一個彎，進入一條鋪著厚厚地毯的廊道。廊道的外側是透明的玻璃牆，玻璃外邊的水池裏噴著水花，五彩的燈光像五顏六色的花瓣一樣摻到水花裏。廊道的裏側，每隔幾米就有一個跟真人差不多大小的石膏女人站在那裏。她們的姿勢各不相同，但有一點是相同的，那就是她們都沒有穿衣裳。還有一點是相同的，那就是她們都比較有肉，奶子也比較大。我們的隊伍是這樣排列的：青年在頭前引路，緊跟在他後邊的是「小茅房」，「小茅房」後邊是董良慶，董良慶後邊是張發展，張發展後邊是桑子瀾，桑子瀾後邊是謝蘭英，謝蘭英後邊是我，我後邊什麼人也沒有，但我總感覺身後還跟著一個人，忍不住回頭張望，回頭一張望發現我的身後確實一個人也沒有，如果非要說有人也可以，那就是那些被我們拋在身後、光著腚站在廊道邊上站崗的石膏女人。當時我也想過，這些女人也可能是用大理石雕刻而成，但近前一看就發現她們是石膏的。如果是石頭，她們的顏色肯定會有一些差別，但她們的顏色一點差別也沒有，全是一個樣子的雪白。我跟隨在謝蘭英的身後大約有一米遠的地方，跟得太近了不方便，跟得太遠了顯得我像個盯梢的特務。跟在她的身後一米多一點還是比較合適的距離。我小時候鼻子很靈敏，我娘常說我是「饞貓鼻子尖」，長大後又是抽煙又是喝酒導致了嗅覺嚴重退化，但我還是嗅到了一股淡淡的香氣，我的鼻子嗅到了的淡淡的香氣，在別的健康靈敏的鼻子裏就肯定是濃得像油一樣的香氣了。起初我還以為是服務小姐撒在廊道地毯上的空氣清新劑的氣味，但我很快就判斷出不是空氣清新劑的氣味，那氣味多麼淺薄啊，但現在在我面前繚繞著的是一種很有厚度的香氣，這香氣只能來自謝蘭英的身體。我突然想到：如果謝蘭英一絲不掛地站在這廊道邊上會是個什麼樣子呢？她的皮膚肯定比這些石膏女人要黑，但是她的身體是有生命的，是活的，所以即便是黑的也是好的。然後在我的眼前就彷彿真地出現了一個赤身裸體的謝蘭英了。我知道這種想法違法亂紀，於是趕緊地收攏住心猿意馬，往前看，看到她在我的面前大搖大擺地走著。她的雙臂擺動幅度很大，雙腳有點外八字，走起來好像故意地把雙腳往外撩一樣。當年在舞臺上能夠表演大劈叉、翻空心筋斗、倒立行走的俠女，幾十年後竟然用這樣的鴨子步伐行走。她這樣在我面前行走使我感到失望，但也讓我感到親切。走完了廊道又拐了一個彎，然後拐進了另一條廊道，這條廊道沒有方才那條佈置得豪華，地毯淺薄，上邊有很多污漬，邊上也沒有石膏女人站崗。一個穿紅色錦繡旗袍、衣襟上別著一支圓珠筆的瓜子臉小姐笑容滿面地迎上來。她親切地問：

「是孫部長的客人嗎？」

青年微微點頭，小姐臉上的笑容更加燦爛了。她拉開了包間的門，耀眼的光明和刺鼻的霉變酒氣從房間裏奔湧而出。青年閃身站在門邊，與那個美麗的小姐隔門相對，簡直就是一對金童玉女。她和他沒有說話，但是做出了請我們進去的姿勢。在「小茅房」的帶領下，我們一個跟著一個進入了房間。我看到剛進房間時謝蘭英還抽了抽鼻子，說明她對這個出將入相的房間裏的氣味很厭惡，但一會兒工夫她的鼻子就恢復了正常，我的鼻子也嗅不到那股子邪氣了。青年客氣地對我們說：

「請各位先坐坐，我去向孫部長報告。」

誰也沒坐，都轉著腦袋觀察房間裏的擺設和裝修。我原以為像董良慶、張發展這些當局長副局長的，應該對這裏很熟悉，但看他們的眼色，也好像是初次進來。房間大啊，真大，中央一張桌子大得能擺開我的修車攤，也可以在上邊唱二人轉。靠窗那兒，還有一個鋪了紅色地毯的小舞臺，舞臺旁邊擺著唱卡拉ＯＫ的全套家什，舞臺上還立著兩隻落地式的麥克風。桌子周圍還有一圈椅子，椅子後邊還有一圈沙發。沙發是白色的，一看就知道是用上等的羊皮做的，漲鼓鼓地趴在那裏，好像一群大蛤蟆。這樣的沙發不坐實在是太可惜了，既然那個小伙子讓我們先坐著，還客氣什麼？先坐下，犒勞犒勞腚，等孫大盛來了我趕緊起來就是了。這樣想著我就一腚墩在了沙發上，什麼感覺就不用說了，說也說不明白。大圓桌上鋪著潔白的臺布，臺布下邊還有一層深紅色的絨布，我知道那叫天鵝絨，與懸掛在窗戶上的落地窗簾是一種料子。大圓桌的中央是一塊圓形的茶色有機玻璃，能夠旋轉的，這個我懂，要不這樣大的桌子如何夾菜呢？我坐下了他們好像沒看見一樣，這些夥計，束手鎖腳的站著，眼珠子轉來轉去，臉上的表情都很彆扭，洩露了他們心裏的緊張。別看他們大小都是官，其實也都是些土鱉，沒見過什麼大場面，還他媽的不如我呢。真正有點派頭的還是謝蘭英，你看看人家，手扶著一把椅子的後背，文文靜靜地觀賞著牆上的一幅大畫。這畫上畫著一群女人，都光著脊樑，脖子細長得沒有道理。她們有的挽著頭髮，有的捂著奶子，有的伸著懶腰，看樣子像在洗澡，但又不是太像。女人在河裏洗澡哪裏敢這樣放肆呢。那盞懸掛在圓桌上方的豪華吊燈上裝了四十九盞燈泡，還有許多假水晶玻璃的珠子串兒，在空調風的吹拂下，那些珠子串兒發出叮叮咚咚的聲音，很輕微，很好聽。那張大圓桌的中央已經放上了一個大盤子，盤子裏蹲著一隻用蘿蔔刻成的孔雀，當然是開了屏的雄孔雀。我知道這盤菜是看的而不是吃的，但為了看費這樣大的工夫似乎不值得。這是我的不對了，人的眼其實是最饞的器官，嘴巴很容易滿足，但要讓眼睛滿足就不容易了。孔雀盤子周圍也已經擺好了十二個冷盤，裏邊有醬牛肉、炸蠶蛹什麼的，這是可以吃的，但我知道這些東西應該淺嘗輒止，如果讓這些東西添滿了肚子，後邊的熱菜就吃不了多少了。而熱菜裏肯定有山珍海味，看這架勢，市賓館裏的大師傅把看家的本事全都使出來了。能讓大師傅這樣賣命，一定是縣委書記和縣長給賓館裏的頭頭發了話，而賓館裏的頭頭一定給大師傅下了死命令。

孫大盛人沒到笑聲先到了。聽到他的好像上氣不接下氣的笑聲，我們慌忙站了起來——不對不對，除了我之外，他們本來就是站著的。聽到孫大盛的笑聲他們鬆散的身體突然地緊張起來，所以感覺上就好像是從沙發上突然地站了起來一樣。連看起來平靜如水的謝蘭英的腰身也微微地挺了挺，扶在椅背上的兩隻手也挪下來，交叉著放在肚子上。真正慌忙站起來的其實是我，我原本是不想站起來的，但我的身體自己站了起來。

那個英俊青年推開門，然後迅速地閃到一邊，腰微弓著，臉上掛著訓練有素的微笑。就像名角登臺一樣，孫大盛光彩奪目地出現在我們的眼前。只見他上身穿一件金黃色的半袖體恤衫，下穿一條黑褲子，肚子有點凸，但是不大，頭有點禿，用邊上的毛遮掩著。他的頭髮一根是一根，看起來十分珍貴。那個二十多年前的孫大盛的猴精怪樣執拗地從我的記憶裏跳出來，與眼前的大幹部孫大盛對比。我總覺得眼前這個傢伙不是從那個偷櫻桃掉到我家豬圈裏的孫大盛成長起來的，就像一匹老驢是不可能從一頭牛犢子成長起來一樣。但他的獨具特色的、任誰也學不像的笑聲又說明眼前這個豐滿的大幹部的確就是孫大盛這個從小就偷雞摸狗的壞蛋。

「咯咯……咕咕……咯咯……」孫大盛歡笑著對著我們走了過來，那扇厚重的包了皮革的房門無聲地掩上，那個英俊青年像股白煙一樣消失了。

「咯咯……咕咕……董良慶……」孫大盛握著董良慶的手，笑著說，「官倉老鼠大如斗，見人開倉也不走……咯咯……」

「咯咯……咕咕……張發展……」孫大盛握著張發展的手，笑著說：「要想富，先修路。」

「咯咯……咕咕……桑子瀾……」孫大盛握著桑子瀾的手，笑著說：「三等人戴大簷帽，吃完原告吃被告。」

「咯咯……咕咕……『小茅房』……」孫大盛握著「小茅房」的手，笑著說：「書中自有黃金屋，書中自有顏如玉！」

孫大盛笑瞇著眼，站在謝蘭英面前，把她從上到下打量了幾遍，然後將目光停在她的粉團般的大臉上，笑著說：「徐娘半老嘛！」

謝蘭英的臉唰地紅了。

孫大盛伸出手，說：「多年不見了，來，握握手嘛！」

謝蘭英猶豫著把手伸出來讓孫大盛握著，她的臉卻別到了一邊，那羞羞答答的勁頭兒很像一個小姑娘。

「『小茅房』你把謝蘭英管得太嚴了吧？」孫大盛握著謝蘭英的手，歪著頭問「小茅房」。

「冤枉啊，孫部長，」「小茅房」誇張地說，「你看看我這樣子，哪裏能管得了她？」

「有什麼冤屈儘管對我說，」孫大盛緊盯著謝蘭英的臉道，「本官為你做主！」

孫大盛鬆開了謝蘭英的手，笑瞇瞇地對著我走來。我本來想喊他一聲「弼馬溫」——這是上小學時我親自給他起的外號——但話到嘴邊又嚥了下去。他的肥胖的小手大老遠就伸了過來，我的手迫不及待地自己就迎了過去。我的手感到他的那隻小胖手像一隻剛剛孵出的小雞，又軟乎又溫暖。

「魏大爪子，你今晚上可是煥然一新啊！」孫大盛用手撚著我的衣袖，笑著說，「沒先過過土？」

「這個狗日的賓館，全部用水泥糊死了，找點土不容易！」我大大咧咧地說。

「小茅房」說：「我們來時，他正脫光了身子，把西服放在地上用腳揉搓呢！」

眾人哈哈大笑。

「好了，好了，別欺負老實人了！」孫大盛招呼著眾人說，「坐下坐下！」他拍拍身邊的椅子，說，「謝蘭英，你靠著我坐。」

謝蘭英彆彆扭扭地說：「我坐在這裏就行了……」

「不行，」孫大盛說，「現在講究跟西方接軌，女士優先。」

「孫部長讓你坐，你就坐嘛！」「小茅房」說。

「挪過去，挪過去！」董良慶把謝蘭英拉起來，將她扯到孫大盛身邊的椅子上按坐下去。

圓桌太大，六個人坐得很稀。
「靠近一些嘛！」孫大盛說。
大家沒有動。
一個美麗的服務小姐轉到孫大盛身後，輕輕地問：「孫部長，喝什麼酒？」
孫大盛掃了我們一眼，說：「老同學聚會，當然喝白酒！」
「我不喝白酒。」謝蘭英說。
「你又掃興！」「小茅房」瞅了謝蘭英一眼。
「白酒有茅臺，有五糧液，有酒鬼，有汾酒，請問用哪一種？」小姐問。
「酒鬼！」孫大盛說。
小姐啟開酒瓶，往每個人面前的酒杯裏倒酒。謝蘭英護著酒杯說：「我真的不能喝！」
「不能喝也得倒上看著！」孫大盛說。
「聽孫部長的。」張發展從謝蘭英手裏奪出酒杯，說。
在一個小姐倒酒的工夫，幾個小姐將那些大蝦、螃蟹、海參、鮑魚用大盤子端了上來。
孫大盛端起酒杯，說：「各位老同學，多年不見，這杯酒我敬你們，都乾了！」
我們都端起酒杯，站起來，探著身體與孫大盛碰杯。孫大盛用杯底敲著桌子說：「過電過電，免站免站！」
他舉起酒杯，一飲而盡，然後將杯子傾倒，讓大家看。

這點小酒算得了什麼，我一仰脖子就乾了，張發展、「小茅房」他們也乾了。唯有謝蘭英沒乾。孫大盛低頭看看她的酒杯，說：「你連嘴唇都沒沾濕吧？這樣可是不行！」

「我真的不會喝……」謝蘭英道。

孫大盛把她的杯子端起來，舉到她的面前，說：「連這點面子都不給是不是？」

「我真不會喝……」

「你會不會喝水？」孫大盛問。

「喝水當然會了。」謝蘭英說。

「會喝水就會喝酒！」孫大盛說。

「這樣吧，」桑子瀾道，「讓蕭茂方替你一點。」

「不行，」孫大盛說，「酒桌上沒有夫妻！」

「就是一杯耗子藥你也喝下去！」「小茅房」惱怒地說。

「你這是什麼話？」孫大盛瞪著眼說。

「小茅房」一怔，馬上皮著臉說，「走了嘴了，該罰酒三杯！」說完了，伸手就要抓酒瓶子。

「你別轉移鬥爭大方向，」孫大盛說，「謝蘭英，你喝不喝？你不喝我們也不喝了！」

「你真是的，」謝蘭英說，「喝醉了出洋相你們可別笑話我。」

「誰敢？」孫大盛道，「有我在這裏誰敢笑話你？再說，也不會讓你喝醉的。」

「那好吧，」謝蘭英道，「我豁出去了。」她端起酒杯，先喝了一小口，齜牙咧嘴地說，「真辣。」然後一仰頭，就把杯中酒喝乾了。她將杯子倒過來，扣在桌子上，說，「我的任務完成了！」

「什麼你的任務完成了？革命尚未成功，同志仍須努力！」孫大盛用公筷將一隻火紅色的大蝦夾到謝蘭英面前的碟子裏，說，「吃點東西，繼續戰鬥！大家也吃啊！」

……

三杯酒過後，謝蘭英晃晃蕩蕩地站起來，說：「我可是一點也不喝了！」

孫大盛拉著她的胳膊說：「你到哪裏去？」

「我不喝了，真的不喝了……」謝蘭英說。

「不喝也得坐在這裏！」孫大盛說。

「好好，我坐著。」

董良慶端著一杯酒，轉到孫大盛身邊，說：「孫部長，我敬您一杯！」

孫大盛說：「酒桌上只有同學，沒有部長，也沒有局長，誰破了這個規矩就罰誰三杯！」

「下不為例，下不為例！」董良慶說。

「先罰！」孫大盛說。

「孫部長……」

「又來了！」

「好吧，」董良慶說，「我認罰！」

董良慶連喝了三杯，然後又倒滿一杯，說：「老同學，我敬您一杯！」

大家輪流向孫大盛敬酒。輪到「小茅房」時，他自己先喝了三杯，說：「我先罰了，孫部長，老同學敬您一杯！」

「這不行，」孫大盛說，「故意犯規，加罰三杯！」

「三杯就三杯！」「小茅房」雄壯地說，「男子漢大丈夫，還在乎這三杯酒乎？」

「神經病！」謝蘭英低聲說。

「心疼啦？」孫大盛說。

「誰管他呀！」謝蘭英紅漲著臉說。

「小茅房」連乾三杯，說：「二三得六，三三見九，孫部長，現在可以敬您一杯了吧？」

孫大盛與「小茅房」碰了杯，說，「數學學得不錯嘛！」

「我當了十年書店會計，當了八年副經理，還兼著會計！」「小茅房」似乎有點傷感地說。

「還好意思說，」謝蘭英道，「你混出了個什麼樣子？」

「蕭兄情場得意，官場自然失意了，」張發展說，「不過也算不上失意，兄弟不也副了許多年了嗎？如果謝蘭英是我的老婆，讓我去挖大糞我也心甘情願！」

「你們別拿我開心！」謝蘭英紅著臉說。

「呵呵，謝蘭英生氣了！」董良慶說，「你生氣的樣子好看極了！」

「不許你們欺負謝蘭英！」孫大盛說著，端起酒杯，說，「謝蘭英，來，老同學敬你一杯。」

「我已經喝了三杯了，再喝就醉了。」

「知道自己喝了三杯就說明還沒醉，再說了，喝醉了又怎麼樣呢？人生難得一次醉嘛！」

「對，人生難得一次醉，」「小茅房」說，「孫部長讓你喝，你只管喝就是！」

「我真地豁出來了！」謝蘭英端起酒杯就乾了。

「好，到底顯出廬山真面貌來了，」孫大盛說，「怪不得人說酒場上有三個不可輕視，『紅臉蛋的吃藥片的梳小辮的』。」

「還梳小辮呢，」謝蘭英拍著腦袋說，「老白頭啦！」

「你還算是風韻猶存吧，」桑子瀾說，「我們可是真的老了！」

「我也老了，」謝蘭英說，「男過四十一朵花，女人四十豆腐渣。」

「你是嫩豆腐，我們是豆腐渣。」張發展說。

「都是豆腐渣！」「小茅房」硬著舌頭說。

「你小子吃嫩豆腐吃撐了！」董良慶說。

「你們都拿我開心！」謝蘭英說。

「怎麼會呢？」孫大盛端起酒杯碰了一下謝蘭英的酒杯，說，「乾！」

「還乾？」

「乾！」「小茅房」說，「人生就是那麼回事，乾！」

「誰都可以發牢騷，就是你『小茅房』不能發牢騷！」孫大盛說。

「為什麼？」「小茅房」說，「為什麼我就不能發牢騷？」

「你小子把我們的校花拔了！」孫大盛說，「大家想想謝蘭英在校宣傳隊裏那會兒……唱就唱，跳就跳，還能倒立著行走……那時侯，全縣的人民都知道一中有一個女孩子能倒立著在舞臺上轉十八圈！」

在我腦海裏，出現了二十多年前的謝蘭英在舞臺上倒立行走的情景。她紮著兩根小辮子，辮梢用紅頭繩紮著，雙手撐地，雙腳朝天，露著小肚皮，在舞臺上轉了一圈又一圈，舞臺下一片掌聲……

「老了……」謝蘭英眼睛閃著光說。

「你不老……」孫大盛眼睛閃著光說，「怎麼樣，給老同學們表演一個？」

「你要讓我出洋相？」謝蘭英說。

「來一個，來一個！」大家齊聲附和著。

「不行了，老了，你們看看我胖成了什麼樣子？成了啤酒桶了……」

「來一個……」孫大盛直盯著謝蘭英，執拗地說。

「不行了……再說，我也喝多了……」

「大家鼓掌吧！」孫大盛說。

「真地不行……」

大家鼓掌。

「給我們個面子嘛！」孫大盛說。

「你們這些人吶……」

「讓你來你就來嘛！」「小茅房」說。

「你怎麼不來?!」謝蘭英說。

「我能來早就來了，」「小茅房」說，「孫部長難得跟我們一聚，二十多年了，才有這一次。」

「真不行了……」

「你真是狗頭上不了金盤托！」「小茅房」說。

「說得輕巧，你來試試！」

「我能試早就試了。」

謝蘭英站起來，說：「你們非要耍我的猴！」

「誰敢?」孫大盛說。

謝蘭英走到那個小舞臺上，抻抻胳膊，提提裙子，說：「多少年沒練了……」

「我揭發，」「小茅房」說，「她每天在床上都練拿大頂！」

「放屁！」謝蘭英罵著，拉開了架勢，雙臂高高地舉起來，身體往前一撲，一條腿掄起來，接著落了地。「真不行了。」但是沒有停止，她咬著下唇，鼓足了勁頭，雙臂往地下一撲，沉重的雙腿終於舉了起來。她腿上的裙子就像剝開的香蕉皮一樣滑下去，遮住了她的上身，露出了她的兩條豐滿的大腿和鮮紅的短褲。大家熱烈地鼓起掌來。謝蘭英馬上就覺悟了，她慌忙站起，雙手捂著臉，歪歪斜斜地跑出了房間。包了皮革的房門在她的身後自動地關上了。

大家安靜了片刻，孫大盛端起酒杯，對「小茅房」說：「老同學，我敬你一杯，希望你能好好愛護謝蘭英……」

「孫部長，」「小茅房」眼睛裏閃著淚花說，「謝蘭英跟了我，真是委屈了她。我這人能力差，進步慢，雖然一門心思想為黨多做些工作，但總是有勁使不上……」

「還是毛主席那幾句老話，」孫大盛說，「我們應該相信群眾，我們應該相信黨：這是兩條根本的原理。如果懷疑這兩條原理，那就什麼事情也做不成了。」

嗅味族

爹眯著眼睛看了我一會，然後用嘲諷的腔調說：

「好漢，過來！」

我討厭這種不尊重兒童的腔調，但還是用手指摸弄著圓滾滾的肚皮，一步挪半寸，兩步挪一寸，三步一寸五，四步挪兩寸，就這樣一寸一寸地挪到了飯桌前，等待著爹的打擊。爹暫時沒有出手，也許是因為他處的位置打擊我不太方便吧——他坐在飯桌的正中，兩邊雁翅般展開我的那些兄弟姊妹們——也許他還沒有決定該不該給我一頓沉重打擊，但做為我來說，根據以往的經驗和眼前的形勢，知道一頓臭揍遲早難免，便硬起頭皮，做好了準備。對我這樣的壞孩子來說，挨打受罵是家常便飯，用我娘的話來說就是，我這樣的人是屬破車子的，就得經常敲打著，三天不打，上房揭瓦，兩天不揍，鬧起來沒夠。我爹呼嚕了一口野菜湯，咕咚嚥下去，問：

「說吧，好漢，到哪裏去了？」

我本來可以撒一個謊，譬如說我鑽到草垛裏不小心睡著了，甚至可以說我讓帶著狗熊和三條腿公雞的雜耍班子用蒙漢藥拍了去，幸虧我機智勇敢才逃脫了他們的魔掌——那一段時間裏社會上正悄悄地流傳著一個雜耍班子用蒙漢藥拐兒童的就算是謠言吧，說雜耍班子的人只要用手把小孩子的後腦勺子拍一下，小孩子就會乖乖地跟著他們走。到了雜耍班子，他們就用鋒利的小刀子在孩子身上劃出無數的血口子，然後馬上殺一條狗，把狗皮剝下來，趁熱貼到孩子身上，從此那張狗皮就長到孩子的身上，一輩子也脫不下來了。為了防止小孩子洩密，在往他們身上植狗皮之前，先把舌頭割掉，讓你有口也難言。說有一個小孩子就是這樣被雜耍班子拍了去使了酷刑後變成了一個狗人，有一天雜耍班子到孩子舅舅所在的村子去演出，雜耍班子的班主一邊敲著破鑼一邊指著小孩子說：各位鄉親們，看看這個可憐的孩子吧，這個孩子的爹跟一頭母狗交配，生出了這個小狗人，鄉親們，可憐可憐這個狗孩子吧……人們一圈一圈地圍上去，看那可憐的狗孩子。那孩子從人群裏一眼就看到了自己的舅舅，看到了舅舅從某種意義上說比看見了爹爹還要親，於是那孩子的眼淚就嘩嘩地流出來了。小孩的舅舅心中好生納悶，心裏想這個披著狗皮的小孩子是怎麼了？為什麼這樣不錯眼珠地盯著我，又為什麼哭得如此傷心？他馬上就聯想到幾年前姊姊家丟了的男孩，仔細一看那雙眼睛，知道就是自己的外甥。他是個胸有城府的人，當下也沒聲張，等到雜耍班子休息時，裝做閒人湊上去，提著那孩子的乳名低聲問：你是小什麼嗎？那狗孩子點點頭。舅舅馬上就跑到縣政府把雜耍班子給告了，破案之後，雜耍班子裏那些壞人全部給槍斃了，那個小孩給送到縣醫院裏做了剝皮手術，好不容易恢復了人的面貌，但話是不會說了。——這個故事傳得有鼻子有眼，都說村子裏的獸醫王大爺親眼看到過那個狗孩子表演節目。我們追著王大爺讓他講講那個狗孩子的故事，但王大爺總是心煩意亂地轟我們：滾開，你們這些狗東西！

沒有撒謊，更不敢造謠，我實事求是地說：

「我跟于進寶到井裏去了？」

「什麼？」父親驚訝地睜大了眼睛。

我的圍著飯桌喝菜湯的兄弟姊妹們也用嘲笑的眼光看著我，我知道這些傢伙把我當成傻瓜，他們做夢也想不到我到井裏去幹什麼，當然也不能怨他們，因為這件事情的確離奇，如果我不是親身經歷，打死我我也不會相信天底下竟然會存在著這樣的事。

「我跟著于進寶到他家後園裏那眼井裏去了。」我對他們盡量詳盡地說著：「昨天下午，我去找于進寶玩耍，玩了一會兒，口渴得很，于進寶家沒有水，于進寶就帶我到他家後園裏去找水喝，他家後園裏有一口很深的井……」

母親打斷我的話，問我，又像是自言自語：

「雜種，雜種，你一夜沒回來？你在哪裏睡的？」

「我們根本就沒有睡，我們跟那些長鼻人一起玩，唱歌跳舞捉迷藏，我們根本不睏……」他們沒有對我發出質問，但我從他們閃爍的眼神裏，從他們停止喝菜湯的動作上，知道他們被我的故事吸引住了，或者說他們對我的一夜經歷產生了濃厚的興趣，我知道他們等待著我往下講述。

我當然非常願意把自己的經歷講給他們聽，儘管于進寶和那些長鼻人曾經要求我嚴格保守秘密，但我是個肚子裏藏不住話的快嘴孩子，滿肚子的新鮮奇遇如果不說出來，非把我憋死不可。我說：「那些長鼻人鼻子有點長，但也不是非常長，比我們的鼻子略微長點，與我們不同的是他們只有一個鼻孔眼兒，長在鼻子尖上。他們不吃飯，他們嗅味，他們嗅嗅味就飽了，但他們很會做飯，他們做的飯好吃極了，有雞，有鴨，還有兔子，香極了……」

我正要把一夜奇遇講給他們聽時，剛剛開了一個頭，但是我的爹把碗往桌子上一扔，將筷子往桌子上一拍，像一座山丘拔地而起。他越過障礙，順手給了我一個耳光，把我打翻在地，然後他就氣昂昂地走出了家門。他當然不會去找于進寶核實真偽，他也不會去于家的後園井裏探勘，在他的心目中，我說的都是鬼話，連一星半點的真實也沒有。

父親走了，母親把我從地上揪起來，當然是揪著我的耳朵揪起來，然後她就逼問我：

「小雜種，說實話，昨天夜裏你到哪裏去了？」

「我跟于進寶到長鼻人那裏去了……」我歪著腦袋，咧著嘴，痛苦地說。

「還敢胡說，」母親惱怒地說著，揪住我耳朵的手又加了一把勁兒，使我的耳朵變成了不知什麼模樣，「說實話，到底幹什麼去了?!」

我的眼淚奪眶而出，耳朵痛疼是熱淚盈眶的原因之一，但不是主要的原因，主要的原因是我感到委屈，明明我說的是大實話，但他們卻以為我在撒謊；明明我是冒著被長鼻人懲罰的危險把一個美好的秘密告訴他們，但他們卻以為我在胡編亂造。我的那些可惡的兄弟姊妹們見我受到懲罰不但不表示同情，反而幸災樂禍，他們得意地瞇著眼睛，臉上都帶著笑意，那四個年紀比我小的，可能怕我收拾他們，笑得還比較含蓄，那四個比我大的，絲毫也不掩飾他們的得意之心。他們甚至添油加醋地說一些讓母親更加憤怒的話，譬如我那個生著兩顆虎牙的大姊就很嚴肅地說：

「最近有人把生產隊的小牛用鐵絲捆住嘴巴給弄死了，咱家可是有這種細鐵絲——」

「你就做死吧，」母親憂心忡忡地說，「牛是生產隊的寶貝，害了生產隊裏的牛，那就是反革命！」

「咱們乾脆對外宣佈，」我的那個二哥說，「與他斷絕關係，免得牽連到我們。」

到底還是母親境界高些，她瞪了那位很可能是我的二哥的傢伙一眼，說：

「有你們這樣的兄弟嗎？你們都是我養的，能斷絕得了嗎？」

母親鬆開了揪住我耳朵的手，我感到耳朵火辣辣的，知道它的體積大了不少。我的耳朵比常人的耳朵要大，原來也大不了多少，因為人們的揪和擰，它們變得越來越大。

「說吧，」母親疲乏地說，「你這一夜倒底到什麼地方去了？你如果不說，就別想吃飯！」

我瞄了一眼鍋裏那些黑糊糊的野菜湯，看了一眼桌子上那碗用來下飯的發了黴的鹹蘿蔔條子，心中暗暗得意，初進家門時說實話我心中還有些慚愧，因為我一個人吃了那麼多美味食物而我的父母吃這些豬狗食。但現在我一點愧意也沒有了。我打了一個飽嗝，讓胃裏的氣味洶湧地竄上來；我陶醉在美好的氣味裏，心中充滿了幸福的感覺。我看到我的那些兄弟姊妹們都把鼻子翹起來，腦袋轉動著，在搜尋美好氣味的源頭。在饑餓的年代裏，人們的嗅覺特別的靈敏，十里外有人家煮肉我們也能嗅到，當然也說明了那個時候空氣特別純淨，一星半點兒的污染都沒受。我的兄弟姊妹根本想不到讓他們饞涎欲滴的氣味竟然是從我的胃裏返上來的。說不是故意地其實也是故意地我又打了一個響亮的飽嗝，然後大張開嘴巴，這時我看到，我的那些兄弟姊妹的目光全都集中到我的嘴巴上了，如果能夠，我相信他們都會奮不顧身地鑽到我的胃裏去看個究竟。

母親的嗅覺儘管不如我的兄弟姊妹們的嗅覺靈敏，但她毫無疑問地也聞到了從我的嘴巴裏散出來的美食氣味，我看到她的眼睛裏洋溢著訝異和驚喜，我知道她不敢相信自己的鼻子，她很可能以為自己在做夢，對她的心情我完全理解，換了我也會這樣，因為在那個時代裏，從我這樣一個窮孩子嘴巴裏發出這樣的氣味比狗頭上長角還要稀奇。但鐵一樣的事實就擺在我的母親和我的兄弟姊妹們面前，他們不願意相信也得相信，美好的氣味無可爭辯地從我的嘴巴裏往外擴散，逗引得他們百感交集眼淚汪汪。我知道我的那些兄弟姊妹們心中對我充滿了嫉妒和仇恨，他們恨不得把我的肚皮豁開，看看我到底吃了些什麼東西；我知道母親不嫉妒我也不仇恨我，但她也很想知道我到底去什麼地方吃了些什麼樣的好東西，然後就可以讓我當嚮導，帶領著全家去會一次大餐。我的那個生著虎牙的姊姊已經急不可耐地衝了上來，用她的粗糙的手扒開我的嘴巴，凶巴巴地問：

「小壞蛋，你還真地吃到了好東西！快說，你到哪裏去吃到了好東西？快說，你吃到了一些什麼樣的好東西？」

我的兄弟姊妹們跟隨著虎牙姊姊圍上來，七嘴八舌地問著我。這時我真是得意極了，想起方才父親用他的鐵巴掌搧我耳光時這些傢伙幸災樂禍的表情，想起這些傢伙平日裏對我的欺凌和壓迫，我的心中無比快意，六月債，還得快，人不可貌相，海水不可用斗量，這些壞傢伙大概從來沒想到過我這個土豆堆裏的最蹩腳的土豆，竟然會好運臨頭，他們根本想不到還會求到我的面前，剛才我還巴不得將我的奇遇告訴他們，但現在我已經不想把秘密告訴他們了。我為什麼要告訴他們？我憑什麼要告訴他們？我如果是個大傻瓜我才會告訴他們，我如果不是一個大傻瓜我就不會告訴他們。母親也用懇求的目光望著我，顯然也是想讓我把秘密吐露出來，但是我耳朵上的痛疼提醒了我，讓我想起了她幾分鐘前還揪著我的耳朵恨不得揪下來的悲慘往事，於是我的意志就變得像鋼鐵一樣堅硬了。我決心把這個秘密保守到底，我必須遵守我與于進寶小哥哥的約定，我更必須履行我們與長鼻人之間的諾言，我為剛才差一點洩露了機密而後悔，幸虧他們沒把我的話當真，但現在他們從我的嘴巴裏嗅到了氣味，他們很可能當真了。我驚愕地明白了：其實我已經洩露了秘密，我提到了于進寶家的水井，提到了長鼻人和他們的美味食品。我的這些餓瘋了兄弟姊妹們，很可能馬上就會下到于進寶家的井裏去看個究竟！這時，母親把我的兄弟姊妹們分到兩邊，走到我的面前，我感到她的手正在溫存地撫摩著我的腦袋，我不斷地提醒著自己：不要上當受騙，剛才就是這隻手差不點兒把你的耳朵揪下來！她現在撫摩你是為了讓你吐露機密，而一旦你吐露了機密，她的手就會重新揪你的耳朵！我聽到她對我說：

「好孩子，告訴娘，你昨天夜裏到底到哪裏去了？你到什麼地方去吃了些什麼樣的好東西？」

我靈機一動，想起了虎牙姊姊說過的話頭，我寧願搬起一個屎盆子扣到自己頭上也不能洩露機密，於是我就偽裝出犯了嚴重錯誤的模樣，吞吞吐吐地說：

「娘，我錯了……昨天夜裏，我跟著一群野孩子，把生產隊裏一頭小牛用細鐵絲捆著嘴巴整死了……然後……他們點上火，把小牛燒熟了……他們讓我吃，我實在太饞了，就吃了……」

在我的腦袋上愛撫著的那隻手，突然間變成了拳頭，像擂鼓一樣敲打著我的頭，我聽到母親用恨極了也怕極了的壓抑著的聲音說：

「雜種，你就去做死吧，你就等著公安局來抓你吧！」

我的那些兄弟姊妹們有用腳踹我的，有用巴掌搧我的，有用指甲掐我的，有用唾沫啐我的……總而言之是轉眼間我就成了他們的公敵。他們把我打得遍體鱗傷，然後就懶洋洋地散開了。

但昨天夜裏的確發生了比做夢還美的好事，有我滿口的餘香為證，有我的愉快而辛苦地工作著的腸胃為證，有我嗅到了野菜湯的氣味就噁心的生理反應為證，有那麼多栩栩如生的記憶為證。母親把一個筐子一把鐮刀扔給我，讓我跟著我的姊姊哥哥們去挖野菜。在通往田野的土路上，村子裏的孩子們唱著流行的歌曲：一九六四年啊，真是不平凡；餓死了馬光斗，爆炸了原子彈；赫魯雪夫下了台，咱們心喜歡——儘管饑餓但孩子們依然歡天喜地，你追我趕，打打鬧鬧，孩子隊裏有于進寶小哥哥，走著走著我們倆就靠在了一起，他壓低嗓門問我：

「你沒洩密吧？」

「沒有……」我心裏虛虛地說。

「千萬保密，否則咱們就吃不到好東西了。」

我大姊瞪了我一眼，說：

「快走。」

我跟隨著她們往田野裏走，但我的心已經回到了昨天。

當時，我和于進寶在玩他家那副殘缺不全的撲克牌，突然感到口很渴，我就問：

「進寶哥哥你們家有水嗎？」

于進寶說：

「你想喝水啦？我們家沒水，你如果想喝就跟我到我家後園裏去喝吧。」

我就跟著于進寶到他家的後園裏去了。他家的後園裏有一眼水井，一眼非常普通的水井，水很懶，澆園用的。井口上安著一架轆轤，支架上生出了蘑菇，繩子上發出了綠黴，看起來已經很久沒有使用了。我們站在井臺上，探頭往井裏望去，起初我們什麼也看不見，漸漸地我們的眼睛適應了，看到了井裏明亮的水，和水面上我們的臉。一頭亂毛，兩隻小眼睛，一個塌鼻子，兩扇大耳朵——原來我是這樣子的一副好模樣，怪不得我的一個姊姊經常罵我「氣死畫匠」。于進寶哥哥也是一頭亂毛，兩隻小眼睛，一個塌鼻子，兩扇大耳朵。我們兩個簡直像用一個模子磕出來的。我的母親經常無奈地對我的那些兄弟姊妹們說：「你們看看，他怎麼越來越像東屋裏小寶？」我的一個姊姊說：「太像了，一個娘養出來的也沒有這樣像的！」然後她就用黑黑的眼睛仇恨地盯著母親，好像母親欠了她一筆陳年老賬。小寶就是我最親愛的于進寶哥哥，他在村子裏名譽很壞，至於他幹過什麼壞事，則沒人能說出來。

我們看著井裏那兩張一模一樣的臉。看了一會，就開始往自己的臉上吐唾沫。我的唾沫吐到我的臉上就像吐到他的臉上一樣。他的唾沫吐到他的臉上就像吐到我的臉上一樣。我們的唾沫吐到我們的臉上把我們的臉破碎了，我們的鼻子眼睛混亂不清，於是我們就開心地笑起來。

突然，我們嗅到一股奇異的香味。我們抬起頭來環顧四周，四周是斷壁殘垣，發了瘋的野草，野草中倉皇奔走的蜥蜴，蜥蜴身上閃爍的鱗片……家家戶戶的煙囪裏沒有冒煙的，沒有人家在炒肉，這香氣……這香氣……這香氣是從井裏冒出來的！我們緊張地抽動著鼻子，眼前似乎出現了許多在夢裏都沒見到過的精美食物，有像磚頭那樣厚的肉，一方一方的，顏色焦黃，冒著熱氣。有把腦袋紮進肚子裏的燒雞，顏色焦黃，冒著熱氣。有整頭的小羊，顏色焦黃，冒著熱氣……

我們拽住轆轤繩子往井裏滑去，他在下邊，我在上邊。井筒子深得似乎沒有底，我的耳朵裏嗡嗡地響著，好像在大風裏行走。我的眼前起初是亮的，往下滑了一陣後就慢慢地黑起來。我感到有人拽了一下我的腿，我的身體往邊上一偏，然後腳就著了地。于進寶小哥哥拉著我的手，沿著一條黑洞洞的地道，小心翼翼地摸索著前進。我們心中感到害怕，但越來越濃的香氣吸引著我們，使我們的腳步不停。不知從何時起，眼前漸漸地明亮起來，地道也寬敞起來。我們看到一道道的光線從一些圓圓的洞眼裏射進來，洞眼多粗，光線就多粗。我心中緊張，歪頭看了一眼他的臉，看到了他的臉就像看到了我的臉。我們緊緊地拉著手，就像一對孿生兄弟。濃厚的香氣變成了熱乎乎的風撲到我們的臉上，隨著香風傳來了一些哧呼哧呼的聲音。我們屏住呼吸，貼著洞壁，高高地抬腿，輕輕地落腳，慢慢地向前靠攏。終於，我們看到了，在前方的一個寬敞的大洞裏，有一個平展展的土臺子，臺子上擺著三個巨大的黑陶盤子，一個盤子裏放著一方方的肉，像磚頭那樣厚，顏色金黃，冒著熱氣，肉的上面撒著一層切碎的香菜末兒。一個盤子裏放著十幾隻腦袋紮到肚子裏的雞，顏色金黃，冒著熱氣，雞的上面撒了一層花椒葉子。一個盤子裏放著一頭小羊，顏色金黃，冒著熱氣，小羊身上插了幾根翠綠的蔥葉。大概有二十多個人，團團圍著盤子，都跪著，屁股後邊拄著一條粗粗的尾巴。他們穿著用樹葉子綴成的衣裳，頭上戴著瓜皮小帽。他們都生著兩隻小眼睛，兩扇大耳朵，這些都跟我們像，與我們不像的是他們的鼻子。我們是塌鼻子，他們是長鼻子，而且還比我們少了一個鼻孔眼兒。他們跪在盤子周圍，脖子探出來，鼻子離食物很近，鼻孔一開一合，那些哧呼哧呼的聲音就是從他們的鼻子裏發出來的。我們將身體緊緊地貼在洞壁上，好像兩隻壁虎。有好幾次我覺得他們已經發現了我們，但是他們並沒有對我們怎麼樣。一個看起來很小的長鼻人突然站起來，鼻子哧呼著，腦袋轉動著，眼睛分明地與我們的目光相接了，但他還是沒有對我們怎麼樣。我感覺到他們是故意地不理睬我們。

他們吸了一陣後，一個個離開了盤子，站起來，臉上帶著心滿意足的神情，往地洞的深處走去。那個小小的長鼻人還扭回頭對著我們扮鬼臉，一個露著乳頭的大長鼻人——一定是他的媽媽——伸手把他拉走了。地洞裏靜悄悄地，只有那三隻大盤子裏的食物散發著香氣。我們終於抵抗不住美味的吸引，躡手躡腳地靠到盤子前，顧不上危險，抓起那些好東西，狼吞虎嚥起來。我們似乎剛開始吃，其實已經吃了許多。因為當那些長鼻人突然把我們包圍起來時，我們本想逃跑，但是已經拖不動自己的肚子了。我們坐在地上，活像兩隻巨大的蜘蛛。

長鼻人的語言很怪，呱呱咭咭的，我們一句也聽不明白。但從他們臉上的表情判斷，他們沒有惡意。後來他們在土臺子前跳起舞來，好像是用這種形式歡迎我們訪問他們的地洞。他們跳的舞跟我們村子裏正在流行的一種舞有點相似，也是那樣簡單那樣機械，好像一群木偶。其中有兩個母長鼻人，把我們拉起來，讓我們跟他們一起跳舞。我們吃得太多，行動實在困難，但他們讓我們跳我們不敢不跳。跳了一會，我們的肚子小了，感覺也舒服了。漸漸地我們忘了他們是跟我們不一樣的人，而且也能聽明白他們的語言了。跳完了舞，大家坐在一起說話，像開座談會一樣。于進寶小哥哥說，我們是兩個饑餓的孩子，今天很幸運地來到了你們的地洞，受到了你們友好熱情的招待，吃到了從來沒有吃過的最香最美的食物，我們真是全世界最有福氣的孩子，我們回到上邊即使馬上死掉也不冤枉了。一個下巴上生著十幾根白鬍子的老長鼻人代表長鼻人發言，他說，你們不要客氣，其實，我們早就知道你們兩個，你們原來就是我們這裏的人，後來因為颳白毛大風把你們倆颳走了。我們幾年前就知道你們倆在上邊生活，而且我們還知道你們倆活得很苦。我們早就決定把你們倆請回來玩玩，但一直找不到機會，今天，這機會終於來了。所以你們來到了這裏就應該像回到了自己家裏一樣，或者說就像走親戚一樣。他說他們是嗅味的民族，根本不要吃東西，每天嗅一次食物的氣味就可以了。他說如果我們不嫌棄他們嗅過的食品，儘管來吃好了，即便我們不吃，他們也要倒進暗道，流到藍河裏去餵四眼魚。後來他們把我們送到井口，歡迎我們經常來做客，他們懇求我們不要把這裏的的情況對外人說道，我們對他們發誓：如果我們說了，就讓烏鴉啄我們的腦袋。

大嘴

一

村子裏那三輛去縣城迎接茂腔劇團的馬車嗚著響鞭從大街上穿過時，公雞剛剛打了第二遍嗚，離天亮，還得會兒工夫，但大嘴已經睡不著了。大嘴是個九歲的男孩，名字叫小昌，但村子裏的人都叫他大嘴。大嘴是個喜歡熱鬧的孩子，聽到鞭聲，他很想爬起來，跟隨著馬車，到縣城裏去，看著那些工作隊員們怎麼樣揹著行李上車，又是怎麼樣坐在車上，一路唱著戲，沿著新鋪了黃沙的大道，一直到達村子。大嘴和哥睡在一鋪炕上，爹和娘，還有小妹妹，睡在另外一鋪炕上。他聽到爹和娘也醒了。爹一聲接一聲地歎氣，娘不耐煩地說：

「心中無閒事，不怕鬼叫門！睡吧。」

妹妹哭起來，似乎是尿了炕，娘大聲吒呼著：

「哭！尿了這麼一大片，還有臉哭！」

妹妹的哭聲漸漸低了，爹和娘也沒了聲息。哥在炕那頭翻了一個身，吧噠了幾下嘴，含糊不清地說了幾句夢話，便又打起了呼嚕。一條破被子，大部分被哥捲了去，他扯著被角掙了掙，根本掙不動。他睜大眼睛，望著黑糊糊的房頂。幾隻老鼠在紙糊的頂棚上來回奔跑，發出噗噗嗵嗵的聲音。他感到被老鼠們震落的灰塵落到了嘴巴裏，便側過身，面對著灰白的窗戶。迷迷糊糊中，他感到自己爬起來，穿上冰涼的棉衣，縮著脖子，從房門縫隙裏鑽出。躡手躡腳，走過甬路，生怕驚動了父母；屏住呼吸，經過雞窩，生怕驚動了公雞。側身從院門的縫隙中鑽出，到了胡同裏，遒勁的北風迎面吹來。他用襖袖子捂住嘴巴，跑上河堤，越過石橋。頭上繁星點點，橋下的冰閃爍著灰白的光芒。過了橋就是通往縣城的大道。他奔跑，似乎只有腳尖著地，道路慘白，砂土在腳下飛濺，仿佛蒼白的浪花。他很快就看到了那三輛像船一樣飛快地往前滑行的馬車，懸掛在馬車一側的防風燈籠放出黃光，閃閃爍爍，宛如神秘的眼睛。然後就聽到了馬噴響鼻的聲音和馬蹄的噠噠聲。他加速追了上去，腳尖仿佛踩著彈簧，每蹬一下，就獲得很大的力量，步伐大得無法估量，身體在空中連續地躍起，接近馬車時，他用力一躍，輕飄飄地落到了車廂裏。車把勢楊六披著光板子羊皮大襖，抱著鞭子，縮著脖子，坐在轅杆上打盹。拉車的轅馬是匹瞎馬，全靠著拉長套的馬引路。馬和人都悄無聲息，馬脖子下的銅鈴發出清脆悅耳的響聲。馬車平穩前進，幾乎沒有顛簸。冷氣襲來，無遮無擋。他感到雙腳像被貓咬住一樣痛疼。這時他才發現，因為走得匆忙，竟然忘記了穿鞋。不但忘記了穿鞋，而且連棉褲也沒穿。不但沒穿棉褲，而且連棉襖都沒穿。他發現自己是赤身裸體著坐在馬車上。他想趁著黑夜跳下車，趕快回家穿衣，但馬車越跑越快，一會兒只有左邊的車輪著地，一會兒只有右邊的車輪著地，仿佛是在波峰浪谷中飛速滑行的小舟，他只有雙手死死地抓住車欄杆才能不被甩下去。天色越來越亮，陽光像乾燥的紅色粉末，灑遍了大地，染紅了樹木、枯草和天地間的一切。飛奔的馬車猛然剎住，停靠在一個高大的戲臺前面。他還沒來得及下車，就有許多的人，從四面八方湧上來，繞著馬車，圍成一個巨大的圈子。最前面的那些人，個個眉清目秀，臉上塗抹著厚重的油彩，身上披掛著斑斕的彩衣。這些就是茂腔劇團的人啊，演花旦的宋萍萍，演青衣的鄧蘭蘭，演老旦的吳莉莉，還有演老生的高仁滋，演花臉的蓋九，演武生的張奮，外號猴子張，能一連串兒翻二十八個空心跟斗……茂腔劇團的人全來了，都在笑，男的張開大嘴，女的捂著小嘴。他感到羞愧難當，使勁地收縮身體，往車廂裏那條裝滿了草料的麻袋下鑽去，身體剛剛被遮蓋住一半，那條麻袋就被一隻大手拎走了。車把式楊六，用鞭桿挑著一件紅色的單衣，在他的面前晃動。他伸手去拿紅衣，鞭桿倏地縮了回去，同時他還聽到了楊六的冷笑，然後又聽到許多人的笑聲。那鞭桿挑著的紅衣，又悠悠晃晃地到了他的面前，剛一伸手，它又縮了回去。然後又是笑聲。他惱怒地忘記了羞恥，站起來，跳到車欄杆上，破口大罵。楊六巨大的拳頭，捅到他的面前。他沒有躲閃，而是猛然地張大了嘴巴，就像一條吞食老鼠的蛇，把那鐵一樣生硬的拳頭咬住，然後，一點點地吞下去，吞下去。他聽到有人悄悄地說：這個孩子，好大一張嘴啊！嘴大吃四方，這個孩子必是個有福的。他又聽到一個人響亮地說：快掐住他的脖子！果然就有兩隻冰冷的大手，掐住了他的脖子。他努力掙扎著，聽到從自己的鼻孔裏發出了尖利的、類似雞叫的聲音……

公雞叫響了第三遍，大嘴猛然驚醒。他感到渾身冰涼，手腳麻木，脖子僵硬，運動不便，似乎圍上了一道鐵箍。哥一翻身又把全部的被子捲去，他只好把棉襖披在身上，蜷縮在炕頭發抖。小公雞鳴聲稚嫩，聽起來竟有幾分像貓叫。如果村幹部把劇團的演員派來家吃飯，娘一定會讓爹殺了公雞隆重招待。娘做的一手好飯菜，每次上邊下來幹部，村子裏派飯，都派到家裏來。儘管幹部們吃罷飯會放下一斤糧票三毛錢，但娘是把家裏最好的東西拿出來給他們吃了，那點錢和糧票根本不夠。從娘和爹滿臉的喜氣上，大嘴知道，招待幹部，雖然折本，卻是榮耀。家裏成分不好的，即便擺上龍肝鳳髓，幹部們也不會去吃。不久前，在清理階級隊伍的運動中，那個當過還鄉團的五麻子，在棍棒的打擊下，把爹咬出來了。自從民兵隊長三邪把這個消息悄悄地告訴了哥，哥又把這個消息回家說了後，爹和娘的臉上，就再也沒有出現過笑模樣。

二

那是一個早晨，爹蹲在炕上，捧著一個黑色的大碗，轉著圈，呼嚕呼嚕喝粥。大嘴也抱著一個大碗，學著爹的樣子喝粥。呼嚕聲此起彼伏，爺兒兩個，仿佛比賽一樣。小妹妹蓬著頭髮，縮在炕頭上，睒瞪著兩隻先天失明的大眼睛，歪著頭，側耳聽著動靜。娘把一塊玉米麵的餅子，遞到她的手裏，她接過，哼唧著：

「我要吃紅糖……」

「什麼紅糖、黑糖，再這樣下去，連粥也喝不上了。」娘皺著眉頭，煩惱地說。

妹妹哼唧了幾聲，見沒有效果，無奈地把餅子舉到嘴邊，一點點地啃。

哥還站在院子裏，哧嚓哧嚓地刷牙。

「吃飯了，大少爺！」娘不高興地喊叫著。

哥嘴角沾著牙粉沫子，將搪瓷缸子重重地墩在櫃子上，蠻橫地說：

「催什麼呀！」

「刷什麼刷呀，再刷也是黃的。」娘低聲嘟噥著。

「他大概吃了狗屎了！」大嘴從碗沿上摘下嘴，氣哄哄地說。

「喝你的！」娘瞪了大嘴一眼，說，「往後要是再聽到你在外頭多嘴多舌，就把你的嘴巴用麻繩子縫上！」

「縫上也擋不住他胡咧咧！」哥擦著嘴角上的牙粉沫子說，「昨天在飼養棚裏，當著許多人的面，他又要貧嘴了，說什麼『社會主義好，社會主義好，社會主義國家人民吃不飽……』，這要是讓村裏幹部聽到……」

「聽到又怎麼樣？」母親煩惱地說，「一個嗵鼻涕的孩子，還能把他打成反革命？」

「他就是讓你們給慣壞了！」哥嘴巴裏散發著清爽的牙膏氣味說，「清理階級隊伍工作隊馬上就要進村了，形勢緊張著呢。」

「你再敢出去胡說就砸斷你的腿，」爹從碗邊上抬起頭，嚴肅地說，「要是有人問你，那幾句順口溜是誰編的，你怎麼說？」

「我就說是他編的，」大嘴對著哥噘噘嘴，說，「我就說是他讓我出去說的。」

「我砸死你這個混蛋！」哥哥抄起一把掃炕笤帚，對準大嘴的腦袋擂了下去，「你想讓我蹲監獄去啊?!」

「行了，」娘說，「都給我閉住嘴，吃飯，不吃就滾出去！」

哥哥把笤帚扔到炕頭上，悻悻地說：「你就護著他吧，早晚讓他惹回來滅門之禍，那時就晚了。」

「一個孩子，懂什麼？」娘說，「這算什麼社會，明明吃不飽，還不讓人說……」

「就是！明明吃不飽嘛！」大嘴得到了娘的支持，氣焰囂張起來。

「你也給我閉嘴！」娘說，「今後無論到了哪裏，大人說話，小小孩兒，帶著耳朵聽就行了，不要插嘴，聽到了沒有？」

「聽到了。」大嘴說。

「如果有人再叫你大嘴，就狠狠地罵他們，聽到了沒有？」娘說。

「聽到了。」大嘴說。

「不許你在人面前，把拳頭塞進嘴巴裏去，只有狗才吞自己的爪子，」娘瞅著大嘴的黑糊糊的手說，「聽到了沒有？」

「聽到了。」大嘴說。

「聽到個屁，狗改不了吃屎，貓改不了上樹。」哥氣猶未消地說，「咱們家，很快就要大禍臨頭了！」

「大清早晨的，說這樣的話，也不怕晦氣！咱們不偷不搶，堂堂正正做人，老老實實幹活，會有什麼大禍臨門？真是的。」母親不滿地說。

「五麻子把俺爹咬出來了。」哥說。

「他能咬我什麼？」爹喝著粥，不屑地說，「我跟他沒有任何瓜葛，他能咬我什麼？」

「他說你參加過還鄉團！」哥憤怒地說。

「你說什麼？」爹猛地喝了一口粥，嗆了，劇烈地咳嗽著，把碗胡亂地放在炕桌上，焦躁地問，「他說什麼?!」

「他說你參加過還鄉團！」

「這個雜種！這個雜種啊，」爹跳下地，赤著雙腳，在炕前尋找靴子。娘把鞋子踢到爹的跟前，冷冷地說：

「你要到哪裏去？」

「我去找這個壞蛋，」爹穿上鞋子，瞪著眼睛說，「他怎麼敢紅口白牙地說瞎話呢？」

「問題是你參加沒參加？」哥氣急敗壞地說，「你要真的參加過還鄉團，我們這個家，就徹底完蛋了。我的前途，就徹底毀了。」

「我參加什麼了？還鄉團？」爹的臉悲苦地扭曲著，額上的皺紋，像刀痕一般深刻，「一九四七年，我才十四歲，一個十四歲的孩子，能參加還鄉團嗎？再說，咱們家也不是地主，也不是富農，跟貧農團無仇無恨，參加還鄉團幹什麼？」

「無風不起浪，」哥哥說，「他為什麼不咬別人，單咬你？」

「我不就是去吃了兩個羊肉包子嗎？」爹說，「那天晚上，大月亮天，我在街上玩耍，碰到五麻子，急匆匆地走。我問他去幹什麼，他說，一撥人，在王大嘴家聚合，喝齊心酒，殺了一隻羊，包了兩鍋羊肉包子。我那時還是個小孩，嘴巴饞，五麻子拉著我去吃羊肉包子，我就去了，看到一撥人，都喝紅了眼睛。鍋裏有很多包子，熱氣騰騰，香噴噴的。我吃了一個包子。王大嘴乜斜著眼說，『小山子，你吃了我們的包子，就算參加了我們的組織了。』王大嘴的娘說，『他一個小孩子，懂什麼？』王大娘又從鍋裏拿了一個包子給我，說，『小山子，你快回家吧，這裏沒有你的事。』就是這樣，我稀里糊塗地去吃了兩個包子……」

「你為什麼要去吃那兩個包子？」哥憤怒地說，「你不吃那兩個包子難道就能饞死嗎？」

「怎麼能跟你爹這樣說話?!」娘把飯碗墩在飯桌上，惱怒地說。

「我看你是跳進黃河也洗不清了！」哥不依不饒地說，「我還指望著今年報名參軍呢，這下完了……」

「我去死，」爹尖利地喊叫著，「我不連累你們，我一人做事一人擔當……」

「你死了也是畏罪自殺！」哥毫不示弱地說。

「你們愛說什麼就說什麼吧……」爹在炕前的板凳上坐下，雙手抱著頭，悲苦地說，「一包耗子藥喝下去，兩眼一閉，兩腿一伸，眼不見，心不煩，你們愛怎麼著就怎麼著吧……」

「這樣的喪氣話我不願聽，」母親將那個糖罐子裏殘存的一點紅糖倒在一個碟子裏，遞到妹妹手上，回頭盯著父親，眼睛很濕、很亮，說，「不就是這麼點事嗎？還值得你去死？就算把你打成了還鄉團，又能怎麼樣？不就是逢集日義務掃掃大街嗎？」

「這可不是掃掃大街的事！」哥說。

「你給我閉嘴！」娘說。

「攤上這樣一個爹，算是倒了八輩子楣了！」哥不依不饒地說。

「你給我閉嘴。」母親重複了一遍，聲音降得很低，但仿佛冷氣逼人。

哥看了母親一眼，就驚恐地低下頭，不敢再吭聲。

「還是那句老話，乾屎抹不到人身上，」娘說，「你們出去，該說就說，該笑就笑，有事藏在心裏，不能讓人看出來。人，沒事的時候，膽不能大；事到臨頭，膽不能小。人家還沒怎麼著你，自己先軟了、癱了。你們，都給我挺起腰桿來，兵來將擋，水來土掩。這個世界上，有翻不過去的山，有鳧不過去的河，但沒有過不去的日子！」

三

「不許到橋頭上去，聽到了沒有？」娘嚴厲地說。

大嘴答應著，倒退著走出了院子。他看到，雞窩的鐵網門還沒有打開，那幾隻母雞，在窩裏焦躁地咕咕著。那隻小公雞的腦袋，從網眼裏伸出來。雞頭似乎被網眼卡住了，雞冠子憋得通紅。爹在院子裏，用一把生銹的斧子，劈一個表皮已經腐爛的槐樹根盤，細小的劈柴，散落在他的周圍。

大嘴出了院子，在胡同裏轉了幾圈。鄰居家的兩個孩子，手裏拿著煮熟的地瓜，吃著，奔跑著，從他身邊經過。大嘴看著他們爬上河堤，向著橋頭的方向飛奔。那裏鑼鼓喧天，十分熱鬧。鏗鏗鏘鏘的鑼鼓聲，吸引著大嘴向橋頭靠近。起初，他還記著母親的囑咐，但當他看到聚集在橋頭上那些人興奮的臉龐時，就把母親的囑咐徹底忘記了。

大嘴鑽進人群，面對著村子裏的鑼鼓隊。打鼓的人，依然是哥。哥是村子裏最好的鼓手，這讓大嘴感到驕傲。哥穿著那身用草綠顏料染成的假軍裝，頭上帶著一個雖然褪了顏色、但卻是真正的軍帽。哥這個軍帽是用家裏祖傳下來的一柄青銅劍從鄰村的一個復員兵那裏換來的。那柄劍一直藏在樑頭上，哥把它偷了出去。當父親知道了這個愚蠢的交易，逼著哥去換回來時，娘卻說，男子漢大丈夫，換了就是換了，不過，娘對哥說，你是個十足的傻瓜。

哥戴著真正的軍帽，穿著草綠色的假軍裝，腳上穿著白塑膠底的鬆緊口布鞋。大嘴知道，這是哥最好的衣帽，只有最隆重的場合才捨得穿戴。哥臉色發紅，眼睛閃光，站在鼓架前，揮舞著兩隻圓溜溜的鼓槌子擂打鼓面。「咚咚咚，咚咚咚，咚咚咚咚咚……」一連串節奏分明的聲響，震動著大嘴的耳膜。他入迷地盯著哥雖然粗大但十分靈巧的雙手和那兩根上下翻飛的鼓槌子，身體隨著鼓聲不由自主地抖動起來。哥的左邊，是敲鑼的孫寶。哥的右邊，是拍鈸的黃貴。他們也都赤紅著臉，十分賣力。鑼聲和鈸聲，羼雜在鼓聲裏，顯得有些多餘。在鑼鼓隊的周圍，聚集著幾乎全村的人。有的人神色冷漠，有的人喜氣洋洋。那個名叫秀巧的姑娘，左手扶著一個名叫春蘭的姑娘，右手撚著垂在胸前的辮子梢，笑意盈盈地、目不轉睛地看著哥。她的臉盤很大，紅彤彤的，腮上有一些紫色的凍瘡。哥好像知道有人在注視自己，熱情越來越高漲，雙臂揮舞得越來越快，鼓聲如同急雨，連綿不絕。哥臉上冒出汗珠，嘴巴裏噴吐著洶湧的熱氣。敲鑼的孫寶和拍鈸的黃貴，帽子推到腦後，額上黏著濕髮，手忙腳亂，分明跟不上哥的鼓點，鑼聲和鈸聲，更加雜亂無章。

一輛嶄新的自行車，爆響著鈴鐺，從橋頭上直衝下來，到了人群外邊，車上的人輕捷地跳下來。大嘴聽到有人低聲說：

「杜主任來了。」

杜主任身穿灰色制服，頭戴著灰色單帽，腳上穿著一雙黃色的翻毛皮鞋，脖子上圍著一根褐色的長圍巾。大嘴知道，各村的革命委員會主任和公社的幹部，都是這樣的打扮。杜主任扶著閃閃發亮的自行車把，紫紅色的四方臉上帶著洋洋得意的表情。他先是對著人群點頭，然後把目光投射到那條懸掛在兩根杉木桿子之間的紅布橫幅上。橫幅上寫著「熱烈歡迎茂腔劇團進村」的標語。杜主任的神色突然嚴肅起來。他按了幾下車鈴，激越的鑼鼓聲把鈴聲淹沒，杜主任大聲喊叫：

「停下，別敲了！」

鑼鼓聲戛然而止。

杜主任將自行車支在橋上，手指著標語，用輕蔑的口氣問：

「這是誰寫的？」

鄉村小學的章老師從人群中擠出來，站在杜主任面前，蝦著腰，滿臉堆笑地說：

「主任，是我寫的。」

「是誰讓你這樣寫的？」杜主任嚴厲地問。

章老師一隻手搔著脖子，一隻手摸著衣角，張口結舌。

「簡直是胡鬧，趕快撤下來，重寫！」杜主任站到一個高坡上，居高臨下地，對著眾人道，「今天要來的這些人，在縣裏是演員，但到了我們村，就是工作隊員，清理階級隊伍工作隊的隊員。」

章老師指揮著兩個學生，爬上杉木桿子，把橫幅解了下來。

杜主任走下高坡，皮鞋嗒嗒響著，走進人群，站在鼓前，掃了哥一眼，不陰不陽地說：

「葉老大，你很賣力嘛！」

哥咧開嘴，尷尬地笑著。杜主任撇撇嘴，冷笑一聲。哥將鼓槌子放在鼓上，兩隻手，在身上摸索著，摸出一個癟癟的煙盒，剝開，捏出一根香煙，遞到杜主任面前。杜主任哼了一聲，從自己上衣兜裏，用兩根指頭，夾出一盒沒開包的煙，用小指的指甲挑開錫紙，用大拇指彈出一支，舉到嘴邊，用嘴巴叼出來，然後又摸出一個白亮的打火機，將煙點燃。杜主任將手中的煙盒舉起來，大聲說：

「誰抽？」

都盯著煙盒，但無人吭氣。

杜主任將煙盒裝進口袋，目光上下打量著侷促不安的哥，然後直盯著哥的臉，似乎是很惋惜地說：

「葉老大，你的鼓打得確實很好，但是，你不用再打了。」

哥咧開嘴，仿佛要說話，但是說不出話，只有兩片嘴唇上下開合，臉通紅，猴子腚，耳朵比臉還紅，兩片經霜柿子葉，膝蓋彎曲，雙手低垂，身體矮了許多。

那兩隻放在鼓面上的鼓槌子，靜靜地躺著。

「麻子，你來打！」主任指著哥身後的方麻子說。

方麻子急不可待地跑到鼓前，抓起來鼓槌子。

哥尷尬地退到一邊，和大嘴站在一起。

大嘴感到腹中似乎有一把火燃燒起來，耳朵上那些凍瘡奇癢難捱，嘴巴不由自主地張開，他大聲喊叫著：

「主任，你不公道！我爹不是還鄉團，我爹那時還是個小孩，小孩子誰不饞？不饞算什麼小孩？大人也饞，你見了羊肉包子不也要流口水嗎？我爹去吃了兩個羊肉包子，你要是我爹也會去吃，說不定你還要吃三個，吃四個，吃五個，吃六個，你吃了六個包子都不是還鄉團，我爹怎麼就成了還鄉團?!」

哥用手捂住了大嘴的嘴巴。大嘴掙扎著，咬了哥的手指。哥鬆開手。大嘴跑上高坡，大聲喊叫：

「我爹不是還鄉團！我爹就吃了兩個包子，你們憑什麼不讓我哥打鼓？你們憑什麼不讓演員到我家吃飯？我爹劈了劈柴，我娘殺了公雞，我們要請演員到家吃飯，我們不是還鄉團……」

主任愣了片刻，突然哈哈大笑起來。笑了一陣，指著大嘴的嘴巴說：

「你這小子，怎麼長了這麼大一張嘴呢？」

有的人笑出了聲，有的人咧開嘴，做出笑的表情，但沒發出聲音。

「大嘴，聽說你能把自己的拳頭吞下去？如果真有這本事，讓你爹把你送到雜耍班子裏當小丑吧。」

哥跑上高坡，用巴掌堵住大嘴的嘴。

大嘴踢著哥的腿，掙出頭，張開口，大聲喊叫。哥搧了大嘴一巴掌，大喊：

「不許說話！」

大嘴從高坡上倒下來。過了一會兒，他艱難地爬起來，看到哥站在杜主任面前，低聲下氣地說著什麼。他感到耳朵裏嗡嗡響，彷彿有蒼蠅在裏邊飛。他感到正午的陽光很刺眼，眾人的眼睛都在盯著自己。他還想喊叫，但喉嚨已經發不出聲音。他張大嘴巴，把自己的拳頭，用力地往嘴裏塞。他感到心中充滿了怒火，彷彿只有把拳頭塞進嘴裏，才可以緩解那種讓他幾乎要發瘋的激烈情緒。塞，他感到嘴角慢慢地裂開，拳頭上的骨節頂得口腔漲痛，牙齒也劃破了手掌上的凍瘡，嘴巴裏全是血腥的氣味。塞啊，終於把整個的拳頭，全部塞進去了。這時，他看到眾人臉上驚愕的表情。他看到神色有些慌張的杜主任對著神色茫然的哥說了一句什麼。他看到章老師指揮著學生把橫幅換好。他看到杜主任騎上車子，向村子深處疾馳而去。他看到哥從方麻子手裏奪過鼓槌子奮力打鼓。他看到鼓面震動時發出的聲音，與金色的陽光碰撞在一起。他看到那三輛拉著茂腔劇團演員的馬車，從大道上飛奔而來，車輪後邊，騰起來紅色的灰塵。他看到那些鞭聲和馬蹄聲，從紅色的灰塵中竄起來，彷彿一支支明亮的火箭，拖著長長的尾巴，直鑽到高天裏去。

掛像

一

高密民間藝術，有「三絕」之說。「三絕」者，泥塑、剪紙、撲灰年畫之謂也。泥塑、剪紙，人人皆知，撲灰年畫，則需要稍加解釋。撲灰的意思，就是用柳木炭棒，在紙上起畫稿，然後，將白紙蒙上，用手按壓拍打，使畫稿上的線條，印到白紙上。一張畫稿，可以拓撲十幾張。線條模糊後，再用炭棒描畫，然後再拓撲。這其實是一種簡單的複製方法。複製好之後，那些根本沒有畫技的人，也可以按著紙上的線條，比照著樣板，勾勒著色。「文革」前，每到冬閒，高密東北鄉的朱家莊、宋家莊和公婆廟村，這三個以撲灰年畫聞名的村莊，幾乎家家都成了作坊，老婆孩子齊上陣，粉刷顏面的，勾勒眉眼的，塗抹顏色的，裱糊的……流水作業，批量生產。春節前夕，那些關東來的畫子客，便雲集到這幾個村莊裏，等待著躉貨。那些家裏沒有作坊的人，也可以充當二道販子，從中牟利。村子裏房屋比較寬裕的人家，幾乎都成了臨時旅館，住滿了畫子客。撲灰年畫的品種比較單調，無非是「連年有餘」、「麒麟送子」、「姑嫂閒話」、「金玉滿堂」之類。那時生活貧困，貼壁年畫的銷量很小，並不需要這麼多人家日夜加班生產。支撐著年畫市場的，是一種名叫家堂軸子的品種。家堂軸子，其實就是一張很大的撲灰畫。畫的下半部分，畫著一座深宅大院，大院的門口，聚集著一群身穿蟒袍、頭戴紗帽的人，還有幾個孩子，在這些人前燃放鞭炮。畫的上部，起了豎格，豎格裏可以填寫逝去親人的名諱。一般上溯到五代為止。家堂軸子，在我的故鄉，春節期間懸掛在堂屋正北方向，接受家人的頂禮膜拜。一般是年除夕下午掛起來，大年初二晚上發完「馬子」之後收起來，珍重收藏，等到來年春節再掛。但關東地方，卻在過完年之後，將其焚燒，來年春節前，再「請」一張新的。家堂軸子，不能說「買」。關東地區每年焚燒家堂軸子的習俗，才是支撐高密撲灰年畫市場的資源。

家堂軸子掛上之後，年的氣氛就很濃厚了。這時，按照老習俗，就不能隨便到外姓人家串門了。連出嫁的女兒，也不可以再回娘家。家堂軸子前面的桌子上，豎著十幾雙嶄新的紅筷子，擺上八個大碗，碗裏盛著剁碎的白菜，白菜上覆蓋著雞蛋餅、肥肉片之類，碗中央，栽著一顆碧綠的菠菜。桌子一邊，擺放著五個雪白的大餑餑；桌子的另一邊，放著一塊插著紅棗的金黃色年糕。桌子最前面，是一個褐色的香爐和兩個插上鮮紅蠟燭的燭臺。滿桌子色彩繽紛，很是豐富。到了晚間，點燃香燭，燭光搖曳，香煙繚繞，軸子上那些大紅大紫的人物，一個個閃爍著奇光異彩，非常遙遠，非常神秘，傳達著來自另外一個世界的訊息。家堂軸子，和供桌上的供品、香燭，幾乎就是我童年記憶中春節的全部，神秘的氛圍，莊嚴的感覺，都從這裏產生。

二

文化大革命開始後的第一個春節前夕，擔任著大隊革命委員會主任的我父親皮發紅，在大隊辦公室裏，透過大喇叭，對全村廣播。廣播的內容是：根據公社革命委員會的通知，今年過年，各家各戶，不許再掛家堂軸子。各家的家堂軸子，集中到大隊部，統一焚毀。不掛家堂軸子掛什麼呢？我父親皮發紅說，公社革委指示，每家免費發一張毛主席的寶像，在掛家堂軸子的位置上懸掛。至於供品，當然要擺，不但要擺，而且要擺得比往年豐盛，因為沒有毛主席，就沒有我們貧下中農今天的好日子。至於地、富、反、壞、右之家，不允許他們掛寶像，也不允許他們掛家堂軸子，因為他們的家堂軸子上那些人，都是些吸飽了貧下中農血汗的寄生蟲。那他們這些人家掛什麼呢？我父親皮發紅沒有說。

年除夕中午，在大隊部院子裏，各家交來的家堂軸子，堆積在一起。我父親皮發紅，指揮著兩個胳膊上戴著紅衛兵袖章的民兵，從村子裏廢棄的染布坊裏，揭來一個大鐵鍋，安放在一個臨時壘成的灶上，灶膛裏插滿了劈柴，鐵鍋裏倒上了半桶煤油。這架式，有些荒唐，仿佛要煮牛。我父親對那些交完家堂軸子領取了寶像圍繞在鍋灶周圍似乎戀戀不捨的人說，家堂軸子是四舊，破四舊，就要油煎火燒，表示個決絕的態度。我父親這樣說著時，我的心中怦怦亂跳。因為我從眾人的臉上，看出來很多東西。這家堂軸子，在人們的心目中，是絕對不容褻瀆的神聖物品，它代表著祖先，代表著福蔭，儘管迫於形勢，不得不拿出來，但人們心中，還是很沉重，很罪疚。儘管人們都沒說話，但我知道人們都在心中暗暗詛咒。千萬人的詛咒，都降落到我父親頭上，可我的父親皮發紅，被革命的熱情燃燒著，滿面紅光，一手扠腰，一手揮舞著，對那些民兵發號施令：

「快，把家堂軸子扔到鍋裏！」

就有幾個民兵，把一些家堂軸子，扔到鍋裏。鍋小軸子長，七長八短，支棱起來，成了一個墳堆的形狀。

「往上潑油！」我父親說。

就有一個民兵，用勺子舀著柴油，往軸子上潑。

我父親皮發紅摸出一支煙，叼在嘴裏，點燃，把燃燒著的火柴棍兒，扔到鍋上，幽默地說：

「有靈的升天，無靈的冒煙！」

轟然一聲，暗紅的火苗騰起，足有半米高。鍋裏的柴油也被引燃，火苗更高，與大隊部的房頂齊平。革命的烈火，熊熊燃燒，院子裏那幾棵大楊樹上細弱的紙條給熱流衝擊，顫抖著，並且發出窸窸窣窣的聲響。幾個風僵的蟬，從樹上掉下來。灼熱的火焰把周圍的人群逼得連連倒退，一直退到了牆根上。前排的人，把夾在胳膊彎子裏的毛主席像鬆散開，拿在手裏，揙著撲到面前的黑煙。我父親皮發紅指點著那些人，怒吼：

「你們，怎麼敢把寶像那樣?!」

那些人頓時覺悟，慌忙把手中的寶像捲攏，依舊夾在胳膊彎子裏。

黑煙裏有一股濃重的油漆味兒，還有一股焚燒多年舊物時發出的那種特有的灰塵味兒。我父親皮發紅往後退了兩步，把頭上的帽子往後推推，但馬上又往下拉拉。烈火烤得他焦躁不安，仿佛一隻心煩意亂的猿猴。那些民兵們，紛紛後退。在我父親皮發紅的叱罵下，民兵們只好跑上前，從大堆裏抱起幾卷家堂軸子，往前疾跑幾步，身體盡量地往後仰著，將家堂軸子扔到火堆裏，然後連蹦帶跳地後撤。撤到後邊，就捂著嘴巴咳嗽。那些家堂軸子，在大火中爆裂著、彎曲著，許許多多穿袍戴帽的人物，在火光中一閃現，馬上就消逝了。各家各戶的祖先，也包括我家的祖先，在烈焰中化成了灰燼。為了加快燃燒的速度，我父親皮發紅又給民兵們下達了命令，讓他們把那些尚未扔到火裏的家堂軸子抖開，將軸子上下兩端的那兩根木棍扯下來。許多人家的軸子，是用了白紗做襯、刷了桐油防腐的，往下撕扯，並不容易。我父親就讓民兵，從最靠近大隊部的人家裏，拿來了兩把鐮刀，往下砍削，於是就發出真正的裂帛之聲。那些莊嚴的畫面，展現在觀者面前，踐踏在民兵們腳下。我父親這個革命者，似乎是為了堅定那些民兵們的信心，排除他們心中的犯罪感覺，還不時地上前，用他那兩隻穿著大皮靴子的腳，輪番踢踏著那些畫面，嘴巴裏還惡狠狠地喊叫著：

「這些封建主義！這些牛鬼蛇神！這些封建主義！這些牛鬼蛇神……」

我父親每踏一腳，我的心就緊縮一下。我父親每罵一句，我的罪惡感就加重一分。當然也不僅僅是這些，還有一些驕傲和自豪的感覺，羼雜其中。因為，我們綿羊屯大隊，二百零一戶人家，一千一百零八口人，只有一個革命委員會，革命委員會裏，只有一個主任，那就是我父親皮發紅。

我父親皮發紅，原先是個酒鬼、懶鬼、邋遢鬼，在我娘的罵聲中度日，即便是給他一雙新鞋，用不了三天，鞋後幫就被踩倒，趿拉在腳下。革命初起，我父親皮發紅扯旗造反，把原先的幹部統統打倒，登上了主任的寶座。我父親當了主任之後，第一件事就是改變形象，做了一套藍色的軍便服，胸前佩戴上一個碗口那麼大的毛主席像章，買了一雙土黃色的翻毛大皮靴，高靿的，無法踩倒後鞋幫。革命前他走起路來踢踢塌塌，大老遠就能聽到。革命後他走起路來咯咯噔噔，依然是大老遠就能聽到，但聲音和氣勢大不相同。我父親皮發紅這種人，是天生的革命分子，他在革命前後判若兩人的表現，讓村子裏許多見過世面的老人感歎不止。皮發紅革命成功後，立即就給我家帶來了好處。那時候物資緊張，許多東西都要憑票購買。公社裏分配給每個村子一張自行車票，被他購買，嶄新的大金鹿牌自行車，鍍鎳的部件閃閃發光，能照出我的影子，自然也能照出我父親和我娘的影子。買車的錢沒有，先從大隊借上。供銷社分配給村子裏兩塊條絨布，我爹給我娘留下一塊，做了一條褲子，沒錢，也先從大隊裏借上。我娘對此還有顧慮，對我父親說：這樣幹，群眾不會反映嗎？我父親說：革命，總要有點好處，沒有好處，誰還革命？毛主席早就說了，要反對絕對平均主義，官長騎馬，士兵也要騎馬，哪裏有那麼多馬？就算每人能平均一匹馬，那官長也要騎匹好的……

在烈火烤灼中，我回憶著我父親革命後發生的事情，心中感到安慰了許多。我想我父親皮發紅要做的事情，總是正確的，因為他是主任。我偷眼看著眾人的表情，在繚亂的煙火中，眾人的臉，都有些鬼鬼祟祟。只有我父親皮發紅和那些民兵的臉，是那樣的激情洋溢，紅光閃閃。我父親皮發紅和民兵們紅光閃閃的臉上，流出汗水，只有在他們臉上流出汗水時，我才發現，他們的臉上，蒙上了一層灰塵。所有的家堂軸子都扔進了火焰中，鍋底下的木柴也被引燃了，火勢兇猛，生鐵鍋隨時都可能熔化。在這種情況下，無論什麼樣子的高手，也不可能從火中搶救出一副完整的家堂軸子了。革命其實已經勝利。我父親皮發紅發令，讓眾人散開。眾人還若有所待似地不離開。我父親冷笑一聲，先走了。看熱鬧的人，這才漸漸走散。

三

我父親走進了大隊部廣播室，大喇叭裏響起他的聲音。他的聲音有點嘶啞，被火焰烤的。廣播喇叭裏傳出他喝水的聲音，咕咚咕咚的，好像牛飲一樣。我父親說，各家回去趕快把毛主席的寶像掛起來，傍晚時，他會挨家挨戶地去檢查。我父親還說，各家都把最好的東西拿出來供上，儘管毛主席不會吃咱們的，但咱們的這顆忠心，要表示出來。

我溜到廣播室裏，看到我父親皮發紅坐在一把椅子上，讓那個名叫翠竹的女人給他剃頭。皮發紅的脖子上，圍著一條紫紅色的圍巾，圍巾上落滿了髮渣子。這樣一條圍巾，只能是翠竹的。翠竹是大隊裏的赤腳醫生，中西醫皆通，不但能給人往屁股上打針，還能給人靜脈注射。她不但能給人打針，還能給豬打針。革命前夕我們家養了一頭豬，長到將近二百斤時，突然病了，發燒，咳嗽，不吃食。這樣一頭大豬，能賣一百多元錢，在那個年代裏，一百多元，可是一筆大錢。一輛大金鹿自行車，也不過值一百多元。大隊裏沒有獸醫，要想給豬治病，必須要跑二十多里路，到公社獸醫站去請獸醫。我父親一改拖拉風格，飛跑著去請，但那些人架子奇大，不出診，讓我們把豬送去醫治。那時我父親還沒當革命委員會主任，沒有面子。如果把這樣一頭大豬綁起來，送到公社去，病不死，也就折騰死了。情急之中，我娘厚著臉皮，找到翠竹。吭吭哧哧地把情況說了一遍。翠竹揹著藥箱子，二話沒說，到我家來，在豬的耳朵上，找到一根粗血管，一針見血，注射進去滿滿一管子抗菌消炎的藥物，豬連哼都沒哼。這豬，第二天就認食，第三天就完全好了。後來，這頭豬長到二百五十多斤，賣到公社屠宰組，殺了個特等，每斤價值五角三分八，統共賣了一百三十多元。這件事，我父親和我母親經常念叨，感念翠竹的恩德。我父親當了主任後，對翠竹格外照顧，每年給她加了五百工分，每月還給她補助五元錢。所以，她把自己的圍巾圍到我父親脖子上，遮擋髮渣子。看到我後，皮發紅把按在翠竹屁股上的手收回去，說：

「皮錢，你來得正好，讓翠竹姑姑給你剃個新頭。」

我一聽剃頭，抽身就走。我聽到皮發紅對翠竹說：

「舊社會，窮人家的孩子，過年沒有新衣裳穿，就剃一個新頭。」

我回到家，看到娘正在包餃子。堂屋正北那張桌子上的雜物已經挪走，桌子上經年的灰塵也掃去了。娘說：

「皮錢，去找你爹，讓他回家擺供，熬漿子，貼對聯，都什麼時候了，還不回家。」

「我爹在廣播室裏剃頭。」我說。

「誰給他剃頭？」娘問。

「翠竹。」我說。

「翠竹？」娘怒衝衝地說，「你趕快去叫他，就說我犯病了。」

我上了大街，看到十幾個孩子，靠在一堵牆壁前，在玩「擠出大兒討飯吃」的遊戲。遊戲的方式很簡單，就是大家貼著牆，站成一排，發聲號，兩邊的死勁往中間擠。誰被擠出去，誰就是大兒子。但被擠出去的，馬上又貼到隊伍的最後邊，死勁往裏擠。擠到最後，總是亂成一團，幾十個孩子，你壓著我，我壓著他，在地上滾來滾去。無論是誰家的家長，看到自家的孩子玩這個遊戲，都會毫不客氣地上前，擰著耳朵，把他從隊伍中揪出來。因為這個遊戲，最費衣裳。即便是暫時磨不破衣裳，也會弄一身泥土。仿佛一個在地上打過滾的驢。這樣的遊戲我喜歡。有這樣的遊戲玩，我還去找那個名叫皮發紅的人幹什麼？我緊緊褲腰帶，撲上去，背貼著牆壁，死勁往中間擠。一個孩子被擠出去。又一個孩子被擠出去。又一個。又一個。很快我就到了中央。孩子們齊聲喊叫：

「擠啊擠，擠啊擠，擠出大兒討飯吃！……」

我用腳跟蹬著地面，脊樑緊貼著牆，堅持著，不出去當大兒子。來自兩邊的力量，擠得我的骨頭叭嘎叭嘎響。再不出去，只怕連尿都要被擠出來了。實在堅持不了了，我的意志一鬆懈，身體就出來了。這時，我看到皮發紅和翠竹相跟著，沿著大街走過來。在我身後，有孩子說：

「看，皮發紅和翠竹來了。」

孩子們更加興奮，喊叫聲震天動地：

「擠呀擠呀擠呀擠，擠出大兒討飯吃……」

皮發紅和翠竹腋下夾著寶像，到了近前，停住。皮發紅問我：

「皮錢，你娘包完餃子沒有？」

「你趕快回家吧，我娘說，她的病犯了。」我說。

「中午還好好的呢，怎麼突然就病了？」皮發紅納悶地問。

「我一說翠竹姑姑在給你剃頭她就說病犯了。」

翠竹苦苦地笑笑，說：

「皮主任，你快回家去看看吧。」

「你順便來給她瞧瞧，萬一真的病了呢？馬上就要過年了。」皮發紅對翠竹說完，轉頭對我說，「你跟我回家，在這裏鬧騰什麼。」皮發紅也順便對那些孩子說，「你們這些兔崽子，也都回家去吧，回家幫助爹娘幹點活兒。如果你們把這堵牆擠倒，我就罰你們的爹，大年初一來打牆。」

四

我跟隨著皮發紅和翠竹進了家門。娘兩手沾著麵粉出來，對著父親發牢騷：

「這個家你還要不要了？」

「你這說得是什麼話？」皮發紅不高興地說，「大隊裏工作忙，我能不管嗎？」

「忙什麼？我看你是瞎折騰，家堂軸子，也是隨便燒的？」娘嘟噥著，「不知道多少人背地裏咒你呢，你就等著報應吧！」

「這是公社革委的指示，不是我的發明。」

「你聽到風就下雨。」娘說，「誰家沒有祖先？只有孫悟空是從石頭縫隙裏蹦出來的，其他的人，都是爹娘生養。」

「你就甭給我『大家雀操鴿子，瞎唧喳了。』」皮發紅不耐煩地說，「天下大事，不是你們娘兒們能夠理解的。」

「燒了家堂軸子，掛什麼？」娘不依不饒地說。

皮發紅將腋下夾著的寶像展開，說：

「看看，我把毛主席請回來了。」

我看到，各家繳納家堂軸子時換取的毛主席像，都是一個留著大背頭的標準像，但皮發紅展開的寶像，卻是毛主席去安源時的形象。那時候毛主席很年輕，穿著長袍，留著大分頭，肩上揹著一個包袱，手中提著一把油紙傘。

「怎麼樣？」皮發紅得意地炫耀著。
「這個毛主席很漂亮。」我說。
「不能這樣說毛主席。」皮發紅說。
「主任，如果沒有事，我就先回去了。」翠竹說。
「你不是病了嗎？」皮發紅問我母親。
我母親不高興地說：「你咒我幹什麼？誰告訴你我病了？」
「皮錢告訴我你病了，這不，我把翠竹都搬來了，給你看病。」皮發紅說。
「我沒有病，」我娘說，「我看你才有病，而且病得還不輕。」
「我看你是神經病，」皮發紅說，「翠竹，你也回家收拾收拾吧。」
皮發紅說話時，翠竹已經走到大門口。我娘對著她的背影啐了一口，低聲但很清楚地說：
「革命革命，上邊不要臉，下邊不要腚！」
皮發紅臉色發青，怒衝衝地說：
「王桂花，你說話要小心呢！」
「我不小心你能怎麼樣？」我娘毫不軟弱地說，「才當了幾天主任？就腚溝裏插掃帚——紮煞起來啦！這個折騰法，我看你是兔子尾巴——長不了。我先把這個小話放在這裏擱著，咱們騎驢看唱本——走著瞧！」
「好男不跟女鬥，沒空跟你囉嗦，」皮發紅說，「皮錢，過來，咱們掛像！」

「怎麼掛？」我問。

「就準備好了。」皮發紅從口袋裏摸出一盒圖釘，得意地說，「用這個，按上就是。」

皮發紅站在一條搖搖晃晃的凳子上，往桌子後邊的牆壁上，按毛主席的畫像。我說：

「爹，您可要站穩立場，掉下來，可就麻煩了。」

「你這孩子，怎麼不說過年的話呢？」皮發紅說。

「過年也是四舊，應該革了『年』的命！」我說。

「哎呀，兒子，真是不可小看了你！」皮發紅驚訝地說，「你說得很有道理，不過，公社革委沒有指示，今年這個『年』，咱們還是過吧。」

皮發紅用四個圖釘，把毛主席的寶像釘在了牆上。然後，他和我一起，從炕頭上，把娘做好了的八個供碗，擺放在桌子上。擺筷子時，我說：

「爹，只有毛主席一個人，擺那麼多筷子幹什麼？」

「毛主席一家為革命犧牲了六個親人，他們都要來吃呢。」皮發紅說。

「燒家堂軸子時，你不是說人死了沒有靈魂嗎?沒有靈魂，他們怎麼能來吃？」

「毛主席家的人不一樣。」

「毛主席家的人不是人嗎？」

皮發紅被我問愣了。張口結舌了一會兒，他突然發火，聲色俱厲地吼我：

「你給我閉嘴!問那麼多事幹什麼？」

「我看皮錢問得很好。」我娘在裏屋不冷不熱地說，「連一個孩子的問題都無法回答，你們這個革命，我看也是狗操豬，稀里糊塗。」

「小孩的話，小孩的話最難回答，」皮發紅說，「連孔夫子都被三歲小兒項橐給問短了嘛，何況我。」

「唉唉唉，」我娘說，「皮大主任，你可要注意了，孔夫子可是被你們批判過了的。」

「嗨，我還把這話茬給忘了，可見封建流毒是多麼難以清除！」皮發紅說，「我說夫人，我知道你是高小畢業，認識一千多字，知道小米裏含有維生素，雞蛋裏含有蛋白質，你就別跟我叫勁了。革命，不是挺好嗎？」皮發紅指指院子裏那圈明瓦亮的大金鹿，說，「不革命，能有大金鹿嗎？」又指指娘腿上的條絨褲子，「不革命，你能穿上條絨褲子嗎？」然後問我，「皮錢，你說，革命好不好？」

「很好，好極了，」我說，「革命很熱鬧，革命很流氓，不革命，你哪裏能撈到摸翠竹姑姑的屁股？」

「好啊！皮發紅，你這個流氓！革命革命，革到女人腚上去了！」我娘手持著擀麵棍衝出來，對準皮發紅的腦袋就是一棍——嘭——皮發紅慌忙用手去遮攔——嘭——這一棍打在皮發紅的手骨上——你他娘的還真打——「我打死你這個色鬼！」

皮發紅主任捂著頭竄到院子裏，大聲說：

「王桂花，我要和你離婚！」

「你要是不離，就不是人做的！」我娘怒吼著。

「革命啦！革命啦！」我得意地嚷叫著。

嘭——我聽到自己頭上發出一聲沉悶的聲響，眼前金花亂冒，接著看到王桂花紅彤彤的臉，和那臉上瞪得溜圓的大眼，接著聽到她說：

「小兔崽子，你也不是個好東西！」

嘭——這一棍子也打在了我遮擋腦袋的手骨上。我抱著頭，竄到院子裏。和皮發紅站在了一起。

王桂花抹著擀麵棍衝出來，我跟隨著皮發紅跑出院子，跑出胡同，站在大街上。

五

已經是傍晚時分，大街上冷冷清清，看不到一個人影。皮發紅摸著頭上腫起的大包，怒衝衝地說：

「你這個混蛋小子，我啥時摸翠竹姑姑的屁股了？」

「剃頭的時候，你的手就在她的屁股上，看到我進去，你的手就縮回去了。」

「你一定是看花眼了，小子，」皮發紅語重心長地說，「小孩子，眼睛不要那麼尖，不該看到的事情，不要看。看到了，也不要說。說了對你有什麼好處？你看，我挨了兩棍子，你也挨了兩棍子，是不是？」

「想不到她這麼狠毒。」我摸著頭上的包說。

「狠毒，你才知道她狠毒？」皮發紅說，「不過，再狠毒，她也是你的娘。」

「快過年了，我們怎麼辦？」

「你跟著我，去檢查幾戶人家，在大街上磨蹭一會，等她的氣消得差不多了，咱們就回家去。好不好？」

「好。」我說。

我跟隨著皮發紅，沿著大街，迎著夕陽，往前行走。他那雙大皮靴踢踏著凍得堅硬的地面，發出很大的聲響。臨街的人家，多半都大門緊閉，新貼的對聯，紅紅黑黑，沒有一點喜慶氣氛。有好幾戶人家，竟然貼著白色的對聯。我知道這些貼著白色對聯的人家，新近死了人。往年裏這個時候，早就有鞭炮聲此起彼伏，家家戶戶的大門，也都是敞開著的，因為按照古老的說法，這個時候，正是祖先回家過年的時刻，他們的車馬，發出我們陽世的人聽不到的聲音，從荒郊野外，或者是另外一個繁華世界，彙集到村子裏，各歸各家，院子裏撒著的穀草和黑豆，就是為那些我們看不見到騾馬準備的。這個時候，關著大門，無疑是把祖先關在了門外。那麼，村子裏這條大街上和每條胡同裏，應該是車馬擁擠，那些憤怒的祖先，正在用拳頭敲打著子孫們的大門，並且發出怒吼：不孝的子孫們，開門！也許，他們很能理解人世的變化，今年暫時不回來了。或者，那邊也正鬧著革命，他們也不能夠回來了。我越想越糊塗，索性就不去想這些問題。我父親皮發紅或者是不甘寂寞，或者是忠於職守，在走街的過程中，大聲喊叫著：

「提高警惕，嚴防破壞。掛好寶像，準備過年！」

我感到無聊，也跟著喊叫：

「提高警惕，嚴防破壞。掛好寶像，準備過年！」

當我們行進到村子最西邊那條絕戶胡同時，一股陰森森的涼風，從胡同裏吹出來。我不由地打了一個寒顫，說：

「爹，都說這條胡同裏有鬼。」

「胡說，世界上，從來就沒有鬼。」皮發紅說，「再說了，有鬼怕什麼？無產階級就是專門和鬼鬥爭的。」似乎是為了進一步地安慰我，他指著自己胳膊上的紅衛兵袖標說，「這個是避邪的，我們是毛主席的紅衛兵，毛主席保護著我們呢，你說，什麼鬼不怕毛主席啊？」

「我聽人說，到了半夜時，這條胡同裏就會出來一頭小黑驢，來回亂跑，脖子上的鈴鐸，叮叮咚咚地響。我還聽人說，有一個小貨郎，挑著擔子，來回走，但這個貨郎，只有兩條腿，看不到他的上身。」

「完全是胡說八道。」皮發紅說，「告訴我是誰說的，過了年就開他的批鬥大會。」

這時，一個黑油油的影子，從路邊的一叢蠟條樹中，颼地竄了出來。我噢地叫了一聲，撲到皮發紅的懷裏。皮發紅拍打著我的脊樑說：

「兒子，不要怕。有我呢。」

但我感到，皮發紅的手也在顫抖。我說：

「他們說，這叢蠟條裏也有個鬼。」

「什麼鬼？那是一隻貓。」

我們正說著，聽到背後一個蒼老的聲音，顫抖著、喘息著說：

「是主任嗎？」

我又一次嚎叫起來。皮發紅也猛地轉回身，大吼著：

「是誰?!」

「是我，皮主任，」那個蒼老的聲音說，「我是萬張氏。」

「原來是你，」皮發紅說，「嚇了我一大跳，你不在家裏老實待著，出來幹什麼?是不是想搞破壞啊？」

「瞧您說的，皮主任，我這麼大歲數了，活了今天沒了明天的，還搞什麼破壞？」

「不搞破壞，你出來幹什麼？」皮發紅說。

「我正要去找您，」萬張氏說，「我有事想向您請示。」

「說吧，什麼事？」

「你說，我家的像怎麼掛？」

「你家還掛什麼像？」皮發紅不耐煩地說，「你家是地主成分，兩個兒子當國民黨兵，被解放軍擊斃，你自己說，還掛什麼？」

「可我的二兒子和小兒子是當解放軍被國民黨軍隊打死的。」萬張氏怒氣衝衝地說。

「你家還有兩個兒子當過解放軍？」皮發紅不陰不陽地說，「我怎麼沒有聽說過呢？」

萬張氏從懷裏摸出一個布包，層層解開，拿出兩張發黃的紙片，說：

「這是一九五〇年時，韓區長親手發給我的烈屬證。」

皮發紅接過那兩張紙片，放在眼前胡亂一瞅，隨手扔在了地上，說：

「這玩藝就算是真的，又能怎麼樣呢？你大兒子和三兒子是國民黨士兵，被解放軍擊斃；你二兒子和小兒子是解放軍戰士，被國民黨軍隊打死，正好，兩個對兩個，將功折罪。但你家老萬是地主，你是地主婆，所以，你還是有罪的。劉桂山當支部書記時，不讓你參加義務勞動，是他包庇你，那是不對的。所以，你家過年，沒有資格掛毛主席的寶像，而且，從明天開始，你必須參加義務勞動，你不找我，我還把你給忘記了。」

又是一陣邪風，從絕戶胡同裏颳出來。風裏攜帶著一股子屠戮牲畜的血腥氣味，還有一股子燎燒毛髮的焦糊味道。好像這條胡同裏，有一家屠場。我感到脖子後邊一陣陣冒涼氣，頭皮一炸一炸的。聽人們說，這就是見到鬼之後的生理反應。我緊緊地抓住皮發紅的手，但他不斷地把我的手甩開，好像我這樣做讓他非常反感似的。我只好去揪他的衣角，但他的衣角也不讓我揪，只要我一揪住，他就猛地轉一個身，試圖把我甩開。但恐懼中的我，手上產生了很大的力量，使他無法擺脫我。這樣，我就躲在了他的身後，獲得了一點安全的感覺。我看到，隨著這股邪風的吹到，眼前的景物發生了明顯的變化。原先還算明亮的天，變得昏暗了，原先很熟悉的環境，也變得陌生了。尤其是，適才這個衰老得連站立都不穩的萬張氏，突然變得矯健起來。皮發紅將她的烈屬證扔在地上，邪風吸引著烈屬證往前跳動，彷彿兩個調皮的小精靈，跳跳歇歇，歇歇跳跳。萬張氏顛著小腳去追趕她的烈屬證，嘴巴裏發出慘痛的呻喚：

「我的兒啊～～你們白死了啊～～」

萬張氏追隨著烈屬證進入胡同深處。這正是我們脫身的好時機，但皮發紅卻跟隨著萬張氏進入了胡同，好像鬼附了他的身。我哀求著：

「爹，咱們回家過年去吧？」

皮發紅猛地回過頭，目光炯炯地盯著我。我看到他的眼睛裏噴射出磷火一樣的光芒，在磷火照耀下的那張臉，變得很陌生。我嚇得快要死了，剛想鬆開這人的衣角，撒腿逃跑，逃回家去找我的娘，但這個適才千方百計不讓我抓住他的手的人，卻突然用他的冰涼潮濕的大爪子，緊緊地攥住了我的手。現在是我想掙脫他的手，但他的手牢牢地把握住了我。我只好被他拖曳著，深入了這條絕戶胡同。

為什麼把這條胡同叫做絕戶胡同呢？因為這條胡同裏的人家，不是寡婦，就是光棍，夫妻雙全的，也沒有後代。我們平常裏是輕易不到這條胡同裏來的。但今天，這樣一個特殊的時刻，卻鬼使神差般地來了。萬張氏追趕著她的烈屬證，烈屬證跟她調皮。兒啊～～兒啊～～萬張氏就把烈屬證當成了她的兒子了。這時，迎面來了一個人，手裏舉著一盞紙糊的紅燈籠。從這盞紅燈籠出現那一刻開始，天就完全黑了。

舉燈籠的人，左腳踩住了一張烈屬證，右腳往前一跨，把那張還想逃竄的烈屬證也踩住了。這時，萬張氏也就追到了他的面前。

「皮發青你這個雜種，你把我兩個兒子踩壞了哇～～」

萬張氏的哭叫，告訴我們這個打著紅燈籠把除夕的夜晚迎來的人，就是我父親皮發紅的族弟皮發青。在那個「親不親，階級分」的年代裏，按說我父親應該和皮發青格外親才對，因為皮發青既是我們的本家，上溯三代都是赤貧，那真是房無一間，地無一壟，但皮發青和我父親皮發紅卻天生地不對付，在這個村子裏，最不把我父親這個主任放在眼裏的，就是這個皮發青。

皮發青彎腰從腳底下把那兩張烈屬證撿起來，遞到萬張氏的手裏，說：

「老太太，回家去吧，把這兩張烈屬證掛起來就行了。」

萬張氏拿著自己的烈屬證，顫顫巍巍地走進了自己家那兩間低矮破敗的小屋，這樣的屋，連我這樣的小孩子，都要彎著腰才能鑽進去。

「皮發青，你家的像掛好了沒有？」我父親皮發紅氣洶洶地問。

皮發青把手中的燈籠高高地舉起來，照著我父親的臉，說：

「掛了，是不是想來看看？」

「是的，我就是要看看。」

「那就來吧，」皮發青轉過身，在前面引著路，在胡同裏走了一陣，拐進一條幽暗的小巷。他那盞燈籠射出的光芒僅僅把他身體周圍那一圈黑暗照得昏黃，昏黃之外，是一片漆黑。我們在漆黑之中，頭上是閃爍的群星，和一道道拖著長尾巴的流星。在一個低矮的柴門前，我父親皮發紅突然停住了腳步，問：

「我說皮發青，你打著盞燈籠想去幹什麼？」

「找歪腳印。」

「什麼？」

「找歪腳印啊，每年的除夕晚上，我都要打著燈籠，把我這一年裏留在村子裏各個角落裏的那些走歪了的腳印找回來，然後放在罈子裏收藏起來。」

「簡直是鬼話，」我父親皮發紅說，「我看你是中了邪了。」

「只有鬼是不留腳印的，只要是人，都會留下腳印。」皮發青推開柴門，率先進入，然後問我們，「進來，還是不進來？」

「你以為我怕你嗎？」我父親皮發紅說，「哪怕你是龍潭虎穴我也敢闖！」

我和皮發紅跟隨著皮發青進了他家的院子，發現院子兩側豎立著許多紙人，這些紙人，都是在「文革」初起時，村子裏遊行時紮製的象徵著那些著名的壞人的傀儡。想不到這些傀儡都集中到這裏來了。皮發青高舉起燈籠讓我們把傀儡們看清楚，嬉笑著說：

「他們正在開會呢。」

進了堂屋，他舉起燈籠，照著那副已經高高掛起的家堂軸子。那上邊，那些穿著蟒袍戴著烏紗帽的人們，用仇視的目光盯著我們。

「好啊，」我父親皮發紅惱怒地說，「皮發青，你竟然敢抗拒公社革委的指示，私自藏匿家堂軸子，並且膽敢掛起來！你趕快給我摘下來，換上毛主席的寶像。」

「本來我也想掛毛主席的寶像，」皮發青說，「但我昨天夜裏做了一個夢，夢到毛主席對我說，『皮發青啊，你們想掛我的像也可以，但不要把我的像當成你們的家堂軸子。你們的家堂軸子上，都是死人啊。你們把我的像掛在家堂軸子的位置上，擺上供品，你們這不是咒著我死嗎？告訴我，這個主意是誰出的？他想幹什麼？』」皮發青嚴肅地看看皮發紅，點點頭，繼續說，「我一琢磨，可不是嘛，把毛主席當家堂軸子掛，就是把毛主席當成死人嘛！這是什麼性質的問題？你這個大主任，掂量掂量吧！」

這時，一陣陰涼潮濕的風從院子裏颳進來，那些排列在院子兩側的紙糊的大人物發出一陣簌簌羅羅的聲音，中間似乎還夾雜著嗤嗤的冷笑。我的頭髮直豎起來，脊樑溝裏冷颼颼的。那個紙糊的燈籠上的紅紙，被裏邊的蠟燭引燃，變成了一個火球，轉眼間燒光，熄滅，屋子裏一團漆黑。在火光最明亮的那一個瞬間，我看到家堂軸子上那些人，一個個橫眉豎目，下巴上那些美麗的鬍鬚，都紮煞起來。我不由自主地怪叫一聲，轉身就跑，但額頭撞在了門框上，一陣頭暈目眩，一腚坐在地上。這時候，我聽到黑暗中，一聲脆響，分明是一個人的腮幫子，被另外一個人狠抽了一巴掌。那麼，只能是皮發紅的腮幫子被皮發青抽了一巴掌。我聽到皮發紅喊叫著：

「你竟然敢打我?!」

緊接著又是一聲脆響，皮發青也喊叫起來：

「你竟然敢打我?!」

「我沒有打你！」

「我根本就沒動手！」

皮發紅點燃了一根火柴，火光中那家堂軸子上的人，仿佛隨時都會從畫面上跳下來。皮發青的鼻子裏，流出來兩道綠油油的血，眼睛裏閃爍著綠色的磷火，就像被逼到絕境的貓眼裏發出的那種光芒。

皮發紅拉著我的手，逃出了皮發青家的堂屋，在他家院子裏，那些紙人渾身哆嗦著，仿佛要跳起來攔阻我們。我們奪門而出，聽到身後一片紙響。

在這條絕戶胡同裏，萬張氏打著一盞紅燈籠，來來回回地走，一邊走，一邊低聲地叫喚著：

「兒啊，兒啊，回家來過年啦~~」

六

正月裏，村子裏流傳著一個神秘的傳說，這個傳說竟然與我們家有關。說半夜時分，當大隊廣播室裏播放出《東方紅》的樂曲告訴大家辭舊迎新的時辰到了時，說在革命委員會主任皮發紅家的院子裏，出現了一群穿著軍大衣戴著大口罩的人。說其中一個人，身材高大而魁偉，雖然戴著一頂八角帽子但也遮不住他那寬闊智慧的額頭，說這個人邁著沉重緩慢的步伐走進皮發紅的家，看到了掛在家堂軸子位置上的寶像，和寶像前供奉著的東西，發出了一聲冷笑，摘下口罩，顯示出那顆著名的福痦，用濃重的湖南口音說：

「皮發紅，我還沒死呢，你們就把我供起來了！」

說我父親皮發紅噗嗵一聲就跪在了地下，磕頭好像雞啄米。

小說九段

一　手

她伸出一隻手，讓我們輪流握過，然後幽幽地說：「我的手，原來很好看，但現在不好看了。我的手好看的時候，連我自己都看不夠。那時候沒有手套，村子裏的人誰也沒有戴過手套。我用羊毛線給自己編織了一副。我的男人很生氣，說：自從盤古開天地，三皇五帝到如今，我們這裏，還沒有人戴過手套。你的手，有那麼嬌貴嗎？他把我的手套扔到火塘裏燒了。但很快我就又織了一副。我對他說，如果你把這副燒了，我就會離開你。」

我們舉起相機，拍她伸出的那隻手。那隻手在透過窗櫺射進的陽光裏，泛著溫暖的黃色光芒，讓我聯想到某種植物的乾癟的地下根莖。一股氣味彌漫開來，像陳年的臘腸。剛開始這氣味讓我們感到刺激，有人打噴嚏，但一會兒就習慣了。她抬起頭，說：「你們拍我的手，按說應該給我一點錢，或者是一點好吃的東西。我的手是很值錢的，不能隨便拍。但是我今天不要你們的錢，也不要你們的東西。我一直肚子痛，今天沒痛，我很高興，所以不要你們的錢也不要你們的東西。你們隨便拍。你們運氣很好。我的手，是全世界最好看的手，這不是我自吹，這是馬司令說的。馬司令有很多女人，見過很多女人的手，他的話有份量，你們應該相信。我對我男人說了那些話後，他再也沒有燒我的手套，他不但不再燒我的手套，他還去殺豬的人家討來豬的胰臟，用燒酒浸泡了，讓我保養手。那東西有一股怪味，起初聞不慣，聞慣了就再也離不開了。那東西擦手真是好，我五十多歲時，身上的皮膚都起了皺，變粗了，變柴了，但我的手還是那樣細嫩，村子裏那些大閨女的手，摸起來也不如我的手好。我丈夫後來到山外邊當了官，折騰得不行了，回來找我，我摸摸他，他就好了。他嘴巴碎，出去胡亂說，就傳開了。他帶著一個比他大很多級的官來找我摸，我不摸。丈夫打我。我說：你殺了我我也不摸。他搖搖頭，說：你是對的，我們不摸，如果你摸了，我就是畜生了。於是他就辭官回了家，一直到死也沒離開……」

她的聲音漸漸低了，話語也含糊起來，那隻一直舉著的手漸漸低垂下來。我們聽到了響亮的鼾聲，她睡著了。她的頭垂到胸前，像一隻打盹的母雞。

二　脆蛇

陳蛇說，有一種蛇，生活在竹葉上，遍體翠綠，唯有兩隻眼睛是鮮紅的，宛如一條翠玉上鑲嵌著兩粒紅色的寶石。蛇藏在竹葉中，很難發現。有經驗的捕蛇人，蹲在竹下，尋找蛇的眼睛。

這種蛇，是胎生，懷著小蛇時，脾氣暴躁，能夠在空中飛行，速度極快，宛如射出的羽箭。如果你想捕懷孕的蛇，十有八九要送掉性命。但這種蛇不懷孕時，極其膽小。人一到牠的面前，牠就會掉在地上。這種蛇身體極脆，掉到地上，會跌成片段，但人離去後，牠就會自動復原。有經驗的捕蛇人，左手拿著一根細棍，輕輕地敲打竹竿，右手托著一個用胡椒眼蚊帳布縫成的網兜。蛇掉到網兜裏，直挺挺的像一根玉棍。這時要趕緊把牠放在酒裏浸泡起來。

陳蛇是一個很有資歷的捕蛇人，他的祖先跟唐朝那個著名的詩人柳宗元是很好的朋友，柳的名文〈捕蛇者說〉寫的就是他的祖先。陳蛇曾經給我詳細地講述過這種脆蛇的藥用價值，和他親眼目睹過的這種蛇斷成碎片然後又恢復原狀的全部過程。

陳蛇最終還是被毒蛇咬死了。在他的葬禮上，我突然想起來一個問題：那種脆蛇，懷孕時脾氣暴躁，不懷孕時性格溫柔，這說的是雌蛇，雄蛇呢？雄蛇是什麼脾氣？——陳蛇無後，我的問題，只怕是永遠也沒人能夠回答了。

三　女人

我哥哥用騾子馱來一個年輕女人，兩道眉毛幾乎連成一線，眼睛很黑，看上去很憂傷。哥哥對我說：「弟弟，這個女人，是我們共同的媳婦。將來她生了孩子，也是我們共同的孩子。」

那時我只有十六歲，見到女人就羞得滿臉通紅。我哥上山去砍柴，剩下我們倆在家。她教會了我和她睡覺，讓我知道了男人和女人睡覺，是天底下最好的事。自從和她睡了覺，我心裏就把她當成了親人，有什麼話都對她說。她說什麼話我都認真聽著，我看著她的眼睛，摸著她的手，從來不嫌她囉嗦。後來，我哥被狼禍害了，她就成了我自己的女人。我哥死後的第三天，我想和她睡覺，她說不行。但到了第四天晚上，月亮出來的時候，她在黑暗中摸摸我的手，說：「來吧。」我問她：「你不是說不行嗎？」她說：「昨天不行，今天行了。」

四　狼

那匹狼偷拍了我家那頭肥豬的照片。我知道它會拿到橋頭的照相館去沖印，就提前去了那裏，躲在門後等待著。我家的狗也跟著我，蹲在我的身旁，脖子上的毛聳著，喉嚨裏發出嗚嗚的聲音。照相館的女營業員一邊用雞毛撣子撣著櫃檯上的灰塵，一邊惱怒地喊叫：「把狗轟出去。」我對狗說：「老黑，你出去。」但我的狗很固執，不動。我揪著牠的耳朵往外拖牠，牠惱了，在我的褲子上咬了一口。我指著褲子上的窟窿對那個女營業員說：「你看到了吧？牠不走。」女營業員看看牠，沒說什麼。上午十點來鐘，狼來了。牠變成了一個白臉的中年男子，穿著一套洗發了白的藍色咔嘰布中山服，衣袖上還沾著一些粉筆末子，看上去很像一個中學裏的數學老師。我知道牠是狼。牠無論怎麼變化也瞞不了我的眼睛。牠俯身在櫃檯前，從懷裏摸出膠卷，剛要遞給營業員。我的狗衝上去，對準牠的屁股咬了一口。牠大叫一聲，聲音很淒厲。牠的尾巴在褲子裏邊膨脹開來，但隨即就平復了。我於是知道牠已經道行很深，能夠在瞬間穩住心神。我的狗鬆開口就跑了。我一個箭步衝上去，一把就將膠卷奪了過來。櫃檯後的營業員驚訝地看著我，打抱不平地說：「你這個人，怎麼這樣霸道？」我大聲說：「牠是狼！」牠裝出一副可憐巴巴的樣子，無聲地苦笑著，還將兩隻手伸出來，表示牠的無辜和無奈。營業員大聲喊叫著：「把膠卷還給人家！」但是牠已經轉身往門口走去。我知道只要牠一出門就會消失得無影無蹤，果然，等我追到門口時，大街上空空蕩蕩，連一個人影也沒有，只有一隻麻雀在啄著一攤熱騰騰的馬糞。從不成個的馬糞上，我知道這匹馬腸胃出了問題，餵一升炒麩皮就會好……

等我回到家裏時，那頭肥豬已經被狼開了膛。我的狗，受了重傷，蹲在牆角，一邊哼哼著，一邊舔舐傷口。

五　井臺

他把毛驢拴在棗樹下，驢駒子便撲上來吃奶。母驢似乎有些煩，躲閃了幾下，就任著驢駒子吃。他從樹邊的井裏提上一木桶清水，脫下衣裳，用水瓢舀著水，從頭上往下澆。水很冷，他打著噴嚏，抖動著身體。母驢定定地看著他，彷彿有什麼話要說。這時，一個黑臉的胖大婦人，提著木桶來到井邊，站在他的面前，冷冷地說：「你可真夠涼快的！」他一怔，手中的水瓢掉在地上，臉上浮現出羞愧難當的表情。婦人說：「還記得去年你幹過的事情嗎？」他搖搖頭，說：

「我當時喝多了，像做夢一樣。」婦人道：「男女的事，本來就是做夢，你還爭辯什麼？」他從地上抓起一把驢糞，說：「你說得對，我不應該爭辯。」接著他就把驢糞掩到嘴巴裏，嗚嗚嚕嚕地說：「我不爭辯了，一切聽你的，你說吧。」那女人搖搖頭，道：「你連驢糞都吃了，我還說什麼呢？我不說了。」

六　貴客

很多年前，一個冬日的逢集的上午，家裏來了一個神秘客人。他頭戴著一頂油膩發亮的反邊毡帽，帽耳上縫著兩塊白色的兔皮。眼瞼紅腫，眼角上夾著黃眵，看上去很是噁心。我的祖父，這個往常裏桀驁不馴的人，在這樣一個糟老頭子面前竟然畢敬畢恭，讓我們感到詫異又感到忿忿不平。那個人就這樣在我家住了下來。他在我們家肆無忌憚地抽煙、吐痰，把鼻涕抹在我們家的門框上，還在飯桌前響亮地放屁。我們偷偷地在母親面前表示對這個人的反感，乃至憤恨，希望母親告訴祖母，祖母再轉告祖父，把這個老傢伙盡早地從我們家裏轟出去。但母親嚴肅地說：「閉上你們的嘴巴！如果我再聽到你們說這樣的話，就用針把你們的嘴巴扎爛。」母親從牆上拔下那根縫麻袋用的、生滿了紅鏽的大針，在我們面前比劃著，讓我們意識到這個問題的嚴重性。這個人到底是什麼來歷，他為什麼可以這樣放肆地在我們家住下來？母親不回答，只是把那根大針在我們面前再次晃動著，警告我們閉嘴。過了幾天，我們的嬸嬸，終於忍耐不住了，在做飯的時候，低聲地發起牢騷來。母親對嬸嬸擺手制止。過了幾天，那個人還沒有走的意思，不但不走，對飯食也挑剔起來。他還嫌廂房裏炕太涼，要求給他好好燒炕。嬸嬸在廂房的炕洞裏塞滿了碎草，還抓上了一把六六六藥粉，濃煙滾滾，嗆得他像一隻吃多了鹽巴的老山羊一樣吭吭地咳嗽。爺爺和奶奶慌忙跑去安慰，並批評嬸嬸。嬸嬸挨了罵，心中不平，嘈雜地罵起來。叔叔為了讓爺爺下臺，打了嬸嬸幾下子。家裏大亂，但那個老傢伙，就像聾了似地，一聲不吭。為了給他改善伙食，爺爺把家裏的一輛膠皮軲轆小推車推到集上去賣了，換回了白麵和肉，還打回來三斤燒酒。他喜笑顏開，說好酒好酒。讓我用一把小錫壺溫酒，酒著了火，燎了我的眉毛。他倒了一盅酒給我，說：「小伙子，來，壓壓驚！」我漸漸地對這個人有了好感，感到他很瀟灑。他大碗喝酒，大口吃肉，祖母的腮幫子不停地抽動著，知道她心中很疼。但祖母和爺爺還是硬擠出笑臉，偽裝出慷慨大度的樣子，讓他吃。那人剛開始時也讓祖母和祖父吃，但祖母和祖父如何割捨得吃？我在炕前轉來轉去，希望能吃點。但那人只顧自己吃，全不把我放在眼裏。嬸嬸牢騷滿腹，說從哪裏揀來了一個老祖養著。他吃光了我們家那輛獨輪車，又開始打量我們家那幾隻母雞。爺爺毫不猶豫地說：「殺雞！我們殺雞。」他吃完了我們三隻雞。一天上午，他終於說：「我要走了。」但祖父和祖母卻挽留他再住幾天。他也就順水推舟地說：「好吧，那我就再住幾天吧。」母親悄悄地對祖母說：「娘啊，拿什麼給他吃啊？」祖母為難地說：「那就把你的體己錢拿出來吧。」母親將她訂婚時的四塊大洋，和我們兄弟小時戴過的銀脖鎖，拿出來，讓大哥拿到供銷社裏賣了，換回來十幾元錢。叔叔去集上買回來幾斤肉骨頭，砸碎了，包成包子。給他吃。他瞪著眼問：「肉呢？肉被誰吃了？」嬸嬸在窗外大聲說：「肉被狗吃了！」他說：「狗走遍天下吃屎，狼走遍天下吃肉。」嬸嬸說：「狗也吃骨頭！」爺爺用煙袋鍋子敲著窗櫺呵斥：「你給我閉嘴！」嬸嬸不服，繼續吵吵。叔叔跑出去踢了嬸嬸一腳。嬸嬸回到娘家，發誓不再回來。嬸嬸的父親，來到我家，說我倒要見見你們家這個貴客，倒底是何方神聖。嬸嬸的父親，我們也叫姥爺的，是飽學鄉儒，讀過四書五經，解放前教過私塾，在鄉里很有威望。吃飯時，他引經據典，嘲弄這個人。但這個人只是說一些莫測高深的話，不直接跟姥爺交鋒。姥爺急了，說：「你知道什麼叫厚顏無恥嗎？」他笑了，說：「你是說我厚顏無恥吧？」

姥爺在院子裏，大聲地教訓祖父和祖母，說他們軟弱，說你們倒底欠著人家什麼？或者是有什麼把柄落到人家手裏了？如果沒有把柄，那就轟走他。

他是初春時到我家，一直住到桃花盛開的初夏。他提出要求，讓我們家給他做一套單衣。還要好的布料。他托著換下來的棉衣，對我母親說：「侄媳婦，你給我拆洗一下，縫好，我好冬天時穿。」母親把他的骯髒的棉衣拆了，洗了，重新給他縫起來。他一再讚歎說：「侄媳婦真是好針線！」

在一個下雨的早晨，他把棉衣打成一個包裹，要去我們家那把畫著許仙遊湖的油紙傘，沿著河堤走了。我們站在河堤上，目送著他，直到他的背影被樹林遮住。

七　翻

「賢弟，」我小學時的同學，現任我家鄉那個鎮的黨委書記王家駒在電話裏憂心忡忡地對我說，「賢弟啊，愚兄碰上麻煩事情了……」

我基本上可以猜到我的這些當了官的同學碰上的麻煩是什麼，因此就輕描淡寫地、含含糊糊地說：「老兄，沒有什麼大不了的，女人嘛……」

他著急地說：「賢弟，你想到哪裏去了？如果是那樣的事情，我何必找你？」

「到底是什麼事？」我從他的口氣裏，似乎感到了他遇到的問題的嚴重性，便說，「只要是我能幫上的……你儘管說……」

於是我的這位小學同學，就在電話裏，給我講述了他碰到的麻煩事情。

我這位同學的妻子，是我們的小學同學宋麗英。他們的結合是門當戶對的。王的父親是公社黨委副書記，宋的父親是供銷社的黨總支書記。他們都是吃商品糧的，中學畢業後都參加了工作。他們這樣的人，按說是不允許生第二胎的，但我這兩位同學卻生了第二胎。當時的政策是，夫妻雙方如果都是吃商品糧的，如果要想生第二胎，只有第一胎生了殘疾或是智障的孩子才可以。他們二位第一胎生了一個女孩，過了三年後，他們又生了第二胎，這一胎是個兒子。儘管我們都知道他們的女兒是個又聰明又漂亮的女孩，但對外他們卻說這個女孩是個智障。前幾年我探家時，父親經常對我誇獎我這兩個同學。其時，王家駒是我們鎮的鎮長，他的妻子宋麗英是我們鎮供銷社的副主任。我父親說：你看看人家王鎮長，多麼聰明，硬是撿了一個大胖兒子。我父親對我堅決執行國家的獨生子女政策很有意見。我說，他們就不怕別人去告他們？我父親說：誰去傷這個天理呢？

「賢弟，」王家駒憂心忡忡地說，雖然是電話千里傳音，但我彷彿看到了他愁容滿面的樣子，「你是知道的，我的那個兒子，名字叫小龍的，今年五歲，長得胖頭大臉，人見人愛，四歲時就能背誦五十多首詩歌，還會唱十幾首歌曲，像那首《我家住在黃土高坡》，那是多麼高的調門？一般人根本唱不上去，可是小龍就能唱上去，還有形有架的，很像個小小歌星，可是這個孩子，最近得了一個怪症候，翻東西。就是見到什麼都要翻過來。最早是把一個氣球翻了過來，這沒有什麼，氣球，小孩子都翻過，接著就把一雙襪子翻了過來，這當然更正常，甚至可以說是好習慣。接著把枕頭翻了過來，弄得滿床都是蕎麥皮。蕎麥皮裏有很多蟲子，一種黑色的蟲子。我想也許是蟲子在枕頭裏齧咬蕎麥皮發出的聲音被他聽到了，小孩子好奇，於是他就把枕頭給翻了過來。這不是壞事，甚至也可以當成好事，要不是他，我們每天都枕著蟲子睡覺，要是鑽到耳朵裏去幾個，那就不得了了是不是？前幾天下雨，灌出來許多蚯蚓，他把那些蚯蚓，像翻鵝腸子一樣通通翻了過來，弄得雙手腥臭無比。暑假時，他到姥姥家去住，把他姥姥家的幾隻母雞，也全部翻了過來。翻出來內臟，還不甘休，接著把那些臟器和腸子，統統地翻過來。彷彿他要從裏邊尋找什麼東西。他姥姥嚇壞了，打電話讓我們去領孩子。趁著這工夫，他把姥姥鄰居家的一隻小狗也給翻了過來。我老岳母一見我就說：『快快領走，你們的孩子瘋了。』我看到那些死得很慘的母雞，和那條肝腸塗地的狗，趕快掏出錢來息事寧人，並做張做式地打了兒子一巴掌，他沒有哭，仿佛沒有感覺到我打了他。他的眼睛怔怔地盯著那頭拴在木樁上的騾子，仿佛在盤算著該從哪裏動手把這個大傢伙也翻過來。我把兒子帶回家，嚴肅地教育他，並威脅他如果再敢亂翻東西，就剁掉他的手指。他撇著嘴，手裏翻著一個玩具狗熊，哭了。夜裏，我突然感到肚子上癢癢的，睜眼一看，是我的兒子，用指頭在我的肚子上比量著，我知道他是想把我翻過來。我一巴掌就把他搧到了床下。他哇哇地哭著，順手把一隻鞋子翻了過來……賢弟，你說怎麼辦？」

八　船

月光，樹下，男人和女人在一起。他們的影子暗淡，與樹影重疊，看上去很神秘。一隻鳥在樹上撲棱翅膀。湖中銀光閃閃，有人在水中游泳，頭皮光溜溜的，看上去像漂浮在水面的西瓜。有一艘船從遠處划過來，船上點著燈籠，有女人在船上吹簫，伴著簫聲歌唱的也是女人。漸漸地近了。可以看到船頭上搖櫓的那人亮晶晶的鼻子、閃著釉光的胳膊。越來越近。仿佛是從明朝搖到現代。吹簫的和唱歌的女人，穿著那已經看厭了的古裝，精緻的繡花衣裳，質地很光滑，月光在上邊流淌。女人的臉有些模糊，但輪廓很美。船上沒有客人，不知道她們為誰吹奏為誰歌唱。船更近了，與那個探到湖中的木棧橋連接在一起，簫聲和歌聲也停了，有餘音在水面上繚繞。船夫手扶著櫓把子，將左腿抬起，放在右腿的膝蓋上。船似乎在等人，不著急，很悠閒。樹下的男女原本是擁抱著的，這時分開，手拉著手，走上棧橋，跳到船上去。看來他們與船家早有約定。

船慢慢離開，船後被攪動的水面，像跳動的水銀。船上又起來音樂，簫聲，歌聲，有幾分淒涼，似亡國之音，但更多的是一種頹唐的懷舊情調。那個一直坐在岸邊、借著月光夜釣的人，長歎一聲，知道自己已經很老了。

九　驢人

老莫跟隨著熙熙攘攘的遊客，繞著著名的歌劇院轉了一圈。天很藍，海水很綠，歌劇院很宏偉，但老莫也就是看看而已，並沒有太多的感受。在歌劇院附近一條小巷的拐角，老莫看到了一個用逼真的驢皮道具把自己打扮成驢子的人。老莫起初真的以為那是一頭驢子，仔細觀察後，才明白那是一個人。那驢人後腿跪在地上，前腿——姑且稱為前腿吧——撐在地上，對著來往往的觀光客叩頭。老莫想：世上常見人頓首，今日始見驢叩頭。遊客們多半昂首而過，仿佛這頭驢人是路邊的一處毫無新意的景物。也有個別的遊客瞥他一眼，然後走過去。當然也有人，從口袋裏摸出零錢——多半是硬幣——彎一下腰——也有根本不彎腰的——扔在驢人面前的搪瓷盤裏。如果是硬幣就會發出清脆的聲響。每當有人施捨，驢人的叩頭的動作就更大更頻。

老莫被這個具有驚愕效果的驢人打動了心，掏空了口袋裏的硬幣，放在他面前的盤子裏。硬幣落盤時發出了叮叮噹噹的聲音。驢人把跪在地上的後腿直立起來，屁股高高撅起，對著老莫頻頻鞠躬。老莫在農村時養過驢，知道做為一頭驢，這樣四肢直立是最輕鬆的姿勢，但他想到藏在驢皮裏的人，馬上就彷彿感同身受了一樣，知道這種姿勢較之後腿跪地更為吃力。那也就是說，藏在驢皮裏的人，為了感謝老莫的施捨，就像賣藝者拿出絕活一樣，把最高級的姿勢展示出來。想到此老莫心中湧起了一陣感動，心中洋溢著對驢人的好感。老莫再次掏口袋，沒有硬幣了，就把一張面值五十的澳元在驢頭前晃了晃，然後輕輕地放在磁盤裏。儘管沒有施捨硬幣那種清脆響亮的效果，但驢人卻猛然地直立了起來，將雙蹄抱在胸前，對著老莫作揖，並同時發出了嘹亮的、高亢的驢叫聲。老莫養過驢，對驢叫自然不陌生。這個人叫得比真驢還好，真是可惜了一條好嗓子。在歌劇院旁邊的小巷拐角處，一個蒙著驢皮的人，有一條比毛驢還要好的嗓門。老莫想反正明天我就要回國，索性把兜裏的澳元全部給他得了。於是就給了。老莫想也許這個人會從道具中露出頭來，向他表示感謝，也許這還是一個熟人，也許這還是一個女人，也許……但那驢人並沒有因為老莫的慷慨施捨而顯身。老莫悻悻地回到賓館，但他知道驢人是對的。你可以施捨，也可以不施捨。他可以顯身，也可以不顯身。這是規矩。

夜裏，老莫夢到自己成了一頭驢，在歌劇院附近的廣場上乞討。人們從他面前昂然而過，沒有人理睬他。只有一個名叫小熊的女子將一枚硬幣投過來。硬幣落到瓷盤裏，發出清脆悅耳的聲響。老莫透過面具，看到了她那張全世界最美麗的臉。小熊啊……老莫大喊，眼淚奪眶而出，濕了枕巾。

養兔手冊

她腳上穿著一雙褐色的翻毛皮鞋，前頭已經磨禿發亮，左腳那隻還開了綻。靠在她身邊那個小女孩，一頭亂蓬蓬的黃髮，約有七、八歲的樣子。女孩伸出兩個攥緊的小拳頭，放在她的面前，說：「猜！」她漠然地指指女孩的左手。「又錯了！」女孩歡叫著張開右手，顯出手心中的一顆粉紅色的糖豆，然後把糖豆掩在嘴裏。「別吃了，」她撥弄了一下女孩的手，說，「看看你這口爛牙，還吃。」「誰讓你猜錯了呢？你猜對了我就不吃了。」女孩振振有詞地說著，又把兩個小拳頭伸到她的面前，說，「你猜。」「我不猜！」「你猜嗎——」「不猜！」……女孩用穿著紅色人造革靴子的腳，笨拙地踢著她的腿。她把女孩攬住，按在座位上，說：「別鬧了，看，司機來了，要開車了。」

汽車駛出車場，在通往鄉下的大道上，哞哞地吼叫著加速，顛簸著快了，更快了，路邊的樹開始往後倒了。女孩跪在座位上，臉貼著玻璃，看外邊的風景。我咳嗽了一聲，低聲說：「江秀英，老同學，不認識我了？」江秀英沒有回答我的問話，只是對著我笑了笑。車鑽進鐵路下的涵洞，她微笑著的大臉盤開放在幽暗的車廂裏，宛如一朵葵花。

其實心跳、臉紅都是自做多情的表現，在江秀英的心目中，我這個小學同學，大概連新華書店門市部門前那棵歪脖子柳樹都不如。二十年前，我當兵提幹後第一次回來探家，聽說江秀英在新華書店賣書，就穿著嶄新的軍裝騎車進縣城見她。我在軍裝裏邊套了一件雪白的的確良襯衣，襯衣的領口從軍裝的領口裏露出來大約一釐米。我的腳下還穿了一雙三接頭的黑色牛皮鞋，擦得能夠照清人影。為什麼我的皮鞋能夠照清人影？因為我發明了一種擦皮鞋的方法：將鞋油攤到鞋面上後，再滴上兩滴醋，然後用鞋刷子蹭十分鐘，再用綢布蹭十分鐘。除了新軍裝、新襯衣、亮得如同鏡面的牛皮鞋之外，我還戴了一塊鍾山牌手錶。手錶儘管是借了戰友的，但是我既然已經提幹，買塊手錶是遲早的事兒。為了讓手錶顯出來，我將袖口挽上去一截。這也是人之常情，「留分頭的不戴帽，鑲金牙的開口笑」，戴手錶的自然要挽袖子，否則那手錶不是白戴了嘛！我自認為打扮得已經完美無缺，而且在路上我感到很多女人當然也有男人都用熱辣辣的目光看著我。女人看我是喜歡我，男人看我是羨慕我或者是嫉妒我，他們的目光大大地增強了我的信心。進了新華書店門市部，果然看到她站在兒童讀物專櫃前，瞇縫著眼睛，目光迷茫，不知道在想什麼。她的表現讓我很失望，激動不安的心情頓時冷卻下來。我在路上想像著，當我英姿勃發地出現在她的面前時，她一定會從櫃檯裏竄出來，情不自禁地抓住我的手，使勁地搖晃著，用她的清脆的像銅鈴一樣的聲音說：哇！皮匠，是你？或者，更誇張一點，她會大叫一聲，身體搖晃著，然後昏倒在地……但事實上她既沒有跳出來抓住我的手大喊大叫，更沒有昏倒在地，她瞇縫著眼睛，目光迷離，好象一隻正在胡思亂想的母兔子。我故意地咳嗽了一聲，想把她從迷茫中喚醒，讓她注意到我的到來，但她毫無反應，依然是一臉母兔子表情。我很想走到她的面前，用自認為很標準的普通話對她說：江秀英同學，難道你不認識我了嗎？我是皮小江，皮匠呀，老同學啦！但是她的冷漠表情嚇退了我。我低下頭，走到農業知識專櫃前。農業知識專櫃前的那個瘦得像一根電線桿的姑娘滿面笑容地對我打招呼：解放軍同志，想要什麼書？儘管這個瘦姑娘的笑臉不好看，但畢竟是笑臉，不能不理。我將目光投射到她身後的書架上，看到了一本名叫《養兔手冊》的小書，就指了指，說，要那本，養兔子的。她滿面狐疑地將那本養家兔的書取給我，臉上的笑容基本上消失乾淨。我翻閱著手冊，好像看得很專注，其實我的全部心思都在身後的兒櫃那裏，都在江秀英的身上。我翻閱著兔子書想著江秀英，安慰著自己，江秀英肯定不是故意地冷落我，十幾年前，我還是個穿著破棉襖流鼻涕的醜八怪，現在我是一個英武的軍官，如此大的反差，她怎麼可能認出我？我掏出錢買了這本我並不需要的書，然後，故意地提高了聲音，問眼前的瘦姑娘：請問同志，你們這裏有沒有一個江秀英？瘦姑娘瞪圓眼睛，問我：你認識她？我說我們是小學同學，十幾年沒見面了。瘦姑娘說，遠在天邊，近在眼前，她對著我身後努努嘴，說那不就是江秀英嘛！然後她就大聲說：江秀英，你看看這是誰？我急忙轉回身，往前跨了幾步，問：江秀英，還認識我嗎？她淺淺地一笑，腮上出現了兩個已經變長的酒窩，然後她的那張臉就就恢復了冷漠。她的嘴唇動了動，仿佛要說話，但終究沒說。我感到滿臉發燒，手足無措，並不是因為羞澀，而是因為尷尬。我抱著滿腔的熱情來看她，腦袋裏存在著許多美麗浪漫的幻想，但她僅僅是一笑了之。我痛感到我是熱臉貼在了冷屁股上，自尊心受到了巨大的傷害。那一刻我的處境真是難受，我沒回頭就好像看到了瘦姑娘臉上的冷笑。但我終於找到了一個解脫自己的方法。我說：買本書。她問：哪本？我胡亂地往書架上指指，說：那本。她拿起一本，問：是這本嗎？我說：對，是這本。她說：三毛六。我給了她一元錢，她找給我六毛四。然後她在書的背面蓋了一個新華書店的紀念章，就把書給了我。我接過書，說：謝謝。然後我就目不斜視地走出了書店。我跨上自行車，發瘋般地竄出了縣城。車子的前輪壓在一塊石子上，猛地一跳，連人帶車，摔倒在地。當我迷迷糊糊地從沙石路上爬起來時，手掌上滲出了鮮血，軍褲膝蓋處，破了一個拳頭大的窟窿。哎喲我的軍褲啊！我將自行車拖到路邊，一屁股坐下，很想哭，但是哭不出來。我心中恨恨地想：江秀英，你不就是一個新華書店的售貨員嗎？有什麼了不起？你不理老子，老子還不理你呢！心中暗暗地恨著，騎上車子趕路，但江秀英那一輪圓月般的臉盤和那兩隻長得很開的大眼睛以及腮上的酒窩固執地在我的腦海裏晃動著，其實我忘不了她，更恨她不起來。在回家的路上，我碰到了當時正在公社報導組裏混事的孫黃，他騎著一輛破車子，車子的前輪胎破了，用一根白色的牛皮繩子捆紮著。車子沒有鏈盒，可能是怕把褲腳絞到鏈子裏，他將一條褲腿高高地捲起來，看起來很滑稽。他見到我，從車子上蹦下來，抓住我的手，激動地搖晃著。他說，夥計，你混好了，咱們那班同學，數你混得好。我說你混得也不錯說，什麼呀，報導員，像一個狗腿子，還是個臨時的。我說：你也可以去當兵嘛，部隊裏喜歡耍筆桿子的，你如果當了兵，用不了兩年就能提幹，我給你打包票。他沮喪地說：我血壓高，還是色盲，當兵這條路，這輩子是走不通了。然後他問我去縣城幹什麼，我說去買了兩本書。他興奮地說：見到江秀英了沒有？見到宋寶森了沒有？他們都在新華書店工作。我說沒見著。他說，這兩個人正在談戀愛呢。這怎麼可能？我說。這怎麼不可能呢？孫黃說，噢，你大概還記得那件事，聽說起初江秀英不太願意，後來宋寶森把自己的一根手指剁下來，她就願意了。接著他又說：人家都是吃商品糧的，跟我們這些莊戶孩子不一樣。我說，吃商品糧有什麼了不起？他愣了一下，說，對對對，你也是吃商品糧的了，提了幹就是國家的人了，你現在完全可以跟宋寶森拚一拚了，要不要我給你們牽牽線？我說，你胡說什麼？人家江秀英是大美人，我這張臉如何配得上？他說：男人不靠臉，靠地位，你老兄回去好好混吧，混到個營長，別說江秀英，就是咱們縣劇團裏的于麗莎也會跟在你屁股後邊打轉轉！于麗莎是我們縣劇團的演員，在《紅燈記》裏演鐵梅，號稱全縣第一美人。我說夥計別大白天說夢話了。他說怎麼是說夢話呢？只要努力，這是完全可能的，就看你努力不努力了。

可惜我剛混到連長就轉了業，起初安排在縣機械廠當武裝部幹事，武裝部撤銷後，又去當保衛股幹事，後來工廠倒閉，我就下了崗，現在我是一個修鞋的，我的爹會修鞋，我的外號「皮匠」就是這樣來的。原來我想這輩子可以不必再幹這個下賤的職業，想不到人到中年後，為了生計，我只好子承父業，成了一個手藝不錯的修鞋匠。而我的同學孫黃，在這將近二十年間，由報導員而新聞幹事，由新聞幹事而團委書記，由團委書記而公社黨委書記，由公社黨委書記而縣委書記，不久以前，又由縣委書記榮升為全省最年輕的市長。

六十年代一個夏天的上午，第一節課，班主任何老師夾著課本、提著隨時都會敲到我們頭上的教鞭，走進了教室。我們發現在他的身後，跟隨著一個穿天藍色背帶裙、白色圓領襯衣、脖子上繫一條紅領巾、腳穿一雙棕色牛皮鞋的美麗女孩。她的兩條修長的小腿光溜溜地放著白嫩的光芒。這個女孩臉盤比較大，眼睛也比較大，眉毛比較黑，睫毛也比較長。她臉上最與眾不同的是在她的紅撲撲的腮幫子上生了兩個小酒窩。這兩個酒窩使她的臉時時刻刻都笑盈盈的，真是迷人得很。我們看夠了班主任那張生著數不清的粉刺的臉，我們的目光全都集中在美麗女孩的笑臉上。班主任走上講臺，握著女孩的手說：同學們，向你們介紹一個新同學：江秀英。江秀英同學剛隨父母從外地調來，她多才多藝，尤其擅長唱歌，下面，我們歡迎江秀英同學給我們唱一首歌。我們熱烈地鼓起掌來。聽美麗女孩唱歌，那肯定比聽班主任講課好聽。班主任講了些什麼課？滿口胡言，明知道我們餓得要命，他卻在課堂上大講手抓羊肉和吐魯番的無核葡萄。我們鼓掌，女孩十分老練地舉起一隻手對著我們擺了擺，分明是讓我們停止鼓掌的意思。又擺了擺，於是我們就停止了鼓掌。女孩的臉一點也不紅，神情坦然，用晶晶有神的大眼把我們全都看了一遍。然後大大方方地說：這幾天有點感冒，嗓子不好，唱得不好請同學們原諒，然後她就亮開了嗓門，唱了起來，根本聽不出有什麼感冒之類的事。她唱道：藍藍的天上白雲飄，白雲下面馬兒跑，揮動鞭兒響四方，小鳥兒在歌唱……。聽美麗的女孩唱歌竟然是這樣的幸福。我的心從此就中了流毒，愛上了偉大的藝術。這樣子的女孩可是鳳毛麟角，在我們這個偏僻的鄉村小學，竟然降臨了這樣的仙女，是開天闢地沒有過的事情。現在我才明白，其實，從她站在那兒唱歌時開始，我們班上那些男生就都迷上了她。但在當時，我看到的，和聽到的，卻是男同學們，尤其是那些年齡大的男同學們，對她的惡毒攻擊。年齡比我大五歲的宋寶森說：這個新來的雌兒，真她媽的難看！這樣的雌兒，給老子啃腳後跟老子都不要！宋寶森家是烈屬，父親在公社當官。比宋寶森小二歲的庫明說：是啊，她可真叫難看，瞧那張大嘴，能塞進一個窩頭去！聽著這些大同學的議論。我的心中，不知道為什麼，竟然感到暗暗的高興。後來，發生了一件震驚全校的事情。

江秀英幾乎是馬上就成了學校宣傳隊的主角。那時候每個學校都有毛澤東思想宣傳隊。我也是宣傳隊的隊員。在樣板戲《智取威虎山》選場裏，扮演小爐匠欒平。化妝很簡單，從鍋灶下摸兩手鍋底灰，往臉上一抹，將我爺爺的光板子羊皮襖毛兒朝外往身上一披就是。江秀英是獨唱演員，開場第一個節目是她，壓場的節目也是她。開場唱《藍藍的天上白雲飄》，壓場唱《小河的水清油油》，或者是顛倒過來。幾次演出之後，在我們學校周圍的十幾個村子裏，她的名聲就傳開了。說來了一個小俊嫚，天生一副金嗓子。說她一開口小伙子就暈倒一片，說她一開口公雞就下蛋，說她一開口地球就不轉。我們的宣傳隊在幾十個村子裏巡迴演出，傍晚出發，半夜回來。傍晚出發時太陽很大，我們從石橋上經過時，看到河裏的冰被映照得彤紅一片。幾隻蹲在冰上的白鵝變成了金鵝。突然從橋下竄上來一個滿臉塗抹著鍋底灰、翻穿著羊皮襖的人，嗷嗷地叫喚著，直衝著江秀英奔過去，到了近前，左手揚起來，撒出一把石灰；右手接著揚起來，撒出一把石灰。石灰打在江秀英的臉上。江秀英慘叫著就蹲在了地上。我們都楞了。我們宣傳隊的老師都是騎著車子的，他們走得晚。我們四個人，一個是孫黃，一個是國良，一個是庫明，一個是我，都是在《智取威虎山》選場裏扮演土匪的，都翻穿著羊皮襖，都塗抹了滿臉鍋底灰。那天也是該當了江秀英倒楣，平日裏去演出，我們班主任何老師都用自行車馱著她的，但那天何老師感冒了，去不了了。別的有車子的老師各有各的人馱著，所以江秀英就跟我們走在一起了。剛開始我們那個興奮啊，你追我趕的，嗷嗷亂叫，平日裏我們是到了演出的地方才找鍋底灰往臉上抹，這次我們是還沒出學校門就用學校伙房裏的鍋底灰把臉抹黑了。學校伙房裏的鍋灶是燒煤的，而農家的鍋灶是燒草的，兩種鍋底灰味道大不一樣。燒草的鍋底灰乾燥沒油性，燒煤的鍋底灰有油性，抹在臉上，感覺到皮膚被拘得緊巴巴的。我們的臉從來沒像那天晚上那樣黑過。我們的牙齒本來不白，但抹了這樣的鍋底灰後竟然變白了。我們齜著牙在江秀英面前表演著。走上小橋前，庫明抻著脖子學了一聲驢叫。我看到江秀英抿著嘴笑了。於是我也不甘落後地、用更響亮的嗓門學了一聲驢叫。我自覺著比庫明學得像。國良和孫黃也不甘落後。在一片驢叫聲中，江秀英咕嘟著嘴，好像不高興了。但突然又咧開嘴巴笑起來。她的笑就是我們的興奮劑。於是我們——那個臉上塗抹著鍋底灰、翻穿著羊皮襖的壞蛋就是這時從橋洞裏躥上來，先揚起左手，然後揚起右手，把兩把石灰麵兒，打到江秀英的臉上。

在我們那兒，有一句著名的歇後語：石灰點眼——白瞎。我們還看過一部電影，好像是講學生運動的，片名忘記了，影片中那些學生，在出去遊行前，身上都要揣上兩包石灰，如果碰上特務追趕，就掏出石灰，猛地回頭，砸到特務臉上，於是特務就雙手捂著眼睛，哀嚎著蹲在地上。那時候我們都有摹仿電影裏某些動作的愛好，我們摹仿鬼子官舉著軍刀砍小樹，我們摹仿偽軍笨拙地爬牆，我們摹仿——我們什麼都敢摹仿，就是不敢摹仿學生往特務臉上扔石灰包兒，因為我們知道這件事的嚴重。但這個摹仿了我們的裝束的傢伙，卻在我們面前，將兩包石灰打在了江秀英的臉上。儘管那傢伙化了妝，但我們還是把他認了出來。他扔完了石灰包就跳下石橋，在冰上奔跑時還重重地摔了一跤，驚動了冰上的鵝。他爬起來，趔趔趄趄地躥進了河灘上那些紅柳棵子裏。

江秀英被幾個老師用自行車馱往醫院後，我們四個就被關押在學校的辦公室裏。我們的班主任何老師用一塊白毛巾纏著頭，在我們身前身後，焦躁不安地轉著圈子。說，是誰幹的？何老師齉著鼻子審問我們。我們彼此看著漆黑的臉，躲閃著老師的目光，低下頭。撇著一口外縣腔調的學校革委會主任從外邊跑進來，嚴肅地說：你們四個給我聽著，如果江秀英的眼睛瞎了，你們就等著進公安局吧！膽子比較大的國良哭咧咧地說：不是我們幹的……校長說：不是你們幹的是誰幹的？庫明說：他抹著臉子，翻穿著皮襖，我們認不出來……認不出來？校長拉開辦公桌的抽屜，拿出一點什麼東西，裝進褲袋裏，說，認不出來？那就是你們幹的。校長匆匆地走了。何老師擰著我的耳朵，把我低垂的頭抬起來，指著我面前的庫明問：他是誰？你認識不認識？我說：庫明……哎喲……老師……他是庫明……我耳朵上全是凍瘡，被老師一擰，頓時就流出了血水。既然能認出庫明，自然也就能認出那個人！老師又說，即便你們不說，那個人也遲早要被揪出來的。你們是同黨，你們說了呢，免了你們的罪，要是不說，就按同案犯處理，你們自己掂量著吧。後來公社裏來了一個帶槍的公安員，坐在學校辦公室桌子後邊，把我們四個，單個提拎進去問話。公安員把匣子槍往桌子上一拍，我就嚇尿了褲子。我說：那個人是宋寶森……

女孩從玻璃上摘下臉來，腦袋像貨郎鼓一樣轉動，兩條腿懸在座位上，前後悠晃，那雙人造革的靴子顯得格外沉重。這樣的靴子，即便是鄉下的孩子，也沒有多少人穿了，但江秀英的女兒，竟然還穿著這樣一雙上個世紀八十年代中期流行的笨重靴子。女孩看了我一眼，似乎感到了我注視她的目光。她用一隻小手，悄悄地去扯江秀英的衣角。但江秀英的目光卻看著從破了玻璃的車窗外匆匆滑過的蒼涼的田野和路邊一個個冒著濃煙的塑膠大棚。女孩從口袋裏摸出一粒棕色的糖豆，塞進油嘟嘟的小嘴裏。她擠了幾下眼睛，皺皺鼻子，突然打了一個響亮的噴嚏。那粒黏糊糊的糖豆連同唾沫噴濺出來，兩道黃鼻涕往外探了一下頭，又縮了進去。江秀英急忙轉過頭，從口袋裏摸出一塊手紙，女孩搖頭躲閃著，但還是被捏住了鼻子。「擤！」江秀英說。女孩使勁擤了一下。江秀英將手紙胡亂團弄了一下，探起身，從窗玻璃的縫隙裏扔了出去。女孩彎腰把那粒糖豆撿起來，要往嘴裏塞。江秀英捏著她的手腕，剝開她的手，將黏糊糊的糖豆挖出來。「給我的……」女孩哄唧著。「多髒啊！」江秀英將糖豆從車窗扔了出去，用衣角擦擦手指。女孩用小拳頭搗著媽媽的肚子，哭著說：「你賠我的……你賠我的……」「好了好了，」江秀英搖晃著女孩的肩頭，說，「你看你看，人家都笑話你了，這麼大的人了，還哭鼻子，羞不羞？」「你賠我十粒！」女孩止住哭聲，氣哄哄地說。「好，我賠你十粒。」江秀英說。「拿來！」女孩伸出手掌。江秀英在女孩手掌上打了一下，說：「給！」「你騙人，」女孩膩在母親懷裏，拱動著。江秀英摟住女孩，說：「小狗小貓，上南山偷桃，什麼桃？」「毛桃。」女孩答道。「上北山，偷杏。

什麼杏？」「酸杏！」女孩高興地說。然後，母子二人眉開眼笑地同時說：「毛桃，酸杏，一偷偷了一甕……」

她們的愉快感染了我和滿車廂的人，大家看著她們，臉上都出現了欣慰的表情。

與大師約會

一

在那次轟動全城的美術展覽現場，我們在人群裏鑽了很久，終於擠到了大師的面前。懷著激動不安的心情，我們前言不搭後語地向大師表達了發自內心的崇拜和五體投地的敬仰。大師用他汗津津的小手與我們因為緊張和激動而汗濕的手一一相握。大師的手給我們留下了難忘的印象，當然，讓我們更加難忘的是大師臉上那平易近人的微笑。當我們用顫抖的聲音向大師乞求他的電話號碼時，大師非常慷慨地摸出了幾張名片，一一分發給我們。因為在我們的身後還有更多的崇拜者往前擁擠，大師和藹地對我們說：

「好吧，朋友們，這裏亂糟糟的，改天我們找個清淨地方好好談談。」

我們頓時感到，大師與我們已經成為親密的朋友。大師的意思是讓我們暫且把前面的位置讓開，讓他接待後邊的人，而這樣做，他是不情願的，場面上的事，沒有辦法嘛。大師抱歉地對我們點點頭，我們便十分理解地撤到了後邊。其實根本不需要我們主動後撤，只要我們的身體一鬆懈，後邊的人就擠到了前面，轉眼之間，我們就到了人群的最外邊。

看完展覽的第二天晚上，我們按照名片上的號碼，給大師打電話。從話筒裏傳出來的卻是彬彬有禮的電腦應答：對不起，沒有這個電話號碼。我們感到失望，但沒有死心，便按照名片上的號碼撥打大師的手機，話筒裏傳出的依然是彬彬有禮的電腦應答：對不起，您要的用戶不在服務區。再打，電腦告訴我們：對不起，您要的用戶沒有開機。不管是「不在服務區」還是「沒有開機」，對我們都是一個安慰，這說明，大師告訴給我們的手機號是真的，起碼可以說，這個號碼是存在的。手機要不通，我們就撥打大師的呼機。傳呼台的小姐用懶洋洋、甜蜜蜜的聲音要我們留言。我們交換了一下眼色，不約而同地說：

「大師，我們是您的崇拜者，我們想請您出來喝杯咖啡，順便談談看了您的展覽之後的感想，請務必回話，滿足幾個深深地愛您的年輕人的願望。」

我們從電話聽筒裏聽到傳呼小姐手下的鍵盤劈里啪啦地響著，知道我們一片至誠的邀請正轉換成訊號飛向大師腰間懸掛的呼機——如果大師的呼機是掛在腰間的話。小姐問了我們的電話號碼，我們告訴了她酒吧的電話號碼，然後就開始了滿懷希望的等待。

我們等待的地點在距離大師住處很近的一家名叫「藍帽子」的酒吧裏。大師的住處當然也是從大師送給我們的名片上獲知的。至於這個地址是不是大師與他的美麗勝過天仙的妻子居住的地方我們無從得知，大師在這座城市裏究竟有幾處房產我們當然也無從得知而且也不應該得知，但大師名片上的地址肯定是大師的住處之一則是千真萬確的。為此，我們曾經提前進行了偵察。那座戒備森嚴的公寓樓的門衛雖然毫不客氣地把我們拒之門外，但他還是中了我們的計謀，洩露了大師的資訊。起初，我們指點著名片上大師的名字，向那個嚴肅的門衛詢問大師是不是真的住在這裏，門衛用一副冰冷的面孔和外交家的冷漠口吻說：

「對不起，無可奉告！」

我們早就料到了這一步，於是就按照預先的設計，在大門口轉來轉去，然後，彷彿是漫不經心地說：

「他也真是的，那樣一個美麗的妻子，不就是跟別的男人睡了一覺嘛，怎麼捨得用刀子捅呢？聽說他的丈母娘帶著十幾個壯漢來了，把他狠狠地揍了一頓……」

我們一邊散佈著有損大師形象的流言蜚語，一邊偷偷地觀察那個門衛臉上的表情。我們想，如果門衛臉上沒有表情，說明大師名片上的地址十有八九是假的，如果門衛臉上出現激動或是對我們表示輕蔑的表情，就說明大師的確就住在這棟豪華的公寓樓裏。結果比我們預料得還要好，當我們的謠言剛說了不到一半時，就看到那個年輕的門衛把他的上唇翹到了鼻子尖上。然後我們聽到他低聲地嘟噥著：

「胡說八道……」

於是我們就像與正在夢中囈語的人搭上了腔一樣，瞪著眼對那個忠誠的門衛大喊

「你憑什麼說我們胡說八道？你怎麼知道我們是胡說八道？我們的消息都是從公開發行的報

紙上看到的，怎麼可能是胡說八道？」

「我今天早晨還看到他們兩口子在院子裏遛狗！」門衛怒氣衝衝地說。

「你能擔保你沒有看錯嗎？」我們按捺住心中的狂喜，故意地與門衛較勁，「你也許是看錯人了吧？」

門衛用鼻子哼了一聲，表示了對我們的輕蔑後，就把臉扭到一邊，眼睛盯著的也許是那棵樹幹上還纏著草繩子的銀杏樹，再也不理睬我們。

這樣，我們就把約會的地點定在了藍帽子酒吧。我們平日裏粗心大意、自私自利，但這次卻一反常態，考慮到了大師的時間寶貴，考慮到了大師的人身安全，考慮到了大師的身體健康。藍帽子酒吧與大師的住處只隔著一條引水渠道，渠道上架設著一座用鋼筋和木板搭起來的小橋，小橋十分牢固，一百個人站在上邊蹦跳也絕對不會塌陷，小橋兩邊焊著鋼管欄杆，如果不想跳河自盡，安全是絕對有保障的。大師如果願意跟我們見面，從他的住處走出來，用不了十分鐘，就可以與我們坐在一起。

發出呼叫訊息後，我們耐心地等待著回應。我們心中回憶著大師和藹的面孔和親切的許諾，心中滿懷著希望。吧臺上的電話每響一次，我們就像豹子撲羚羊一樣躥過去一次，但每次的結果都是失望。時間過去了一個小時，我們決定，斗膽再給大師打一次傳呼。這次，我們對尋呼台的小姐下達了急呼三遍的命令，儘管我們懷疑小姐是不是會不折不扣地執行我們的命令，儘管我們擔心這樣的呼叫方式會讓大師感到不快，但急於與他相見的心情使我們顧不上這些細微末節。

急呼三遍之後，我們又等待了一個小時，大師依然沒有回應。酒吧裏湧進來一批摩登少年。他們有的留著披肩的長髮，有的剃著泛青的光頭。他們有的剪成寸長的、看起來亂糟糟的刺蝟頭，有的將長髮染成了五顏六色，乍一看還以為把染料碟子扣在了頭上。我們馬上想起，附近有一所著名的藝術院校，這些人，肯定是這所院校的學生。他們一進來，寧靜安謐的酒吧就變成了喧鬧的市場。他們根本不徵得酒吧老闆的同意，就把四張桌子拼在了一起，看樣子不是仗著人多勢眾欺負店家，就是這裏的常客賓至如歸。一陣雜亂的響聲過後，學生們圍桌而坐，桌子中央的蠟燭放出紅光，把他們的臉映紅了。我們自慚形穢地縮在牆角的一張桌子周圍，屏住呼吸，保持著沉默，即便是說話，也盡量地壓低嗓門，生怕引起他們對我們的厭惡。在這個城市裏，像我們這樣的沒有文化的次人類，要想熱愛藝術，必須小心翼翼，否則就要讓人恥笑甚至帶來禍殃。我們等待著大師的回應，儘管失望的情緒越來越重，但還是盼望著能夠出現奇蹟。如果大師出現在酒吧裏，與我們坐在一起，那該是什麼樣的效果啊！我們相信，眼前這些藝術學生，可能分不清麥苗子和韭菜，可能分不清騾子和毛驢，但他們肯定能從茫茫人海裏，一眼就把大師認出來。

我們很快就聽明白了，學生們聚集在這裏，是為那個頭髮像火焰、面色如焦土、眼神像老貓、嘴唇如錫箔的女孩過二十歲的生日。酒吧的服務小姐端上來一個插滿了紅色小蠟燭的大蛋糕，他們起立，大聲唱起那首連狗都會唱的生日歌曲，然後就是那個女孩子把嘴巴噘起來，用一口長氣，將二十枝蠟燭通通吹滅。學生們一陣歡呼，歡呼中還夾雜著幾聲銳利的口哨。然後他們就開始吃蛋糕。這群學生本來與我們沒有任何關係，但他們吃完蛋糕之後的話題，卻將他們與我們聯繫在一起。

「金十兩這個雜種，」一個光頭男生竟然把大師光輝的名字和雜種聯繫在一起，引起了我們心中的不快。他喝了一口啤酒，嘴唇上掛著啤酒泡沫，大不敬地說，「真是色膽包天！」

「什麼呀！」一個刺蝟頭女生嬌聲嬌氣地說。

「金十兩的『幸福生活展覽』呀，沒去看？」

「不就是賣人肉嗎？噁心，沒勁！」

「不不不，美眉，您太優雅了，」一個小個子男生將滑到鼻尖上的大眼鏡往上托了托，嚴肅地說，「這是一次藝術革命，非常非常值得一看，如果不看，必將後悔終生！」

「誇張吧？」

「有這麼嚴重嗎？」

「不就是後現代嗎？」

「行為藝術，其實也是作秀。」

「恰好是對比比皆是的、令人厭惡的、觸目驚心的作秀現象的一次抗議和反叛！」

「他成功地將神聖和凡俗、高貴和低賤、愛情和肉欲嫁接在一起。」

「他推倒了私人空間和大眾空間之間的最後一堵牆壁，是真正的先鋒。」

「我看他是把性表演和藝術混合在一起。」

「把色情合法化。」

「把賣淫合法化！」

「言重了，同志！」

「把紅燈區開進了美術館。」

「把美術館變成了桑那浴！」

「按摩。」

「洗頭。」

「洗腳。」

「不管你們怎麼說，這是本世紀先鋒藝術的一次最駭世驚俗的表演。」

「超級秀！」

「不管你們怎麼想，老金這一次算是一舉成名了。」

「名利雙收，金錢和名聲滾滾而來。」

「無恥！」

「無恥者無所恥！」

「不擇手段。」

「成功者從來就是不擇手段的，萬里長城下邊，是纍纍白骨。」

「太深刻了吧？這是我的生日，不是我的葬禮！」

……

二

我們完全沒有想到能在世紀末看到這樣精采、這樣不同凡響、這樣讓人驚心動魄、這樣讓人百感交集的展覽。我們三人，原本是在美術館前的斜街上無所事事地閒逛來著，但美術館售票窗前擁擠的人群和那兩輛「雪鐵龍」警車引起了我們的注意。我們雖然沒有文化，但我們是三個熱愛藝術並時時刻刻夢想著一舉成名、然後就金錢滾滾、然後就美女成群、然後就過上了花天酒地的後中產階級生活的無業青年。我們之所以有這樣的想法，是因為有很多與我們差不多一樣的人為我們樹立了光輝的榜樣。因為有了這樣的抱負和理想，我們的無所事事東悠西逛就有了深刻的意義。我們是在體驗生活，我們是在尋找靈感。美術館前那個每天下午都來賣唱的外地歌手趙一是我們的知音；我們也是他的知音。他經常用賣唱得來的錢請我們三個到路邊的小飯館裏吃拉麵，有時候也要上幾瓶啤酒、幾個小菜。幾杯啤酒下肚後趙一就情緒激動，說著說著就唱起來。如果飯館裏沒有別的顧客，店家不干涉我們；如果店裏還有別的顧客，店家就很客氣地請我們降低調門。我們的竊竊私語也完全是圍繞著藝術的。在交談中我們發現，其實我們對祖國的藝術狀況十分熟悉。舉凡美術、音樂、文學、影視各界的名人泰斗和後起之秀，幾乎沒有我們不知道的。我們的淵博把我們自己嚇了一跳，鬼知道我們是如何地掌握了這樣多的知識。如果我們不謙虛，完全可以以文藝界的知識份子自居，但我們比較謙虛，在人前人後還是以沒有文化、但正在努力學習的藝術青年的面貌出現。
　我們正要擠到售票窗前看個究竟時，趙一卻滿頭大汗地從人群裏擠出來了。他的手裏高舉著幾張票，好像捏著幾隻鮮活的蝴蝶。我們看到他的時候他也看到了我們。究竟是誰的展覽能讓這樣多的人冒著酷暑來搶票呢？沒等我們把心中的疑問表達出來，趙一就怒氣衝衝地說：
「你們這三個混蛋，死到哪裏去了？」
「發生了什麼事？」
　趙一指著在美術館大門一側的牆壁上貼著的那張粉紅海報，說：
「大師的畫展，今天是第一天，大概也是最後一天。」
　我們還想問個明白，但趙一把票子分到我們手裏。他帶領著我們，急匆匆地向展廳跑去。
　大師的畫展佈置在美術館遼闊得如同廣場的地下展廳裏，我們沿著潮濕的臺階深入下去時，仿佛進入了海底世界。
　一進展廳，首先撲入我們眼簾的，是一張放大得如同檯球桌子那樣大的結婚證書。大師的名字和他的愛妻的名字每個字如籃球般大，讓我們過目難忘。繞過了結婚證書，就是大師和他的愛妻的結婚照。照片放得比他們的結婚證小一點，但還是需要我們蹦跳起來才能摸到他們的頭頂。在這張照片上，身穿禮服、胸前插著花朵的大師和他的身披潔白婚紗、頭上綴滿花朵的愛妻緊緊地依偎在一起，他們的幸福表情使他們的臉顯得很不真實，仿佛用蠟塑成的豔麗蘋果。這張照片讓我們心中感歎不已，嗨，看起來大師也不能免俗，竟然拍出這樣的結婚照，而且還有點恬不知恥地放在大廳裏展覽。我們是幾條野狗一樣的光棍漢，不是我們不想結婚，是我們不願意像俗人一樣地結婚。在我們的心目中，所有的藝術家，只要是成了大師級別的，在對待婚姻和女人的問題上，就不應該和常人一樣，否則你算什麼大師呢？想想人家梵高，想想人家畢卡索，想想人家歌德……我們不得不承認，看到了大師和他的愛妻結婚照的那一瞬間，我們心中充滿了失望，我們甚至懷疑那些排隊買票的人跟我們看的是不是同一個展覽。當我們把疑問的目光投向民歌手趙一時，趙一卻仿佛是胸有成竹地引導著我們繞到了結婚照的後邊，於是，一個嶄新的世界突然地出現在我們眼前。我們的血液凝固了，但馬上就沸騰起來。我們感到心臟像擂鼓一樣，呼吸像鐵匠爐的風箱一樣，腿軟得像猴皮筋一樣，互相攙扶著才沒有暈倒在地。這可是一個驚心動魄的造型。是大師和他的愛妻赤身裸體地站在那裏，比巴黎的蠟像館裏的蠟像還要逼真，仿佛能聽到他們的呼吸，仿佛能感受到他們的體溫。儘管大師的身體也大概可以用雄偉來形容，尤其是他的生殖器官正處在膨脹的狀態，很有些生氣勃勃的意思，但我們的目光在他的身上只是一掃而過，然後就久久地停留在大師愛妻的身上。儘管大師愛妻身上沒有懸掛禁止觸摸的牌子，但沒有一個人膽敢伸手觸摸。我們這些骯髒的爪子更不敢伸出去，即便大師允許我們去摸，我們也不敢。我們畢竟是熱愛藝術的人，我們知道美的東西就像池塘中的荷花一樣，只能遠觀，不能褻玩，連我們的目光剛開始時也是羞羞答答的，我們生怕我們的眼睛把她弄髒。但幾分鐘後我們就約束不住自己了。我們把她從頭看到腳，然後再把她從腳看到頭。她的繁茂的頭髮，她的挺拔的脖頸，她的凹陷進去的肩窩，這些都不必說了，她的造型優美的乳房可以好好說說，但我們不願意用磨損得不成樣子的語言來描述它們，但我們又想不出嶄新的語言來描述它們，因此也就不必說了。要想知道它們究竟有多麼美好，唯一的辦法是親自去看看。但可惜你們已經沒有這樣的眼福了，畫展已經被禁止了。她的腰也是那種好腰，實在也想不出什麼好詞來形容。她的肚臍是那種小鼓臍，上邊穿著一個金色的小圈子，很生動，很俏皮。在往下我們就更想不出好詞來說了……我們繼續往前看，看到的景象只能用驚心動魄來形容了。大師調動了繪畫、攝影、雕塑等手段，把他和愛妻之間的那點事兒淋漓盡致地展示出來。這次展覽用畫展之名其實是很難概括的，大師把攝影搞得像繪畫，把繪畫弄得像攝影，把活人弄得像雕塑，把雕塑弄得像活人。大師和他的愛妻的各種各樣的做愛姿勢，被大師表現得栩栩如生。有一組大師和他的愛妻用面對面體位交歡的雕塑，是活動的，是發聲的，大師和他的愛妻的呻吟聲此起彼伏，有時又交織在一起。大師的身體像油田的抽油機一樣不知疲倦地運動著，大師身上佈滿了汗珠。如果不是大師的動作過分的僵硬，殺死我們我們也不敢相信這是一組雕塑……

後來我們回憶起來，在剛看到大師和妻子的第一組裸體雕塑時，我們耳邊還有一些人在發表批評意見，有些話說得甚至還很難聽，但當我們看到後邊那些大膽地、坦率地、旁若無人的圖片、繪畫和雕塑後，我們身後只有一片緊張的喘息聲。人們的嘴巴已經顧不上說三道四了。有必要補充一句，這次大師拿出來展覽的作品，全部都是大尺幅的，最小的也與真人差不多大小，而且我們還發現，大師不管是用雕塑還是用繪畫表現他與愛妻的生殖器官時，都有一點「燕山雪花大如席」的意思。也就是說，他把自己的生殖器和他妻子的生殖器進行了適度的誇張，當然，趙一認為大人物就是異於常人的，當然也就包括了大師和大師夫人的生殖器官本來也許就是這樣的尺寸。

……

三

夜漸漸深了，大師還沒有蹤影。那群給同學過生日的學生，有的將腦袋放在桌子上，腮幫子沉浸在酒液裏。有的將腦袋抵在窗戶玻璃上，一下一下地碰撞著。窗戶外邊不遠，是城市的引水渠道，遠處高樓上巨大的霓虹燈，放射出豔麗的光芒，將渠中的流水和渠邊的垂柳，映照得情調浪漫。那座通向大師寓所的小橋，在這樣的夜晚，更顯得情意綿綿。一個男人，一個女人，站在小橋上，將上身伏在橋欄上，看著橋下的流水。那個光頭的男生大吼著：

「老闆，老闆！」

一個戴著小藍帽的服務生走過來，問：

「先生，有什麼吩咐？」

「音樂，換音樂，給我們換上老柴，換上巴赫！」

這時，那個伏在桌子上的腦袋猛地抬起來，大罵：

「換上你奶奶的屁股！」

光頭抓起一個啤酒瓶子，對著罵他的腦袋砸過去。啤酒瓶子碰到牆上，反彈回來，落在地上，粉碎了。

「你們不要打了！」過生日的女生尖利地喊叫著。

一個留著長髮、面相兇惡的男子走過來，低沉地問：

「怎麼回事？」

「你怎麼回事？」光頭男生瞪著眼反問。

長髮男子上前，捏著光頭男生的脖子，往外就走。光頭男生掙扎著，喊叫著：

「老子是藝術家！老子是藝術家！」

長髮男子把男生推到門外，屁股上加了一腳，說：

「你給我出去吧，藝術家！」

「你們，誰負責買單？」長髮男子回來，問那些學生。

「買單？什麼叫買單？」一個男生懵懵懂懂地問。

「甭給我裝丫挺的，誰買單？」

「我們是大師請來的客人！」那個過生日的女生說。

「哪個大師？」

「金十兩，金大師啊！」

「金十兩啊，」長髮男子鄙夷地說，「他算什麼雞巴大師，欠著我一大筆酒債還沒有還呢。」

「你敢罵我們金大師？」那個用腦袋撞玻璃的男生回過頭來，說，「誰罵金大師我們跟誰急！」

「罵他，罵他是便宜了他，只要讓我逮著，我讓他跪在地上學狗爬。」長髮男子怒沖沖地說，「這塊不但出賣肉體而且出賣靈魂的人渣，用鞭子抽著老婆去給大賽評委送禮，送什麼禮？送X！這下更徹底了，讓全城人民見識了他老婆身上那些玩意兒。真他媽的喪盡廉恥！」他越說越來氣，從學生們的酒桌上，抓起半瓶子啤酒，一仰脖子，咕嘟咕嘟地灌了進去，「你們說他還算個人嗎？」

「他當然不能算個人了，」一個刺蝟頭女生說，「他只能算一個畜生！」

「他連畜生也不如！」長髮男子道，「你們一定看過《動物世界》，許多動物，其實是最講貞節廉恥的——」

「譬如鴛鴦！」一個女生喊叫著。

「譬如天鵝！」一個男生喊叫著。

那個被轟出酒吧的光頭男生，轉到窗戶外邊，用拳頭敲打著玻璃，嘴巴顯然是在喊叫著什麼，但是我們在裏邊，聽不到他的聲音。

長髮男子對著玻璃外邊的男生揮揮拳頭，男生抽身跳到一邊去了。

提著酒瓶子，長髮男子，來到我們桌前，問：

「你們，在這裏幹什麼？」

「我們在等待金大師。」

「你們也在等他？」長髮男子看看我們桌子上那幾瓶尚未開啟的啤酒和那幾碟子一點都沒動的下酒菜，冷笑著問，「難道也是他替你們買單？」

「不，」趙一拍拍腰間的錢包，說，「我們自己買單。」

「難道你們也是搞藝術的？」

「當然，我是民歌演唱家，每週一、三、五在美術館前面演唱。」趙一指指我們，說，「他們幾個，有寫詩的，有寫小說的，有畫畫的，總之，都是藝術青年。」

長髮男子輕蔑地哼了一聲，說：

「現在，隨便一個阿狗阿貓，都成了藝術家。大師，那些自封的大師，比河裏的蝌蚪還多！但你們要知道，滿河的蝌蚪，能長成青蛙的，寥寥無幾！」

「看您這樣子，」我們當中的一個，也許是我，也許是趙一，小心翼翼地問，「看這樣子，您也是搞藝術的？」

「行，還有點眼力嘛，」長髮男子用讚賞的目光看著我們，說，「談起藝術來，我可以大言不慚地說，金十兩那廝，給我提鞋子，我都不用，如果用他這種方式，我早就出名了。」

「請問，您是搞什麼藝術的？」

「搞什麼的？我也不知道該怎麼回答你們。」他有些為難地說，「圓明園那個畫家村知道吧？第一個村民，就是我。現在那撥在通縣混世的，都是我的孫子輩的。至於寫詩，那就更早，知道那個用鐮刀砍死老婆的詩人吧？他是我的小兄弟。金十兩這個孫子，最早也是寫詩的，前幾年因為勾搭一個朋友的女朋友，在黃蓋子酒吧，被我們吊在樑上，用沾了辣椒末的鞭子抽。這廝沒法在詩壇混了，才異想天開，搞什麼行為藝術。他那個老婆，本來就是京城四大名雞，藝術圈裏的公共廁所，所以，才能跟他一起辦那樣的展覽，你們想想，正兒八經的女人，誰肯那樣？你們竟然崇拜他，可見你們品味之低。年輕人，想成名成家，這沒有錯，但是你們要走正路，不能跟金十兩這樣的人渣學。」

「原來他是這樣一個敗類！」那個頭碰玻璃的男生說。

「我早就知道他是這樣一個敗類！」那個頭髮染得五彩繽紛的女生說。

「看看，又是一個受害者，」長髮男子說，「來來來，姑娘，給這幾個小伙子現身說法，讓他們從癡迷中清醒過來。」

彩頭女生來到我們面前，指著我們面前的酒瓶說：

「我要喝酒！」

長髮男子拿起一瓶酒，用牙齒咬開酒瓶蓋子，倒滿一杯，遞給女孩，說：

「姑娘，我知道，他一定對你痛說了他的革命家史，然後給你看手相，先摸你的手掌，然後摸你的胳膊，然後……」

「你說的根本不對，」姑娘氣哄哄地說，「他既沒痛說家史，也沒給我看手相，他掀開衣服，讓我看他在大森林裏跟老虎搏鬥時留下的疤痕。」

「這就更加可惡，」長髮男子義憤填膺地說，「他那塊傷疤，其實是被生產隊裏毛驢咬的。」他語重心長地說，「年輕人，要想學藝，首先要學習做人。近朱者赤，近墨者黑，跟著金十兩這樣的人，永遠學不出好來。」

女孩接過酒杯，一飲而盡，然後，直著眼看著長髮男子，眼淚嘩嘩地流了出來。

「那是去年的秋天／你頭戴著丁香編成的花環／身穿著白雲裁剪的長裙／在我家門前的小徑上蹣跚／蹣跚復蹣跚／向日葵金色的花粉／迷濛了你的雙眼／」長髮男子低沉地朗誦著，眼睛閃著光，直盯著那個彩髮女孩，女孩也盯著他。

「知道這是誰的詩嗎？」

女孩搖搖頭。

「我的，我的詩，」長髮男子用食指戳戳自己的胸膛，悲傷地說，「這是二十年前，我還是一個青年時，寫給我的初戀情人的詩。可是，後來，她，竟然跟著一個滿嘴假牙的老頭走了。為什麼？為什麼？難道我一個抒情詩人，還不如一個老頭嗎？」長髮男子將啤酒瓶子插到嘴巴裏，咕嘟咕嘟地灌了一陣，聲嘶力竭地喊叫著，「為什麼夜鶯能那樣美麗地鳴囀，是因為荊棘刺破了牠的心——」他又灌了一口酒，「我，一個可以隨時把耳朵割下來贈給情人的大畫家，一個可以用鼻血寫詩的大詩人，竟然被一個老頭子把情人勾引走了，奇恥大辱啊奇恥大辱！知道那個著名的評論家柳木乂吧？這個孫子，從來不給男人寫評論，但他破例給我寫了詩評，他說，『桃木檝是真正的詩人，是可以和普希金媲美的大師』，可是，我竟然敗在了一個假牙老頭手下，我，一個著名的抒情詩人，一個大師，一個可以和普希金媲美的大師，竟然慘敗在一個老頭手下。當我想像著我的頭戴丁香花環的情人，在那個滿嘴臭氣的老傢伙身下呻吟時，我的心，嘩嘩地流血！嘩嘩地流啊！讓我把這一腔熱血流乾／讓我化成一股白色的輕煙／繚繞在你的身邊／」大師將空酒瓶子砸在地上，瓶子破裂，聲音清脆，「讓我的心，像這個酒瓶一樣破裂吧／」

大師伏在桌子上，用額頭不斷地碰撞桌面。

彩髮女孩上前，撫摸著大師的頭髮，哇哇地哭著，眼淚啪嗒啪嗒地滴落在大師的頭上。

我們心中也十分難過。我們想安慰他，但一時又找不到合適的語言。在一個出口成章的大師面前，我們的語言實在是太貧乏了。那個被趕出去的光頭男生又在外邊敲打窗戶玻璃，過生日的女孩對著他做了一個手勢，那男生就鬼鬼祟祟地溜了進來。

為了防止大師的額頭被堅硬的桌子撞破，我們靈機一動，趁著他抬起腦袋的短暫間隙，將窗臺上那個花瓶裏插著的一束塑膠花抽出來，墊在了桌子上。大師的額頭撞在塑膠花束上，嘭嘭的聲音沒有了，嚓啦啦的聲音出現了。大師將那束塑膠花拿起來，放在鼻子上嗅嗅，然後放在面前，仔細地端詳著，滔滔的詩句，又像濁流一樣噴湧而出：

「儘管你有花的嬌豔／但你沒有花的芬芳／你在我的心中，造成花朵的威脅／但你沒有生命的汁液／儘管你已經沒有汁液／但我躺在床上想著你就直立起來／好像一門大炮／向著天空發出警告／我看到兩隻臭蟲／吸飽了鮮血／沿著肉的柱子／往高裏爬升／追逐著爬升／牠們不知道在最高處／等待著牠們的／是一道深深的裂谷／在那裏牠們將陷入滅頂……」

大師嗅嗅花束，繼續即席賦詩：

「彷彿是金錢豹子／嗅著帶刺的玫瑰／愛情成為交換／詩歌成為通行證／通向那些未開墾的處女地……」

大師唸到這裏，不由地號啕大哭起來，塑膠花扔在地上，巴掌拍打著桌子，濺起星星點點的啤酒泡沫，我們被大師的純情深深感動，同時心中也充滿了怒火。我們終於想到了安慰大師的語言：

「大師，您把那個假牙老頭的姓名、地址告訴我們吧，我們雖然在藝術上狗屁不通，但打架都是行家裏手，我們一定要幫您出了這口氣，您說吧，是卸下這老丫挺的一隻胳膊呢，還是砍下他一條腿？」

「不，不……」大師抬起頭，浸透了淚水的眼睛裏，閃爍著燦爛的光芒，「我是詩人，我要用詩人的方式解決這個問題。」

「什麼方式？大師？」

「我和他決鬥！」

「對，和他決鬥！」剛剛溜進來的光頭學生拍著巴掌說，「就像普希金和那個軍官決鬥一樣。」

「我不用槍，」大師說，「我用劍！」

「對，用劍，一定要用劍！」我們齊聲吶喊著，「用劍，洞穿他的心臟，然後，把那個丁香女人搶回來。」

「不，不，我不要那個女人了，她的每個毛孔裏，都散發著愚蠢的氣味，從那天之後，她的臉就變得像醫院的牆壁一樣蒼白……」大師痛苦地說。

「那怎麼辦？」

「把那老傢伙刺死之後，當著那女人的面，我用劍，刺穿自己的心臟。」

「不值得，大師，不值得啊！」我們和那些被大師的遭遇深深感動了的學生一起喊叫著，我們的眼睛裏都飽含著淚水。

「我要用我微不足道的生命，喚起她的良知！」大師悲壯地說。

「其實，大師，這個世界上，優秀的女人還有許多。」彩頭女孩說。

「是啊，天涯何處無芳草。」

「縱有弱水三千，我只取一瓢飲。」大師說。

「可是，大師，您那瓢水，已經污染了，不能喝了。」

「你這個軟弱的女人，」大師痛苦萬端地說，「儘管我恨你，但假如還有來世，我還是要愛你。」

我們交換了一下眼神，為了大師的不可救藥感歎不已。是啊，大師都是這樣癡情，不癡情也成不了大師。

「在北極之北／南極之南／東海之東／西藏之西／在九天之上在九地之下在冰塊裏在駱駝的

耳朵眼裏在比目魚的肛門裏／在一切可能的地方／不可能的地方／愛你／因為愛你／我的身體成為一根麵條／在鍋裏也要彎曲成一個／成熟的『愛』字……」大師捶著胸膛吼叫，眼淚嘩嘩地流，還有鼻涕。

我們的眼睛裏又一次盈滿了淚水。

「是誰在呼我啊？」隨著門響，金十兩大師站在我們面前，眼睛一亮，蔑視地問，「桃木橛子，你這個流氓，又在勾引純真的少女！你們，」金大師用食指劃了一個圈子，將我們全部圈裏進去，語重心長地說，「你們，千萬不要上了他的當，他方才念的詩，都是我當年的習作。」金大師端起一杯酒，對準桃木橛的臉潑去。渾濁的酒液，沿著桃木橛的臉，像尿液沿著公共廁所的小便池的牆壁往下流淌一樣，往下流淌，往下流淌……

用耳朵閱讀

——在雪梨大學演講

幾年前，在臺北的一次會議上，我與幾位作家就「童年閱讀經驗」這樣一個題目進行了座談。參加對談的作家，除了我之外都是早慧的天才，他們有的五歲時就看了《三國演義》、《西遊記》，有的六歲時就開始閱讀《紅樓夢》，這讓我既感到吃驚又感到慚愧，與他們相比，我實在是個沒有文化的人。輪到我發言時，我說：當你們飽覽群書時，我也在閱讀；但你們閱讀是用眼睛，我用的是耳朵。

當然，我也必須承認，在我的童年時期，我也是用眼睛讀過幾本書的，但那時我所在的農村，能找到的書很少，我用出賣勞動力的方式，把那幾本書換到手讀完之後，就錯誤地認為，我已經把世界上的書全部讀完了。後來，我有機會進了一個圖書館，才知道自己當年是多麼樣的可笑。

我十歲的時候，就輟學回家當了農民，當時我最關心的是我放牧的那幾頭牛羊的饑飽，以及我偷偷地飼養著的幾隻小鳥會不會被螞蟻吃掉。當時我做夢也沒有想到幾十年後，我竟然成了一個以寫小說為職業的人。這樣的人在我的童年印象中，是像神靈一樣崇高偉大的。當然，在我成了作家之後，我知道了作家既不崇高也不偉大，有時候甚至比一般人還要卑鄙和渺小。

我在農村度過了漫長的青少年時期，如前所述，在這期間，我把周圍幾個村子裏那幾本書讀完之後，就與書本脫離了關係。我的知識基本上是用耳朵聽來的。就像諸多作家都有一個會講故事的老祖母一樣，就像諸多作家都從老祖母講述的故事裏汲取了最初的文學靈感一樣，我也有一個很會講故事的祖母，我也從我的祖母的故事裏汲取了文學的營養。但我更可以驕傲的是，我除了有一個會講故事的老祖母之外，還有一個會講故事的爺爺，還有一個比我的爺爺更會講故事的大爺爺——我爺爺的哥哥。除了我的爺爺奶奶大爺爺之外，村子裏凡是上了點歲數的人，都是滿肚子的故事，我在與他們相處的幾十年裏，從他們嘴裏聽說過的故事實在是難以計數。

他們講述的故事神秘恐怖，但十分迷人。在他們的故事裏，死人與活人之間沒有明確的界限，動物、植物之間也沒有明確的界限，甚至許多物品，譬如一把掃地的笤帚、一根頭髮、一顆脫落的牙齒，都可以借助某種機會成為精靈。在他們的故事裏，死去的人其實並沒有遠去，而是和我們生活在一起，他們一直在暗中注視著我們，保佑著我們，當然也監督著我們。這使我少年時期少幹了許多壞事，因為我怕受到暗中監督著我的死去的祖先的懲罰。當然也也使我多幹了很多好事，因為我相信我幹過的好事遲早會受到獎賞。在他們的故事裏，大部分動物都能夠變化成人形，與人交往，甚至戀愛、結婚、生子。譬如我的祖母就講述過一個公雞與人戀愛的故事。她說一戶人家有一個待字閨中的美麗姑娘，許多人來給這個姑娘說媒，但她死活也不嫁，並說自己已經有了如意的郎君。姑娘的母親就留心觀察，果然發現，每當夜深人靜的時候，就聽到從女兒的房間裏傳出一個男子的聲音。這個聲音十分地迷人。母親白天就盤問女兒，那個男子是誰，是從哪裏進去的。女兒就說這個青年男子每天夜裏都會出現在她的身邊，天亮之前就悄悄地消失。女兒還說，這個男子每次來時，都穿著一件非常華麗的衣服。母親就告訴女兒，讓她下次把那男子的衣服藏起來。等到夜裏，那個男子又來了。女兒就把他的衣服藏到櫃子裏。天亮前，那個男子又要走，但衣服找不到了。男子苦苦哀求姑娘將衣服還他，但姑娘不還。等到村子裏的雞開始啼鳴時，那男子只好赤裸裸地走了。天明之後，母親打開雞窩，發現從雞窩裏鑽出了一隻渾身赤裸的大公雞。讓女兒打開櫃子一看，哪裏有什麼衣服？櫃子裏是全是雞毛。——這是我少年時代聽過的印象最深的故事之一，後來，每當我看到羽毛華麗的公雞和英俊的青年，心中就產生異樣的感覺，我感到他們之間有一種神秘的聯繫，不是公雞變成了青年，就是青年變成了公雞。

離我的家鄉三百里路，就是中國最會寫鬼故事的作家蒲松齡的故鄉。當我成了作家之後，我開始讀他的書，我發現書上的許多故事我小時候都聽說過。我不知道是蒲松齡聽了我的祖先們講述的故事寫成了他的書，還是我的祖先們看了他的書後才開始講故事。現在我當然明白了他的書與我聽說過的故事之間的關係。

爺爺奶奶一輩的老人講述的故事基本上是鬼怪和妖精，父親一輩的人講述的故事大部分是歷史，當然他們講述的歷史是傳奇化了歷史，與教科書上的歷史大相逕庭。在民間口述的歷史中，沒有階級觀念，也沒有階級鬥爭，但充滿了英雄崇拜和命運感，只有那些有非凡意志和非凡體力的人才能進入民間口述歷史並被不斷地傳誦，而且在流傳的過程中被不斷地加工提高。在他們的歷史傳奇故事裏，甚至沒有明確的是非觀念，一個人，哪怕是技藝高超的盜賊、膽大包天的土匪、容貌絕倫的娼妓，都可以進入他們的故事，而講述者在講述這些壞人的故事時，總是使用著讚賞的語氣，臉上總是洋溢著心馳神往的表情。

十幾年前，我在寫作《紅高粱》時已經認識到：官方編寫的歷史教科書固然不可信，民間口口相傳的歷史同樣不可信。官方歪曲歷史是政治的需要，民間把歷史傳奇化、神秘化是心靈的需要，對於一個作家來說，我當然更願意向民間的歷史傳奇靠攏並從那裏汲取營養。因為一部文學作品要想激動人心，必須講述出驚心動魄的故事，必須在講述這驚心動魄的故事的過程中塑造出性格鮮明、非同一般的人物，而這樣的人物，在現實生活中是幾乎不存在，但在我父親他們講述的故事裏比比皆是。譬如我父親就講過，我家的一個遠房親戚，一次吃了半頭牛、五十張大餅；當然，他的能吃與他的力大無窮緊密相連。父親說這個人能把一輛馬車連同拉車的馬扛起來走十里路。我知道我家根本就沒有這樣一個遠房親戚，我父親這樣說，是為了增強故事的可信性，這其實是一種講故事的技巧。後來創作小說《紅高粱》時我借用了這種技巧。《紅高粱》開篇我就說：「我父親這個土匪種，跟隨著我爺爺余占鼇的隊伍去伏擊日本人的汽車隊……」其實我爺爺是個手藝高超的木匠，我父親是個老實得連雞都不敢殺害的農民。當我的小說發表之後，我父親很不高興，說我誣衊他。我就說，寫小說其實就是講故事，你不是說咱家那個遠房親戚一次能吃半頭牛嗎？我父親聽了我的解釋後，明白了，並且一言就點破了小說的奧秘：原來寫小說就是胡編亂造啊！

其實也不僅僅是上了歲數的人才開始講故事，有時候年輕人甚至小孩子也講故事。我十幾歲時聽鄰居家一個五歲的小男孩講過的一個故事至今難忘，他對我說：馬戲團的狗熊對馬戲團的猴子說：我要逃跑了。猴子問：這裏很好，你為什麼要逃跑？狗熊說：你當然好，主人喜歡你，每天餵給你吃蘋果、香蕉，而我每天吃得是吃糠嚥菜，脖子上還拴著鐵鏈子，主人動不動就用皮鞭子打我。這樣的日子我實在是過夠了，所以我要逃跑了。我當時問他：狗熊跑了沒有？他說：沒有。我問他：為什麼？他說：猴子去跟主人說了。

在我用耳朵閱讀的漫長生涯中，民間戲曲、尤其是我的故鄉那個名叫「貓腔」的小劇種給了我深刻的影響。「貓腔」唱腔委婉淒切，表演獨特，簡直就是高密東北鄉人民苦難生活的寫照。「貓腔」的旋律伴隨著我度過了青少年時期，在農閒的季節裏，村子裏搭班子唱戲時，我也曾經登臺演出，當然我扮演的都是那些插科打諢的丑角，連化裝都不用。「貓腔」是高密東北鄉人民的開放的學校，是民間的狂歡節，也是感情宣洩的渠道。民間戲曲通俗曉暢、充滿了濃郁生活氣息的戲文，有可能使已經貴族化的小說語言獲得一種新質，我新近完成的長篇小說《檀香刑》就是借助於「貓腔」的戲文對小說語言的一次變革嘗試。

當然，除了聆聽從人的嘴巴裏發出的聲音，我還聆聽了大自然的聲音，譬如洪水氾濫的聲音、植物生長的聲音、動物鳴叫的聲音……在動物鳴叫的聲音裏，最讓我難忘的是成千上萬隻青蛙聚集在一起鳴叫的聲音，那是真正的大合唱，聲音洪亮，震耳欲聾，青蛙綠色的脊背和腮邊時收時縮的氣囊，把水面都遮沒了。那情景讓人不不寒而慄，浮想聯翩。

我雖然沒有文化，但通過聆聽，這種用耳朵的閱讀，為日後的寫做做好了準備。我想，我在用耳朵閱讀的二十多年裏，培養起了我與大自然的親密聯繫，培養起了我的歷史觀念、道德觀念，更重要得是培養起了我的想像能力和保持不懈的童心。我相信，想像力是貧困生活和閉塞環境的產物，在北京和上海這樣的大城市裏，人們可以獲得知識，但很難獲得想像力，尤其是難以獲得與文學、藝術相關的想像力。我之所以能成為一個這樣的作家，用這樣的方式進行寫作，寫出這樣的作品，是與我的二十年用耳朵的閱讀密切相關的；我之所以能持續不斷地寫作，並且始終充滿著不知道天高地厚的自信，也是依賴著用耳朵閱讀得來的豐富資源。

關於用鼻子寫作，其實應該是另外一次演講的題目，今天只能簡單地說說。所謂用鼻子寫作，並不是說我要在鼻子裏插上兩隻鵝毛筆，而是說我在寫作時，剛開始時是無意地、後來是有意識地調動起了自己的對於氣味的回憶和想像，從而使我在寫作時如同身臨其境，從而使讀者在閱讀我的小說時也身臨其境。其實，在寫作的過程中，作家所調動的不僅僅是對於氣味的回憶和想像，而且還應該調動起自己的視覺、聽覺、味覺、觸覺，等等全部的感受以及與此相關的全部想像力。要讓自己的作品充滿色彩和畫面、聲音與旋律、苦辣與酸甜、軟硬與涼熱等等豐富的可感受的描寫，當然這一切都是借助於準確而優美的語言來實現的。好的小說，能讓讀者在閱讀時產生仿佛進入了一個村莊、一個集市、一個非常具體的家庭的感受，好的小說能使癡心的讀者把自己混同於其中的人物，為之愛，為之恨，為之生，為之死。

這樣的小說要寫出來很不容易，我正在不懈地努力。

二〇〇一年五月十七日晚

國家圖書館出版品預行編目資料

美女，倒立／莫言著．-- 初版．-- 臺北市；麥田出版：
家庭傳媒城邦分公司發行，2006〔民 95〕
面：　公分．--（麥田文學；191）

ISBN 986-173-040-0（平裝）

857.63　　95001665